酒神

典藏版 1

◀ 唐家三少 著 ▶

ARTTIME
时代出版传媒股份有限公司
安徽文艺出版社

图书在版编目（CIP）数据

酒神：典藏版. 1 / 唐家三少著. —— 合肥：安徽
文艺出版社, 2019.11
　　ISBN 978-7-5396-6802-4

　　Ⅰ．①酒… Ⅱ．①唐… Ⅲ．①长篇小说－中国－当代
Ⅳ．①I247.5

中国版本图书馆CIP数据核字(2019)第224013号

JIUSHEN DIANCANG BAN 1

酒神 典藏版1

唐家三少 著

出 版 人：段晓静
责任编辑：李　芳　曾柱柱
装帧设计：曹希予

....

出版发行：时代出版传媒股份有限公司 www.press-mart.com
　　　　　安徽文艺出版社 www.awpub.com
地　　址：合肥市翡翠路1118号　邮政编码：230071
营 销 部：(0551)63533889
印　　制：湖南天闻新华印务有限公司 电话：(0731)88387856

....

开本：710mm×1000mm 1/16　印张：18　字数：260千字
版次：2019年11月第1版
印次：2019年11月第1次印刷
定价：32.00元

....

目 录
CONTENTS

目 录
CONTENTS

○ 引 子 ○

　　"下面紧急插播一条新闻，我国著名调酒、品酒大师李解冻先生，因其对美酒的执着，贸然品尝不久前出土的汉代美酒，陷入昏迷七十二小时后，经医治无效去世，终年三十二岁。

　　"李解冻先生，是我国乃至全世界最为优秀的调酒、品酒大师，曾连续五次获得富达国际调酒师大赛冠军。他是国际调酒师联合会荣誉会长，是李氏调酒法以及六感品酒法的创始人，同时也是国际品酒师协会荣誉理事，全世界唯一一位国际六星皇钻奖章获得者，被誉为当今国际第一酒神。

　　"李解冻先生一生中，几乎从未离开过酒，他的成就是空前的。据李解冻先生的友人介绍，李解冻先生为品尽天下美酒进行冒险，品尝了未经任何勾兑，已成膏状的汉代美酒，因而一睡不醒。李解冻先生的离世，是全世界调酒界、品酒界的巨大损失。截至目前，已有三十七个国家的酒界协会发来唁电……"

第 ① 章
烈焰焚情

五行大陆，南火帝国西部，离火城。

在南火帝国，离火城只能算是一座中型城市，可是离火城相当繁华，驻军只有两千人，治安却出奇地好。

宽阔的街道上一尘不染，所有主路上都铺着南火帝国特有的暗红色花岗岩，以这种岩石铺路，不仅美观，而且经久耐用，只要没有人为破坏，就算使用数百年也毫无问题。

傍晚，天边出现了绚丽的晚霞，离火城也变得越发安逸起来，结束了一天的工作之后，人们开始享受休息时间，各种夜间娱乐场所也随之热闹起来。

烈焰焚情是离火城中最著名的酒吧，位于黄金地段，一共有两层。它和离火城中的大多数建筑一样，以红色为主要装修基调，但它红得更加鲜艳。它最吸引客人的，是酒吧门前的露天广场。

露天广场有近五百平方米，中央是一个直径十米的圆形吧台，酒吧中最著名的几名调酒师每天晚上都会在这里为客人调酒，哪怕是下雨天，这里也不缺少客人，因为酒吧有能够随时拉起，盖住整个露天广场的顶棚。

南火帝国没有冬季，人们不会因为寒冷而闭门不出，因此，这里的夜晚从未冷清过。

此时，烈焰焚情的几名调酒师已经就位，露天广场中的客人也逐渐多了起来，对烈焰焚情的几名调酒师来说，这是一天当中最忙碌的时刻。

一名身穿红色长袍的老者走进露天广场，他前脚刚踏进露天广场，就有服务员满脸笑容地迎了上来，引着他走向最靠近中心吧台的位置。

围绕着中心吧台的十张桌子是不接待普通客人的，都预留给了酒吧的贵宾，毫无疑问，这名红袍老者就是贵宾。而且，他坐的位置正好面向街道，是这里的甲字桌。

红袍老者有一头花白的短发，酒糟鼻，小眼睛，个子不高，怎么看都很不起眼，不过他那双小眼睛非常有神，似乎有一种摄人心魄的力量。

"阳老，还是老样子嘛！"

一名身穿礼服的中年人走了过来，他是这间酒吧的老板，一般不轻易接待客人，只有贵宾桌的客人才有这样的待遇。他优雅地向红袍老者微微躬身，打了个招呼。

阳老有些无奈地道："你们这里，除了烈焰焚情还有点味道之外，其余的也没什么能吸引我的了。"

老板微微一笑，道："请您稍等。"

说完，老板转身朝中心吧台后面那名年纪最大的调酒师打了个响指。调酒师立刻会意，取出一个干净的水晶调酒壶，快速地开始调制今天的第一杯酒，也是对他来说每天最重要的一杯酒。

很快，各种酒被按照顺序倒入调酒壶中，调酒师在其中放入滤网，盖好盖子，摇动起了调酒壶。

由于调酒壶是用水晶制作而成的，因此在调酒的过程中，旁人能够清楚地看到酒的颜色。

在调酒师娴熟的动作中，调酒壶中的酒渐渐变红，像一簇火焰一般上下晃动，煞是好看。

当那簇火焰终于在调酒师手中平静下来时，调酒壶的盖子不知道什么时候已经被打开，调酒师将暗红色的酒倾倒在一个马天尼酒杯之中，从旁边的灯炉上一晃，淡红色的火焰立马在酒杯中燃起，浓郁而带着几分辛辣气味的酒香飘然扩散。

调酒师露出这一手，很快就赢得了附近客人的掌声，阳老也不例外，他拍了拍手，向那名调酒师点了点头，之后就痴迷地望向那杯酒，似乎迫不及待地想要品尝美酒的滋味。

很快，这杯美酒就被送到了阳老面前。

阳老直接从服务员手中接过酒杯，轻抿一口，完全无视酒杯中还在燃烧的火焰，尝完一口之后，他长吁一口气，向酒吧老板赞叹道："好，还是烈焰焚情够味道！我都喝了五年了，还是喝不厌，难怪你这里生意如此红火。"

酒吧老板恭敬地道："您满意就好。"

就在这时，一个不和谐的声音突然从一旁响起："这也叫好酒吗？垃圾而已。"

虽然这个声音并不大，而且有些沙哑无力，但丝毫不能掩盖其话语中带的傲气。

"嗯？"

酒吧老板和阳老同时朝着声音传来的方向看去，只见一名身材瘦小，穿着破烂衣服的小乞丐蹲在贵宾桌不远处。

小乞丐一直看着那杯烈焰焚情，眼里充满了不屑之色。

酒吧老板皱了皱眉头，略带不满地看向不远处的一名服务员，服务员这才注意到小乞丐的存在，赶忙跑过来道歉："对不起，老板，我没看到他进来。"

酒吧老板挥了挥手，示意服务员赶快把小乞丐拉出去，以免影响生意。当着阳老的面，他也不好表现得过于强势。

没等服务员来拉，小乞丐就自己站了起来。他脸上脏兮兮的，个子不高，看上去只有十一二岁，头发乱蓬蓬的，不知道多少天没洗过了，身上带着一股难闻的味道。

服务员嫌恶地看着他，打算拉他出去，阳老却开口了："等一下。"

不用酒吧老板示意，服务员赶忙收回了手，迟疑地看向阳老。

阳老好奇地看着小乞丐，问道："小朋友，你刚才是说这杯烈焰焚情不好吗？不知道你在哪里见过更好的酒，说来听听。"

品尝美酒，可以说是阳老一生中最大的兴趣。

酒吧老板赶忙道："阳老，他一个小乞丐能知道什么，别让他搅了您的酒兴。"

南火帝国人最喜欢喝酒，酒吧行业竞争自然极为激烈，这位老板真怕眼前这个小乞丐说出城里哪个酒吧有好酒，把眼前的贵宾给撬走。要知道，阳老每天来他这里喝酒，不仅给他带来了丰厚的收益，而且为他这里做了免费的广告。

阳老瞥了酒吧老板一眼，酒吧老板那点儿心思他又怎会不明白，于是微笑着道："无妨，小朋友，你有什么好建议，说来听听。要是你说得对，这枚金币就是你的了。"

不知道阳老从哪里掏出一枚金币，像变魔术一样，放在了桌子上。要知道，烈焰焚情酒吧最著名的烈焰焚情鸡尾酒，一杯就是一枚金币。这一枚金币，够离火城内一个普通的三口之家生活一个月了。

令人感到吃惊的是，小乞丐看也不看那枚金币，抬手指向中心吧台，傲然地道："如果你想喝到一杯真正的烈焰焚情，就让我到那里去，给我需要的配料。"

"你会调酒？"酒吧老板和阳老异口同声地问道。

旁边的服务员已经开始嗤笑了，准备看小乞丐出丑。要知道，调酒师这个职业在南火帝国相当吃香。

没有时间的积累，根本不可能成为一名出色的调酒师。这个小乞丐看上去这样年轻且穷困，怎么可能会调酒，还是调酒大师？服务员只感觉他在痴人说梦。

阳老的神色变得严肃起来："小朋友，诚实是做人最重要的品德，你懂吗？"

酒吧老板此时反倒轻松了，在他心中，小乞丐只不过是在吹牛而已，应该不是其他酒吧找来砸场子的托儿。

小乞丐双手背在身后，没有回答阳老的问题，只是冷淡地道："为什么不让事实说话？"

阳老皱眉道："你真的能调出比这杯烈焰焚情更好的鸡尾酒？"

听到阳老的话，小乞丐感觉好像受到了侮辱一般，立马大声地道："如果我不能，命给你。"

看到小乞丐发怒，阳老突然感受到了小乞丐的自信和骄傲，他分明只是一名处在社会最底层的小乞丐而已，他的自信和骄傲究竟从何而来？

此时，露天广场内已经聚集了不少人，小乞丐的话引起了很多酒客的注意，他们都望着小乞丐和阳老，想看事态如何发展，少数胆子大的人，已经开始喊着让小乞丐试试了。

过了这么一会儿，酒吧老板恢复了镇定，优雅地弯下腰，低头在阳老耳边道："那就让他试试好了。"

阳老微微颔首，向小乞丐道："希望你能给我惊喜。"

接着，阳老转头看向酒吧老板："赵老板，给他需要的配料，费用我来出。"

赵老板讨好似的笑了笑，道："也用不了多少配料，怎能让您破费？"

赵老板挥挥手，示意服务员带小乞丐过去。

听到他们的话，小乞丐毫不迟疑，转身朝中心吧台走去。吧台内的几名调酒师完全不担心这名小乞丐威胁到他们的地位，都饶有兴趣地看着他，并且将一张摆放着各种工具的工作台让了出来。

先前那名调制烈焰焚情的调酒师讥笑道："小朋友，需不需要我给你介绍一下这里的酒？"他一边说着，还一边指了指吧台后面摆放着上百瓶美酒的酒柜。

另一名年轻的调酒师撇了撇嘴，阴阳怪气地道："现在连乞丐都敢说自己会调酒了，呵呵，真不知道老板怎么想的，居然让他到我们这里来，就不怕他弄脏吧台吗？"

年长的调酒师瞥了他一眼，低声道："少说两句，你没看到阳老对这小子有点兴趣吗？不然，你以为老板吃多了撑得会让他进来？"

小乞丐就像什么也没听到一样，连看都不看他们一眼。

虽然小乞丐长得非常瘦小，但他的后背一直挺得笔直，眼中的傲气也更盛了几分，他头也不回地说出了自己的要求："给我一份番茄汁，一份鲜榨柠檬汁，一份伍斯特调味汁，一份塔巴斯克辣椒油，还有盐，以及胡椒粉。"

先前那名年轻的调酒师忍不住道："你是要做菜还是要调酒？"

此时，赵老板和阳老也走到了中心吧台前。

听到年轻调酒师的话，赵老板脸色一沉，怒道："照他的话去做，一点规矩都没有。"

年轻调酒师依旧不甘地念着："等下看这个小乞丐怎么出丑。"

说完，他才转身离去。

对这一切，小乞丐依旧置若罔闻，他转身走到吧台附近的洗手池开始洗手。

他洗得很认真，先用水打湿了自己那被污垢覆盖的双手，再用洗手液涂抹双手，然后一根手指一根手指地认真清洗，不论是指缝还是指甲处，都一丝不苟地清洗干净，甚至连手腕也不放过，洗干净的双手与他那张肮脏的小脸形成了鲜明的对比。

那名调出烈焰焚情的中年调酒师先是露出一丝错愕之色，渐渐地，他越来越认真，看着小乞丐的动作缓缓点头。

作为一名调酒师，在调酒的过程中不仅要完全专注，而且要尊重自己调制的酒，这既是尊重客人，也是尊重自己。

中年调酒师从小乞丐眼中看到了虔诚。很明显，小乞丐之前真的没有听这边嘲笑他的话，而是将注意力全部集中在了即将开始的调酒工作上。

中年调酒师扪心自问，就算是他自己，要是不刻意控制自己的话，也做不到像小乞丐一样专注且虔诚。

眼前这个只有十一二岁的孩子，还是个乞丐，做这些准备工作的时候却非常自然，洗手的每一个步骤都很对且动作娴熟，就像是常年如此一般。他偶尔抬头看一眼酒柜中的酒，眼中满是狂热，那种神态绝对不是装出来的。

细节决定成败，同为调酒师的中年人，从小乞丐洗手就看出了不少东西。

阳老脸上也露出了一丝微笑，他自言自语地道："有点儿意思。"

小乞丐洗完手，顺手从酒柜上拿下一瓶酒，以他的身高，刚好勉强够到那瓶酒。当他转身回到吧台时，他要的那些配料也已经送了过来，可见他洗手用了多长时间。

中年调酒师主动将一个由水晶打磨而成的干净酒壶递到小乞丐面前，小乞丐打开酒壶，取出滤网。

看到滤网，小乞丐有了片刻的恍惚，似乎在回忆什么。

吧台周围已经围满了客人，他们都想看看这小乞丐究竟能调出什么样的酒，就在这时，小乞丐已经拿起面前的那瓶酒，将酒倒进了调酒壶中。

第 ② 章

一代酒神

　　酒流进调酒壶的时候，小乞丐的手略微有些颤抖，幸好，他没有把酒洒出来。阳老、赵老板和调酒师们都知道，小乞丐选择的这瓶酒叫维波罗，是一种很烈的纯酒。所谓纯酒，就是缺少香味，特别甘冽的酒，经常作为鸡尾酒的基酒。

　　通过透明的水晶调酒壶能够看到，小乞丐倒入了占调酒壶十分之二容量的维波罗酒，接下来是十分之六的番茄汁，十分之一的鲜榨柠檬汁，最后的十分之一，小乞丐按照一定的比例快速加入了他要的伍斯特调味汁、塔巴斯克辣椒油、盐和胡椒粉。

　　加入这些配料后，小乞丐脸上露出一丝淡淡的无奈，他拿起了滤网，最终还是将其放进了调酒壶，心中暗叹一声，多久没用过这个东西了，现在却不得不用。

　　小乞丐盖上壶盖，将调酒壶拿在手中，他的手毕竟不能和成人的比，拿着调酒壶都显得有些费劲，这更令那些不看好他的人嗤之以鼻。

　　众所周知，调酒的时候，最重要的是配方，其次是手法，刚才小乞丐放入调酒壶中的配料实在让人无法理解，至于手法，更别提了，他一开始甚至有些颤抖，怎么也不像老手。

在没有一个人看好他的情况下，小乞丐的手动了。

他小心地掂了一下手中的调酒壶，向后微微退出半步，下一刻，他的眼神完全变了，眼睛好似两颗星星一般，亮晶晶的。

他左手背在身后，右手托着水晶调酒壶，向上一抬，接着五指猛然张开，掌心紧贴调酒壶，调酒壶便在他掌心如同陀螺一般旋转起来。

小乞丐缓缓抬起右手，那调酒壶却始终在他掌心之上高速旋转，就像他的手掌有吸力一样，因为有大量番茄汁，调酒壶里的酒已经完全变成了红色的。

调酒壶急速旋转，看上去就像一个红色圆盘，被他托在手掌上。

"哎呀，没想到他还有两把刷子啊！"

围观的人开始惊叹，很显然，这小乞丐绝不像大多数人认为的那样简单。

更加奇异的还在后面，小乞丐渐渐将托着调酒壶的手竖立起来，那不断旋转的调酒壶也跟着竖立起来，垂直于地面，可并没有掉落下来。

他的右手开始带着高速旋转的调酒壶从右到左，从低到高，再从高到低地移动，就像是在模仿太阳东升西落的过程。

而在这个过程中，那调酒壶始终旋转着贴合在他手掌之上，单是这一手，就惊呆了在场的调酒师。他们自问做不到小乞丐这样的动作，他们甚至连见都没见过这样的调酒方式。

先前讥讽小乞丐的那名年轻调酒师瞪大了眼睛，死死地盯着小乞丐手中的调酒壶。他看不出小乞丐究竟是如何做到这一切的。

在场唯一能够看出小乞丐如何做到这一切的就是阳老。

凭借着锐利的目光，阳老发现，小乞丐不仅仅是手臂在动，他的手掌也在动，只不过手掌动的幅度很小。

他的掌心不断调整，做出收缩、上挺的动作，而他的五根手指有节奏地轻轻颤动着，每根手指都准确地与那旋转的水晶调酒壶轻轻接触，这就是他让调酒壶保持旋转，并且始终贴合在手掌上的秘诀。

这一系列动作，说起来容易，做起来却是难上加难，哪怕是节奏上稍微乱一点，这个调酒壶也会立刻坠落。

小乞丐的动作略显生疏，对于一个只有十一二岁的孩子来说，能够坚持到现在已是不易。

就在众人都以为小乞丐的调酒将以这酷炫的方式结尾时，突然间，小乞丐把左手也伸了出来，右手把调酒壶高高地抛起，装着红色酒液的调酒壶就像太阳陨落一般，飞到顶点后开始下落，顿时引得酒客们一阵惊呼。

小乞丐的神色没有丝毫变化，两只手突然快速动了起来，众人只能看到残影，看不清具体的动作，就连阳老都没看清楚他的手部动作。

众人只觉得眼前一花，那陨落的"太阳"就已经重新升起，这一次，他们竟然看到了三个"太阳"。没错，就是三个。

就在众人以为自己眼花了的时候，只听"砰"的一声轻响，调酒壶落在了桌子上。

小乞丐并没有急于打开调酒壶，他扫视了一下周围的人，看到那些人被自己这一手"三阳映月"惊呆的样子，嘴角微微上翘，眼中的骄傲似乎更盛几分。只有额头上的汗水，表明了他完成这一切并不轻松。

他没有去擦汗水，因为他不能弄脏自己的手。

他拧开壶盖，将黏稠的血红色酒液倒入一个马天尼酒杯之中。一滴不多，一滴不少，正好处于酒杯边缘线之下。

他右手拇指竖直地贴在酒杯内侧，食指环绕在外侧，以一个标准姿势将这杯鸡尾酒递到了阳老面前。

看上去，这杯酒没有先前那名中年调酒师调制出的烈焰焚情那么绚丽，上面也没有火焰作为点缀。但是，这杯酒异常地吸引人，令人感觉到其中蕴含着某种力量。

阳老下意识地将酒接了过来，耳边响起小乞丐的声音："真正的烈焰应该由内心燃起，而不是流于表面。因为它燃烧的是你的内心、你的情绪，而不是你的双眼，这才是真正的烈焰焚情。"

阳老将酒杯送到自己眼前，鼻子一动，就闻到了一股淡淡的腥气，那是番茄汁混合了柠檬汁和酒精之后，发出的如同血腥一般的气息。

小乞丐并没有说，其实他调制的这杯烈焰焚情还有一个名字，叫作"血腥玛丽"。

阳老的眼神变得狂热起来，他将酒杯送到嘴边，轻轻地抿了一口。

酒客、调酒师们的目光都落在了阳老脸上，等待阳老做出判断。毕竟，鸡尾酒最终的评判标准是味道，而不是手法。

无论手法多酷炫，要是调出来的酒味道不好，也没有任何意义。

酒刚入口，阳老的脸色就变了，整个人都呆了，变得僵硬无比，下一刻，一抹红晕出现在他脸上。

突然间，阳老眼中精光一闪，就像燃起了两簇火焰一般。

"好，好一个烈焰应该由内心燃起！"

赵老板紧张地问道："阳老，这杯酒味道如何？"

阳老看向赵老板，难掩兴奋之色："这是我喝过的最有特点的鸡尾酒，也是带给我最强震撼力的鸡尾酒，它真的让我感受到了烈焰在内心燃烧的味道。只有真的喝入口中，才能感受到它的与众不同。如果非要给它一个评价的话，那么，我觉得只有两个字最合适。"

说到这里，他略微停顿了一下，目光扫过身边的众多酒客，用坚定有力的声音说道："无双！"

说完，阳老就像怕别人抢了他这杯酒似的，抬起头将酒一饮而尽，接着，他就有了一种怒发冲冠的炽热感，胸口里面燃起了大火，烫得他全身的毛孔都张开了。

喝完这杯酒，阳老竟然有种此生虚度的感觉，而小乞丐评价先前那杯烈焰焚情是"垃圾"，他现在觉得是那么贴切。

是啊！他竟然喝了一辈子垃圾。

没有人会怀疑阳老的判断，他不仅是离火城资格最老的酒客之一，同时也是离火城地位最高的人之一。

赵老板呆住了，那些调酒师已经一句话也说不出来了，酒客则是一片哗然，议论纷纷，这一切实在太让人震惊了。

不知道是谁说了一句："咦，那个小乞丐呢？"

阳老顿时回过神来，定睛再看，刚刚还在吧台后面的小乞丐已经不见了，他赶忙转身一把抓住赵老板，问道："人呢？"

"啊？不知道啊！"

刚才众人的注意力都在品尝美酒的阳老身上，小乞丐身材瘦小，实在是抓不住人们的目光。

没想到，就这么一会儿，小乞丐竟然消失了。

阳老顾不上和赵老板多说，他急着找能调出好酒的小乞丐，一闪身就到了酒吧门口，之后整个人就像红云一样消失了。

小乞丐将酒递给阳老，说完话之后就走了。

他漫步在大街上，内心一片怅然。

曾几何时，他还是一代酒神，没想到，今日竟然沦落到了如此地步。

他长叹一声，无奈地摇了摇头，此时他的表情一点也不像十一二岁的孩子应该有的表情。事实上，他根本不是十一二岁的孩子。

他原本叫李解冻，并不属于这个世界，在原本的世界中，他有三十二岁，是世界著名的第一酒神。他创造了调酒界、品酒界的无数神话。品酒界原本的最高荣誉是五星金钻奖章，就为了他一个人，追加设立了六星皇钻奖章。因为，他的成就无人能比。

在原本的世界中的李解冻，三十二年间从未离开过酒，他痴迷于酒。

当他受邀品尝本国刚出土的千年美酒时，他终于还是没忍住内心深处的冲动，吃下了一口已成膏状的琥珀色酒，从此一睡不醒。

李解冻一点也不后悔，如果让他重来一次的话，他还是会选择这样做。哪怕是现在，他还在想着那口膏状美酒的味道。

当时他昏睡前的最后一个念头就是，死也值了。

不过，他并没有死，连他自己也不知道这是幸运还是不幸。

当他清醒过来之后，就发现自己不再是一代酒神李解冻，而是变成了一个以乞讨为生的小乞丐，他的名字也变成了姬动，他的大脑里还留有姬动的记忆，他因此知道了姬动就是个单纯可怜的人。

最让他无奈的是，就连他生存的整个世界都变了。

他来到这个叫作五行大陆的世界已经有一个月了，幸亏姬动原本的记忆还在，他知道这个世界的一些基本情况，也会说这个世界的语言。

只不过，可怜他堂堂一代酒神，现在却要为了生存发愁，放在从前，这简直是难以想象的。

李解冻从来都不是一个怨天尤人的人，他只用了三天时间，就接受了自己这个新身份。他还要感谢上天，给了他重活一次的机会。至少，上天没有剥夺他作为李解冻时候的记忆，他依旧可以爱美酒，要是他真的失去了属于自己的记忆，那么，恐怕他就要当一辈子乞丐了。

既然他来到了这个新的世界，就不再是以前那个李解冻了，他决定今后就用小乞丐原本的名字——姬动，在这个世界行走。

原来的姬动的经历非常简单，他根本不记得自己五岁以前的事情，五岁以后，他就在街上以乞讨为生，除了脖子上用红绳串着的、雕刻着姬动名字的白玉牌看上去还值点钱以外，就只有这身不知道有多少补丁的百衲衣。

他最终还是没将这块白玉牌卖掉，因为这具身体原本的主人，对白玉牌似乎很珍惜。

不过，他要生存、要吃饭。堂堂一代酒神当然不能以乞讨为生。很快，他就找到了离火城中最著名的烈焰焚情酒吧。

在这一个月里，除了逐渐了解这个世界之外，姬动每天都在烈焰焚情酒吧周围观察。他对这个世界的认知也十分有限，毕竟身体的原主人也没去过什么别的地方，不知道更多的信息，他只知道这里是五行大陆南端的一个国家，以火焰为图腾。

令姬动庆幸的是，这里的人也喜欢喝酒，这样他就有了用武之地。

他没有立马去挣钱，而是靠原本的姬动留在一座桥下的十几个冷馒头和一些干肉活了下来，其余的时间他都在仔细地观察烈焰焚情酒吧。

作为一个小乞丐，他当然不可能直接去品尝酒吧里面的酒，他也没钱，他只能靠观察。

姬动的观察，不仅仅是看那么简单，他还在闻、在听，他要知道五行大陆的酒和自己的世界的酒有什么区别，还要知道五行大陆的酒的味道、特点。

李解冻莫名其妙地来到五行大陆之后，有一项能力保留了下来——他那比常人更敏锐的六感跟着他来到了五行大陆。

国际品酒师协会之所以颁发给他六星皇钻奖章，就是因为他发明了六感品酒法。在他的理论中，品酒并不能仅靠味觉，嗅觉、视觉、听觉、触觉、感觉同样可以用来品酒。事实上，在原来那个世界中，能够做到这一点的只有他自己。

第 ③ 章
魔师阴阳冕

现在，姬动是小乞丐，没有钱，他不可能大摇大摆走进烈焰焚情酒吧品尝美酒，所以，他只能靠其他五感来判断五行大陆的酒的滋味。

这一个月以来，他凭借着敏锐的感觉，再加上以前的经验，闻着调酒师们调酒时散发出的味道，观察着酒客们喝下不同的酒后的神态、身体变化，记下了酒客们对不同的酒的评价，最终摸清了这里大部分酒的味道，并且与自己原本那个世界的酒进行了对比。

如果有人知道他这样就对酒做出了判断，而且还能成功调酒，恐怕会惊得连下巴都掉下来。

鸡尾酒的配方比例极为严苛，李解冻来到一个全新的世界之后，没有喝过酒，就能凭借自己的观察来确定调酒材料的比例，他绝对无愧于酒神这个称号。

至于阳老，他也是姬动的观察对象，想要先解决温饱问题，姬动就要找到赏识自己的人。

姬动的身体里面毕竟装着李解冻的灵魂，作为一代酒神，李解冻有自己的骄傲和自尊，当然不允许姬动做一名普通的调酒师。

所以，姬动选择了阳老。

经过观察，姬动发现阳老每天都会来烈焰焚情酒吧，以姬动的眼力，自然看得出阳老不仅有相当丰富的品酒经验，对美酒非常执着，更有着非同一般的地位。

今天姬动出现在这里，并非偶然，他是深思熟虑之后才决定行动的。

不论是潜入露天广场的路线，还是出声的时机，姬动都是算计好的。

调好酒后立刻离开，也在他的计划之中，他用的正是欲擒故纵之计。

姬动先前之所以叹息，不仅仅是因为现在的凄凉景象，同时也是为了这具身体。

现在的他，不但格外瘦小，而且十分虚弱，可能是因为长期营养不良吧，发育比较迟缓，身体素质较差。

刚才那个三阳映月的调酒手法，是姬动考虑了很久之后才使出来的。对于李解冻来说，这只不过是一个很简单的手法，今天由这具身体使出来却险些失手，三阳的效果是做出来了，月的效果却没做出来，只能算是勉强调制成功。当然，外人是看不出来的。

而且，因为先前调酒时消耗过大，他现在竟然感觉到了阵阵晕眩，甚至连走路都有些不稳了。

一名出色的调酒师身体素质一定要过硬，否则，再好的技术也发挥不出来。姬动现在就遇到了这样的问题，这具身体根本支撑不了他使用其他高难度调酒手法。

"小兄弟，等一下。"

姬动只觉得眼前一花，红影闪过，阳老已经挡在了他面前。

好快，这是人类所能达到的速度吗？

姬动看着阳老，不禁大吃一惊，他确信，阳老刚才的速度绝对超过了常人的速度。

要知道，姬动的听力十分惊人，他知道，阳老出声喊他的时候，至少还在几十米外，下一秒阳老就到了他面前，这实在令他无法理解。

不过，从阳老对他的称呼来看，姬动就知道，自己的目的达到了。

阳老看着面前这个身材瘦小、明显营养不良、脸上满是污垢的小乞丐，依旧不敢相信先前那杯酒出自小乞丐之手。

可是，事实摆在眼前，阳老不得不信。

"小兄弟，你走这么急干什么？"

姬动看了他一眼，故作冷淡地道："酒调完了，为什么不走？"

阳老赞叹道："你刚才调的这杯烈焰焚情，是我这么多年来喝过的最有特点的鸡尾酒，不过我很奇怪，既然你有这门手艺，为什么还会……"

姬动自然明白阳老话中的含意，骨子里的骄傲令他下意识地挺起了胸膛。

"调酒是一门艺术，用金钱来衡量它的话，对它是一种玷污。即便我已经没有家人，沦落为一个乞丐，也不是任何人都能喝到我调的酒。今日我之所以出手，是因为我看到你也是一个爱酒的人，不希望你继续为那些垃圾而陶醉。"

虽然这话是从一个十一二岁的孩子口中说出来的，但由于先前那杯烈焰焚情实在太好喝了，阳老也说不出反驳的话来。

阳老搓了搓手，眼神复杂，最后，他像是决定了什么一样，问道："小兄弟，我也不跟你绕圈子了，我希望每天都能喝到你调的酒，不知道我有没有这样的荣幸？"

"你？你凭什么？"

姬动抬起下巴，直视着阳老，眼中没有半分怯懦。

阳老看着姬动，坚定地道："就凭我一生唯一的爱好就是酒，还有这个……"

说着，阳老的眼睛突然亮了起来，一股巨大的压力骤然从阳老身上释放出来，姬动只觉得被压迫得胸口一阵发闷，下意识地后退了几步。

刺目的红光，以阳老的身体为中心，骤然射出，在阳老的控制下，红光只在他身体周围一米范围内晃动，周围的环境都因为这红光的出现而产生了变化，空间有些扭曲。

一个巨大的火红色图案出现在阳老背后，那似乎是一只红色的大鸟，火红色的双翼展开，做出展翅高飞的样子，阳老身体周围的红光也镶上了一层金边，令他整个人看上去就像是天神下凡一般，无比威严。

紧接着，阳老头顶上方，红光聚集，一个宛如皇冠一般的东西出现在那里，冠是白色的，十分耀眼。

皇冠出现之后，立刻成了焦点，哪怕是阳老背后那只红色大鸟也无法与它媲美。

那白色的冠冕看上去异常绚丽，冠冕是圆的，上方有九个三角形的尖角，每一个尖角顶端都有一颗如同红宝石般的小球。

在冠冕的正面，还有三个完整的红色五角星，以及一个不完整的五角星，五角星闪耀着与小球一样的光芒。

最引人注意的，尖角上面有火焰图案，那火焰竟然像是活的一般，在冠冕尖端上晃动，因为看不到冠冕后面的情况，所以姬动不知道是不是每一个尖角上都有火焰图案。

姬动发现，这顶如同皇冠一般的东西里面蕴含着极其恐怖的能量。

姬动呆住了，难道这是在变魔术吗？

随着阳老身上的变化，周围空气的温度正在急剧攀升，滚滚热浪令姬动感觉眼前的景物都在晃动。

阳老很满意姬动那吃惊的表情，他微微一笑，道："怎么样？现在我有资格品尝你调的美酒了吗？你放心，我不是在威胁你，我只是想告诉你，我有改变你人生的能力。我叫阳炳天，是离火城中离火学院的院长，是五冠阳冕丙火系七级大宗师。"

他一边说着，一边抬起自己的右手，头上那顶白色的冠冕缓缓飘出，落在他掌心上方，在他手掌上缓慢旋转。

姬动这才看清，那冠冕的九个尖角上，正面五个尖角都烙印着火焰图案，后面四个没有。这五个火焰图案难道就是他说的五冠？

姬动指着阳老手上的冠冕，呆呆地问道："你能不能先告诉我，这是什么东西？还有，你说的那个五冠阳冕七级丙火系大宗师又是什么意思？我怎么听不明白？"

这一次轮到阳炳天吃惊了，他瞪大眼睛看着姬动，仿佛在看什么怪物："你、你不会连魔师阴阳冕都不知道吧？"

好热，好热……

姬动只觉得眼前的景物越来越模糊，头重脚轻的感觉令他的身体微微地晃动着，他摇了摇头，喃喃地道："我不知道。"

阳炳天想了想，恍然大悟："也难怪你不知道，每天以乞讨为生，你可能还没有接触到这个层面的事情。咦，你怎么了？小兄弟……"

身体实在坚持不下去了，这一个月以来，姬动就没有好好吃过一顿饭，再加上身体本就虚弱，之前调酒几乎耗尽了他的体力，此时再被热浪烘烤，他直接眼前一黑，倒了下去。

姬动昏迷前感觉自己的身体被人接住了，并没有直接摔到地上。幸好啊，没把自己摔伤，姬动这样想着，接着就昏死过去了。

阳炳天接住姬动的时候，身上的异象已经消失了，他将手搭在姬动的手腕上面，感受了一下姬动的脉搏，之后便轻叹一声，道："唉，看来这孩子也是个可怜的人，只是不知道他为什么小小年纪就能调制出那么奇特的鸡尾酒，难道他是落魄的贵族子弟？先带他回去再说吧。"

说完，他抱起姬动，脚下微动，几次眨眼的工夫便消失在街道尽头。

姬动一直昏昏沉沉的，不知道睡了多久，后来，他渐渐恢复了意识。

他好像闻到了一股浓浓的香味，那是……鸡汤的味道？

被鸡汤的味道吸引，姬动缓缓地睁开了双眼，此时的他还是感觉四肢无力，难以行动，定睛看时，他才发现自己躺在一个陌生的地方。

这个房间窗明几净，甚是整洁，房间不算很大，约有二十平方米，也算不上豪华，装饰很简单，最吸引姬动注意力的是房顶上的壁画，那是一只栩栩如生的火凤凰，通体火红，双翼展开，仿佛下一刻就要破空而去。那火红色图案的边缘是金色的，和姬动昏迷前看到的阳炳天背后的图像有些相似。

这时，姬动才醒悟过来，原来阳炳天背后出现的光影图案就是火凤凰啊！

"你醒了。"

阳炳天温和的声音响起，姬动支撑着身体坐起来，只见阳炳天正坐在桌子的另一侧，桌子上放着一个砂锅，还有一盘酱肉和两个馒头。姬动再低头向自己身上看去，不知道什么时候，身上的污垢已经被洗干净了，还换上了一身干净的衣服，久违的清爽感令姬动精神为之一振。

姬动看向桌子上的食物，问道："这些是给我的？"

阳炳天微笑颔首："先吃点东西吧，你的身体还很虚弱。"

姬动也不客气，拿起桌上的空碗，打开砂锅，不用看他也知道那是一锅鸡汤，他的鼻子早就告诉了他答案。

令阳炳天有些意外的是，姬动虽然十分饥饿，但他吃东西的时候一点也不着急。他一点点撕着馒头，将其送入口中。他并没有把桌上的东西都吃完，吃了半个馒头之后就停了下来，酱肉也只吃了三四片，鸡汤倒是喝了两碗。

他吃东西的时候，虽然不像贵族那样高贵优雅，但看上去非常悠闲自得，一点也不像饿得昏过去的小乞丐。

"怎么不多吃点？"阳炳天问道。

姬动摇了摇头，道："我很久没有吃过一顿正经饭了，肚子里油水太少，吃多了反而对身体不好。"

听了姬动的话，阳炳天更讶异了，这孩子的心态真是很成熟啊！

"愿意和我说说你的事吗？"

姬动看向阳炳天，两碗热乎乎的鸡汤下肚，他感觉好受了许多，身上似乎也有一点力气了。

"没什么可说的，我来自于一个寄情于酒的家庭，家破人亡后流落至此。你是想知道我为什么会调酒吧，很简单，家传。"

早在昨天行动之前，姬动就想好了应付阳炳天的说辞，说得越多越容易露出破绽，少说反而更好，更有说服力，他相信阳炳天也不会追问他凄惨的身世。

他从没想过阳炳天会怀疑自己，就算阳炳天怀疑又能如何呢？他又没什么坏心，过去这么些年姬动也确实一直流落在外，阳炳天查也查不出什么。

果然，阳炳天听了姬动的话，眉头微皱，仔细地看了姬动半晌，但从姬动脸上，他很难看出什么。

"看来，你是个苦命的孩子。"

姬动双手扶在桌子上，沉声道："我不需要你的怜悯。你把我带回来，无非是想让我为你调酒罢了。"

阳炳天似笑非笑地看着他，问道："那你愿不愿意呢？"

姬动道："你先告诉我，昨天你身上怎么会发生那样的变化，还有，你说的魔师阴阳冕又是什么？"

第 ④ 章
阴阳魔师

阳炳天听了姬动的话之后，感叹道："看来，你的家人还真是寄情于酒，不关心外界的事务啊。在我们五行大陆上，有一个特殊的职业，也是五行大陆上最为重要的职业，不论是哪一方势力，都很重视这个职业的人，都以拥有这些人的多少为评判实力强弱的标准。这个职业就是阴阳魔师。"

"阴阳魔师？那这么说，你就是一名阴阳魔师了？"姬动疑惑地问道，他越来越好奇了，想要知道更多关于这个世界的事情。

阳炳天点了点头，道："不错，我是丙火系的阴阳魔师。在五行大陆上，阴阳魔师的等级和实力，决定着一个人的前途，武官不用多说，实力一定要强，就连文官也被要求至少要达到凝聚阴阳冕的等级，否则将不会受到重用。

"五行大陆上的五大帝国皆是这样的用人标准，现在你能明白为什么我因你不知道阴阳魔师这个职业而惊讶了吧？"

姬动略微有些急切地追问道："嗯，那这阴阳魔师都有什么能力，能做什么呢？"

阳炳天道："阴阳魔师的战斗力很强，一名能够凝聚阴阳冕的学士级阴阳魔师，可以轻易战胜十名成年战士。而最强大的阴阳魔师，完全有能力轻易毁掉一座城市。

"阴阳魔师的理论实在太过广泛，一时半会儿是说不完的，只要你愿意留下来，以后自然会有人教你。

"还记得我跟你说过的话吗？我是离火学院的院长，离火学院正是一个专门培养火系阴阳魔师的学院。你喜欢酒，了解酒，还有你自身的气息都证明了你本性属火，不论你资质如何，我都可以让你留在学院中学习，条件是你要为我调酒，这样你就算是学院的工读生了，吃住等所有费用，全部由学院负责，你看如何？"

姬动听了阳炳天的话，低下头陷入了沉思。

阳炳天微微一笑，胸有成竹地道："离火学院是南火帝国赫赫有名的初级阴阳魔师学院，学制是六年，每年只招收六十名十岁左右的学员，看你的年纪应该也在这个范围之内。每年来报考学院的人超过千人，入学考核极为严格，我们只会接收天赋极佳的学员，毕业率高达百分之三十，就凭这一点，我们在整个五行大陆的初级阴阳魔师学院中也能排进前十位。"

"毕业率才百分之三十你还这么自豪？请问，你们这是以什么标准毕业的？"姬动疑惑地问道。

阳炳天拍了拍自己的额头，无奈地道："我忘了你对阴阳魔师这个职业太不了解。初级阴阳魔师毕业的标准就是看你能否在学习期间凝聚出阴阳冕，成为十级学徒。只有成功凝聚阴阳冕，你才能毕业。

"一旦拥有了阴阳冕，你就是一名真正的阴阳魔师了，不论你未来想要从事哪一行业的工作，都会容易得多。哪怕你不工作，帝国也会给你一定的生活费。至于你说的毕业率，普通的初级阴阳魔师学院能够达到百分之十的毕业率就要偷笑了，想要成功毕业可是很难的。"

姬动点了点头，道："也就是说，如果我能够通过这六年的学习成为一名拥有阴阳冕的阴阳魔师，那么我以后的生活就不用愁了。这确实是个很好的安排。"

阳炳天眼中闪过一丝得意之色。

"这是当然，你不知道有多少人挤破脑袋也想进入我们离火学院呢。这么说，你是答应了？"

吃饱饭的姬动有了力气，不再头晕眼花，他站起身，跟阳炳天道谢："谢谢你的款待。"

说完，他直接朝着门口走去。

阳炳天先是愣了一下，之后立马反应过来，追问道："等一下，你这是什么意思？"

姬动停住脚步，头也不回地道："毕业率只有百分之三十，我给你调酒六年，换来一个不确定的未来，还很有可能毕不了业，这样的买卖你觉得划算吗？如果我只想不愁吃喝的话，我为什么不去酒吧打工？"

阳炳天眉头大皱，不满地问道："那你想要什么？钱？"

姬动猛然转过身，严肃地道："我说过，不要用金钱来衡量我的酒。我可以答应你的安排，我也确实对阴阳魔师感兴趣，但我有几个条件。"

阳炳天也站起身，缓缓走到姬动面前，居高临下地看着姬动，威严地道："小朋友，已经很多年没人用这种语气和我说话了。"

虽然阳炳天的语调很平缓，但是姬动能感觉到他已经有些发怒了。

阳炳天不仅在离火城受人敬重，在整个南火帝国都很有名，地位很高，被自己救回来的一个小乞丐顶撞，阳炳天有些无法接受。他似乎是说，你有什么资格跟我谈条件？

姬动抬起头，直视着阳炳天，冷冷地道："你是想说，我凭什么跟你谈条件，是吧？你放心，我不会占你一点便宜。我从你这里得到多少，就会回报你多少，不，是会回报你双倍甚至更多。简单地说，之前我调制的那杯烈焰焚情，依旧是垃圾。"

阳炳天愣了一下，姬动的话明显出乎他的意料。

"那杯酒也是垃圾？"

姬动垂下眼眸，看上去似乎有些悲凉。

"年龄过小以及身体虚弱，限制住了我，让我无法做出更有技术含量的调酒动作，无法调制出更好喝的酒。在我心中，基本鸡尾酒的配方一共有一千九百六十四个，特殊鸡尾酒的配方有三千一百六十二个，如果给我充足的时间和材料，我一定会想出更多的配方。

"我之所以有底气跟你谈条件，就是因为我有自信，六年之内，绝对不会让你喝到一杯重复的鸡尾酒，并且，每一杯酒的品质都会在之前那一杯烈焰焚情之上，如果我做不到，你随时可以让我从这里滚出去。现在，我够不够资格？"

当姬动说到最后一句话的时候，声音都哽咽了，可他还是那么骄傲，为自己而骄傲。

作为堂堂一代酒神，他什么时候被人当面质疑过？

尽管姬动已经在尽力接受自己这个新的身份，可是，他骨子里的骄傲还是令他不肯向任何人低头，哪怕明知道眼前这个人可能会改变自己的命运，也是一样。为了自己的骄傲，他来到五行大陆之后，从未乞讨过一次，一直靠那点干粮硬撑着，这也是他先前晕倒的原因，他吃得实在太少了。就算已经落到这步田地，他还是不允许自己乞讨，他要靠自己的双手生存下去。

阳炳天真的震惊了，眼前这个孩子实在太傲气了。如果姬动说的是真的，那么，这个孩子绝对有骄傲的资本。

阳炳天突然想起一个人，他下意识地问了出来："你和调酒师公会会长杜思康，也就是酒神大人有什么关系？"

"酒神？"姬动的嘴角略微牵动了一下，想到这个曾经属于自己的称号，现在安在了别人头上，他心中不禁有些酸楚，可他还是很快冷静下来，"我和他没关系。你不是说阴阳魔师是这个世界上最高贵的职业吗？那你为什么还管一名调酒师叫大人？"

阳炳天此时已经恢复了平静，他微微一笑，道："那是因为杜思康大人本身就是一位六冠阳冕壬水系天士、北水帝国著名阴阳魔师，是当世强者，修为在我之上。而且，五冠和六冠是条分界线，境界完全不一样，我自然要称他为大人。好了，接下来说说你的条件吧。"

姬动努力抛开前世的记忆，不断暗示自己：你现在是姬动，不再是当初的酒神李解冻，既然来到了这个世界，就要按照这个世界的方法活下去，重新攀上人生巅峰。

姬动坚定了信念之后，似乎变得不一样了。

"我一共有三个条件。第一，我需要一间专门的调酒室，你要将市面上能够找到的酒都给我买来，这样我才能保证为你调制出品质上等的鸡尾酒。未经我的允许，除了你以外，任何人都不能到调酒室来。我会经常在那里研究调酒，不能被人打扰，缺了什么酒你都要负责给我补齐，当然，所有花费由你来负责。"

阳炳天哈哈一笑，道："这是应该的，我答应你。"

姬动淡淡地道："第二，我每天只为你调制一杯酒，并且我额外的开销都由你负责。"

阳炳天一愣，讪讪地问道："为什么只能调一杯啊？"

姬动白了他一眼，没好气地道："难道你不懂什么叫物以稀为贵吗？一杯酒，足以让你回味一整天。如果做不到这一点，要我有何用？"

阳炳天似乎被姬动的自信感染了，他爽快地道："好，我相信你，这个条件我也答应。不过，你每个月的开销不能超过二十个金币，我的工资也是有限的。"

姬动点了点头，道："第三，按照你说的，我将进入离火学院学习，我要你尽可能地帮助我完成学业，凝聚出你说的那个阴阳冕，让我顺利毕业。如果在这六年里，我发现自己根本不可能凝聚出阴阳冕，我随时都会离开。"

阳炳天讶异地看着姬动："小子，你真的只有十一二岁吗？心思如此缜密，快赶上我这个老头子了。我可以在你修炼的过程中帮助你，只不过，我不会传授你任何魔技。这一点我要提前跟你说清楚。"

"魔技？那是什么？"姬动疑惑地问道。

阳炳天道："在凝聚出阴阳冕之前，你不会拥有魔技。只有拥有了阴阳冕，才有修炼魔技的资格。

"说白了，魔技就是利用自身的阴阳魔力，发出的种种技能。一般来说，阴阳魔师在凝聚出阴阳冕后都会拜师学习魔技，或者是花高价购买一些魔技书来学习。不过，最适合自己的魔技才是最有用的，而且，花钱几乎买不到强大的魔技。当然，你也可以自创魔技，如果成功的话，那样的魔技应该才是最适合自己的，但那需要经历很多磨难才能成功。"

姬动道："这么说，你是不愿意收我为徒了？"

一听到这话，阳炳天脸上也出现了骄傲的神色。

"一码归一码，你调制的酒确实不错，至于修炼天赋，暂时我还没看出来。想成为我的徒弟，必须展现出足够的天赋，阴阳魔师收徒极为严格，到目前为止，我也只有一名弟子。"

姬动抬起右手，伸到阳炳天面前。

"干什么？"阳炳天看了看他的手。

姬动道："成交。"

阳炳天笑了，无奈地摇摇头，谁能想到，他作为五冠丙火系大宗师，竟然和一个孩子谈判，而且还吃了亏，这让他有些不爽，但一想到姬动说的数千种鸡尾酒配方，他也只能将不爽强压下去。

阳炳天伸手在姬动手上拍了一下，豪气地道："那我们就成交吧。"

姬动道："作为一个爱酒者，这可能是你这一生最英明的决定。"

阳炳天微笑着道："我也希望如此，让我们拭目以待吧。你绝对是和我讲条件的人当中年纪最小的一个。"

姬动道："我什么时候可以进入离火学院？"

阳炳天道："你现在已经在离火学院里面了。身为院长，我自然要住在学院里，这里是我的一个休息室。不过，以后这里就归你所有了。我会命人为你打造一个酒柜，其他你需要的东西我也会尽快备齐。两天后就要开学了，这两天你先调养一下身体吧。"

离火学院并不是很大，姬动在这里住了两天后，就基本将学院的情况摸清楚了。

整个学院由两栋教学楼、两栋宿舍楼、两个操场，以及十个测试场组成。

姬动不知道那些测试场是干什么用的，从外面看，测试场就像大仓库一样。

好吃好喝了两天，姬动比被阳炳天带回来之前精神了许多，两天前他第一次用打磨光滑的金属制成的镜子照向自己的时候，才看清楚自己到底长什么样子。

和以前的相貌相比，现在的他真是差远了，甚至可以说是天差地远。

现在的他普通得不能再普通了，姬动唯一能够聊以自慰的就是，至少这具身体没有缺胳膊断腿，该有的都有，不影响他的行动能力和思考能力。

阳炳天不愧是院长，办事效率极高，只用了一天的时间，就命人把酒柜送了过来。

阳炳天住的地方是一栋教学楼的顶层，这里只有他一个人住，房间多的是。

姬动自然不需要住宿舍，他就住那间简单的休息室。当然，现在休息室中已经有了一个完整的吧台，还有各种各样的美酒，以及调酒用具，那些美酒中还有不少是阳炳天的藏品。

现在，那间休息室，也就是调酒室算是一应俱全，姬动很满意。

第 ⑤ 章

阴阳平衡

离火学院每年夏季都会放假一次，因为南火帝国的夏季太过炎热，不适合进行教学活动。

学员会在家中度过炎热的夏季，直到秋天来临，才会回到学校，假期长达三个月。

现在正好是放假期间，所以学院里十分冷清，基本没有学员。

本来姬动心想，就要开学了，阳炳天说的入学考核也该开始了，他正好借此机会见识一下入学考核怎么进行，都考些什么内容，没想到阳炳天告诉他，学院的入学考核是在每学年末进行的，通过考核的人会在下个学年直接入学。

"呼……"

姬动慢慢地在操场上跑了两圈，身上的衣服都被汗水浸透了，这具身体的体质实在是太差了，就算他吃了好的食物补充营养，身体也不是一天两天能好起来的。

不论是为了调酒，还是为了成为阴阳魔师，他都必须坚持锻炼，让自己的身体素质尽快变好，至少要变得跟普通人一样，不能动不动就两眼发黑。

"明天就开学了，很久没有这么期待一件事了。阴阳魔师，究竟是怎样的职业呢？"

　　姬动一边念叨着，一边走回教学楼，来到自己的房间，一进门，他就看到阳炳天坐在那里等他，而且还一脸迫不及待的样子。

　　昨天，一切备齐之后，他为阳炳天调制了一杯酒，喝了那杯酒之后，阳炳天对他的态度就更温和了。

　　实践果然是检验真理的唯一标准，阳炳天喝过姬动调制的酒后，便开始觉得自己答应姬动的条件是极为明智的。

　　"姬动，今天准备调一杯什么酒啊？"

　　一看姬动回来了，阳炳天立刻起身凑了过去。

　　姬动道："我先去洗个澡，然后再为你调酒。"

　　他既然已经答应了阳炳天，就一定会信守承诺，每天为阳炳天调一杯新酒，绝对不会打折扣，这是他做人的原则。

　　阳炳天催促道："那你可要快一点，明天就要开学了，我还要为你测一下阴阳属性，看你更适合哪一系。"

　　"阴阳属性？什么意思？"姬动疑惑地问道。

　　阳炳天道："从你身上的气息，我判断出你本性属火，但火也是分阴阳的，一种是阳火，另一种是阴火，它们各有特点。像我修炼的就是阳火，也就是丙火系魔师，如果是阴火的话，那就是丁火系魔师。"

　　姬动道："好，那我先去洗澡。"

　　姬动越听阳炳天介绍，对阴阳魔师就越好奇，隐约中他渐渐明白，阴阳魔师的分类似乎与自己之前那个世界的阴阳、五行、天干有关。在十天干中，丙丁正属火。不过，姬动没有研究过这方面的文化，只是听说过南方丙丁火，却不知道丙火竟然还可以叫作阳火，丁火则是阴火。

　　姬动的房间外面就是一个洗漱间，很方便，他快速地洗完澡，换了一身干净衣服。刚走出来，他就看到阳炳天在房间内来回踱步，明显等待得很心急，都到了坐立难安的地步。

以前，姬动还是酒神的时候，很多人为喝到他调制的一杯酒，也是等得心痒痒，难以保持冷静，这种情况他见得多了，自然明白阳炳天那种急切的心情，他也没多说什么，直接走到了吧台后面。

姬动一旦开始调酒，就像变了个人一样，阳炳天最欣赏的正是姬动调酒时的那种极度专注。

虽然姬动的身体素质远不如李解冻，但这不影响他调酒时保持专注，他真正做到了舍酒之外，再无他物。

简单来说，同样的材料由不同的人调制，调出来的味道是截然不同的，哪怕大家加入调料的比例一样，味道也不一样。

阳炳天屏住呼吸，聚精会神地看着姬动，生怕自己打扰了姬动。

姬动的动作很快，他不需要转身去看，反手朝着背后的酒柜抓去，就能顺利拿到自己需要的酒，身为一代酒神，酒柜上美酒的摆放位置，他只要看过一遍，就会记得很清楚。

十分之二的绿色茴香酒，十分之二的百加得朗姆酒，十分之三的黄色杜松子酒，再加上十分之三姬动特意让阳炳天买来的葡萄酒红味美思，这杯酒就完成了一半，剩下一半，要靠姬动摇酒完成。

当所有酒瓶都被放回原位的时候，调酒壶已经被抛向了空中。

阳炳天根本没注意到姬动是什么时候盖上壶盖的。

姬动所使用的，就是普通的水晶调酒壶，这也是他在前一个世界最喜欢的调酒壶种类。尽管水晶调酒壶容易损坏，可是比起其他调酒壶来，水晶调酒壶能够最大程度地保存酒本身的味道，不会影响口感。

对于调酒师和喝酒的人来说，酒本身的味道才是最重要的，这也是对酒的一种尊重。

"可惜，没有冰块。"姬动自言自语地说道。

他抬起了双手，只见那个水晶调酒壶在他双掌之上来回翻滚，他的双手就像磁铁一般，始终吸着调酒壶。

阳炳天能够清楚地看到，经过翻滚，水晶调酒壶内的酒的颜色发生了变化。

整个调酒的过程很短，调酒壶从空中落下之后，竟然如同陀螺一般在桌面上旋转起来，里面的酒也形成了一个旋涡。

"这种手法很简单，也很实用，这样做可以去掉酒里面的泡沫，免去过滤的步骤。"

姬动伸出一根手指，按住壶盖，调酒壶立马停止了转动。

他打开壶盖，将酒倒进一个海波杯中，当最后一滴酒液被倒入杯中后，透明的杯子呈现出了一种奇异的颜色。

最上面的酒是粉红色的，越往下颜色越淡，过了某条线之后，酒开始呈现出淡淡的蓝色，越靠近杯底，蓝色越深。

还是渐变色，真是奇特！阳炳天都看呆了。

"调酒是一门艺术，调酒师在调酒的时候，会将自己的感情融入这杯酒中。所以，调酒师心情不同，调制的酒也会有不同的味道。请品尝，这杯酒名叫魅力，适合一小口一小口地抿着喝。"

"魅力？好一个魅力！"阳炳天由衷地赞叹道。

他接过酒杯，放到鼻端闻了一下，顿时就像醉了一样，开始傻笑。

第一口酒入口之后，阳炳天整个人就被这杯魅力征服了。刚入口的时候，他感觉那酒极其甘冽，等完全喝下去之后，又有了不同的感受，之后每抿一口，味道都不一样。

喝到最后，酒的味道都挥发了出来，气味馥郁迷人，不同寻常。

当味重而又刺激的茴香酒与醇和温雅的杜松子酒味道完美融合时，阳炳天只觉得自己整个人都有些飘飘欲仙了。

姬动根本不会问阳炳天品酒后的感觉，只是坐在一旁静静地等待着，这是酒神的自信。

阳炳天十分不舍地放下海波杯，如果姬动不在旁边的话，他都有用舌头舔舐酒杯的冲动了。

"太完美了！你说得对，物以稀为贵，每天能享受一次，我已经很满足了。"

阳炳天勉强让自己从那迷醉的感觉中清醒过来，再看姬动时，脸上笑得连褶子都出来了。

"你不是说要为我检测阴阳属性吗？"姬动提醒道。

"哦，对啊！你调的酒太好喝了，我都忘了这件正事。"

阳炳天不好意思地嘿嘿一笑，一甩手，只见红光一闪，他手中就多了一根透明的棍子。

棍长一尺，看上去像是用水晶制作而成的，上面刻有纹路，棍子两端分别有一个红色和蓝色的小球。

"来，左手握住蓝色这边，右手握住红色这边，全身放松。"阳炳天捏住棍子的中间，将其递到姬动面前。

姬动依言照做，阳炳天抬手按在姬动额头上，一股能量顿时从阳炳天手上传入姬动体内，温暖的能量瞬间涌入姬动全身每一个角落，令他感觉到说不出的舒服。

就在这时，握在姬动手中的棍子也随之出现了变化。

蓝色光芒从姬动左手握住的小球上射出，另一边，红色光芒从姬动右手握住的小球上射出，朝着棍子中间聚集。

阳炳天发现两种光芒飞行速度差不多的时候，不禁皱起了眉头。

两种光芒渐渐朝中间汇拢，很快就聚集在了中心的那道刻度处。

"不会吧？"

阳炳天收回按在姬动额头上的手，弯下腰，死死地盯着棍子中间的位置，目光完全呆滞了。

姬动将棍子递还给阳炳天："如果你想夸我是个天才，我不介意的。"

姬动不禁打趣了一句。

"天才？你可真是异想天开啊！我执教这么多年，从未见过像你这样没有一点天赋的人。"

"你说什么？"姬动吃了一惊，虽然这具身体弱了点，但并不表明这具身体完全无用啊，他可不相信自己会是个废物。

阳炳天指着棍子道："你看，你本身是火属性的没错，这是火属性的检测棒，蓝色代表的是阴火，红色代表的是阳火。

"如果你非要说自己是天才的话，那也没什么错，毕竟没有人像你的属性一样平衡。阴阳平衡，竟然是阴阳平衡。我活了六十多年，还是第一次遇到阴阳属性完全平衡的人。"

"阴阳平衡有什么不好？阴阳平衡不是对身体很好吗？"姬动不明所以地道。

阳炳天苦笑着道："没错，对普通人来说，阴阳平衡是长寿的象征，如果完全达到了阴阳平衡的话，人就可以活很久很久，像你这样的情况，可以说是万中无一。

"不过，对我们阴阳魔师来说，阴阳平衡比纯阴、纯阳还少见。你还记得吗，我对你说过，要按照阴阳属性来选择自己修炼的方向。一般来说，普通人阴阳属性的比例都是六比四，要么是偏向阳性，要么是偏向阴性。比例为六比四的人我们是不会收的，因为阴阳属性相差太少，很难修炼出阴冕或阳冕，就算修炼出了，未来也很难再有进步。阴阳属性比例至少要达到三比七，才有可能修炼出阴阳冕。我的阴阳属性就是二比八，也就是二八分，阳属性占据了八成，还算是比较有天赋的，经过不断修炼才有了今天的成就。"

闻言，姬动有些失落，他呆呆地问道："那这么说，纯阴、纯阳之体修炼的效果最好了？"

阳炳天摇了摇头，道："那也不一定。一般来说，纯阴、纯阳的身体因为太过极端，那些人很难活过二十岁，所以也不适合修炼。除非男女双方分别是纯阴、纯阳之体，在二十岁之前进行阴阳调和，方有修炼的可能，只不过，那两个人一旦开始这样修炼，就永远都不能分开，否则随时都有暴毙的可能。因此，修炼成为阴阳魔师最好的体质应该是九一分，极度偏向一方，这就是我们阴阳魔师界所说的绝世奇才了。"

姬动深吸一口气，再徐徐吐出，问道："那你能不能告诉我，如果我想要修炼成为阴阳魔师的话，应该怎样做？"

阳炳天面露难色，道："实话告诉你，你要修炼的话，是很难的。因为你是先天阴阳平衡的人，你不能破坏这个平衡，所以，你想要修炼成为阴阳魔师的话，就必须同时修炼丙丁双火系，始终保持阴阳平衡。

"虽然我很希望能够一直喝你调制的酒，但我不能骗你。阴阳属性比例三七分的人，修炼速度是四六分的人的两倍，二八分又是三七分的两倍，依此类推，阴阳九一分的人，修炼速度是四六分的八倍。

"而你的阴阳属性是五五分，只修炼一种属性的话，都是九一分的人的修炼速度的十六分之一，要是双属性同时修炼，那就是九一分的人的三十二分之一了。在这种情况下，你几乎不可能修出阴阳冕。

"一般来说，五行大陆的阴阳魔师如果在成年之前，也就是在十五岁前还没有修出阴阳冕，那么，他这辈子就很难再修出阴阳冕了。"

"谢谢你告诉我这些。"

姬动看着阳炳天，眼中第一次流露出了尊敬之色。

虽然阳炳天很喜欢姬动调制的美酒，但并没有因为想留下姬动，而对姬动说谎，不愧为人师表。

阳炳天拍了拍姬动的肩膀，温和地道："其实，调酒师也是一个很好的职业，要是你不愿意为普通人调酒，我也可以介绍你进调酒师公会，以你的水平，一定能够在调酒界大放异彩。"

姬动摇了摇头，道："谢谢你的好意，但我还是想试试。"

"你是说……"阳炳天瞪大了眼睛，他看到姬动完全没有放弃的想法。

"我想试试成为阴阳魔师。没有天赋，是别人修炼速度的三十二分之一，我就比别人更加努力。"

既然来到了一个这样神奇的世界，为什么不换一种方式活一次呢？哪怕不成功，又会有什么损失？

第 6 章
特殊的开学典礼

"我今年十岁零九个月，按照五行大陆十五岁成年的标准，离成年还有四年多的时间。要是到那时我还没成功修出阴阳冕，您再介绍我去调酒师公会也不迟。那时候，我也应该能调制出更好的酒了。"姬动斩钉截铁地说道。他知道这具身体年纪有多大。

阳炳天正色道："你真的决定了？"

姬动坚定地道："不试试怎么知道不可能成功？"

他从来都不是一个轻易认输的人。

阳炳天点了点头，道："好，我会尽可能地帮助你。你这酒我是不会白喝的。如果你真的能够通过修炼丙丁双火系，修出阴阳冕，不论未来成就如何，你都算是开创了阴阳魔师界的先河。你先休息吧，这件事我要回去仔细想一想。"

阳炳天走出姬动的房间，顺手带上门，自言自语地道："究竟怎样的家庭，才能教出这样的孩子？他不仅有高超的调酒技艺，而且还有如此坚定的心志。或许，他真的能够打破惯例，成为那个特殊的人。"

清晨，当第一缕阳光射入房间的时候，姬动就爬了起来。他一直保持着早睡早起的好习惯，更何况今天是开学的日子，他更要早点起床去看看情况。

他将从今天开始努力。他用力地挥了几下拳头，让自己清醒一些，简单洗漱了一下，便跑下了楼。他决定先慢跑几圈，活动一下。

不过，等他来到楼下之后，他就知道今天恐怕无法跑步了。

尽管太阳刚刚升起，可学院里面已经变得异常热闹了。许多和他年龄差不多，或者比他大一些的孩子在家长的陪同下来到学院，宿舍楼那边更是热闹。

不能跑步，姬动也没有回房间，他还是要锻炼。

他在原地开始做拉伸运动，年纪小也有年纪小的好处，虽然这具身体非常虚弱，但柔韧性不差，活动了一会儿，姬动感觉身体微微发热，体内仿佛又多了几分力量。

"喂，你也是今年的新生吗？"一个清脆的声音从背后传来。

姬动转过身看去，只见一个和自己年纪差不多，穿着普通的少年站在后面，望着自己。

虽然少年和姬动的衣着一样很朴素，但相貌比姬动出众得多，粉嫩的小脸似乎能掐出水来，两只大眼睛又黑又亮，眼神活络，一头利落的短发更为少年增添了几分活力。

"我是丁火系一年级的，你呢？"

少年很自然地走到姬动身边，毫不客气地搂住了姬动的肩膀，一副亲热的样子。

"你是丁火系的？你是女的？"

姬动有些惊讶地看着他，十岁的孩子还没怎么发育，男女差异也不是那么明显，姬动只能凭借长相来判断性别。

"放屁！兄弟我是纯爷们，要不要我脱了裤子给你看看，谁告诉你丁火系的学员就一定是女的？"少年有些气恼地说道。

姬动皱了皱眉，刚想说什么的时候，不远处一个洪亮的声音响起："好啊！毕苏，你这娘娘腔原来躲在这里，看我这次不揍死你！"

一个气势汹汹，比姬动和毕苏高许多的壮硕少年跑了过来。壮硕少年那一头红发看上去甚是亮眼，再加上他肩宽背阔，整个人就像头小牛犊子一样。

他大踏步朝这边冲了过来，目标正是姬动身边的毕苏。

"好兄弟，快替我挡一下，我不会亏待你的。"毕苏往姬动背后一缩，露出半个脑袋朝冲过来的壮硕少年喊道，"卡尔，不要以为我怕了你，不就是入学考核的时候踢了你屁股一脚，让你摔了个狗啃泥吗？那么一点小事，到现在还记着，你也太小心眼了。这是我老大，有本事，你先打过我老大再说。"

"什么老大、老二的，我一块儿揍。"

名叫卡尔的少年冲了过来，不由分说地打出一拳，由于姬动挡在前面，承受卡尔这一拳的，自然是姬动。

姬动立刻明白自己被利用了。

此时，毕苏在背后紧紧抓着姬动的衣服，姬动想躲也躲不了。在原来的世界，李解冻年少时就是个打架高手，读书的时候，因为他长得高大英俊，学校里的女孩子都喜欢他，难免会有一些男孩子嫉妒他，所以，他为自保打了不少架。

眼看卡尔一拳挥来，姬动很清楚，以自己现在的身体状况，要是真被打中了，就算不晕过去，也会吃些苦头。

被利用总比挨揍强，他第一时间就做出了反应，抬起右腿，对着卡尔踹了过去。

姬动心想：你是比我高大，可你的手臂总没我的腿长吧。

"砰——"

只听一声闷响，姬动这一脚准确无误地踹在了卡尔的小腹上。

卡尔确实彪悍，再加上姬动的身体素质实在不怎么样，两人这一下可以说是两败俱伤，卡尔被姬动一脚踹倒，姬动也被巨大的冲击力带得向后倒去。

"哎哟，摔死我了。"

姬动是摔倒了，可惨叫的不是他，也不是卡尔，而是毕苏。

原来，毕苏先前在后面拽着姬动的衣服，可以说是聪明反被聪明误，倒成了给姬动垫背的。

姬动一下就从地上爬了起来，直接朝卡尔扑了过去。

姬动想着，先下手为强，从身材就能看出，卡尔不好对付，自己踹了他一脚，就算是被毕苏利用的，也一样解释不清，终究会被卡尔当成毕苏的同伙，既然如此，打了再说。

毕苏眼看姬动扑了上去，先是愣了一下，然后也跟着扑了上去，并没有转身逃跑。

虽然卡尔身材高大，但是一人打两人的话，还是有些吃不消。

姬动还好，不使阴险的手段，什么都是明着来，毕苏不一样，专找要害打。

尽管他们年纪都小，力气不大，卡尔也不敢让他们打中。到了最后，就变成卡尔偶尔还上一拳，更多时候都用手护着要害。

"你们在干什么？都给我住手！"

一声怒喝响起，没等姬动反应过来，他就被人提了起来，等他脚踏实地时，才知道是一名身材极为魁伟的大汉把他和毕苏一手一个抓了起来，接着脚尖一挑，让卡尔也站了起来。

毕苏占了上风，大为得意，一脸不屑地看着卡尔。卡尔则是双目喷火，想要再次冲上来，只不过被大汉牵制住了，动弹不得。

"你们不错啊！开学第一天就打架，都给我站好了！"

大汉和卡尔一样，有一头红色短发，但卡尔和他比起来，就是小巫见大巫了。此人看上去三十多岁，如果说卡尔是一头小牛犊子，那么，他就是一头强壮的公牛，豹头环眼，不怒自威。

"喜欢打架是吧？很好，不喜欢打架的阴阳魔师是不合格的，以后有的是机会让你们打。不过，开学第一天就在学校操场上打架，你们胆子不小啊！触犯了校规。你们三个不用参加开学典礼了，现在马上向后转，绕着操场跑二十圈。跑不完的话，就直接回家找妈妈去，不用来学院了。最后一个跑完的，再多跑五圈。开始！"

毕苏毫不犹豫地第一个冲了出去，姬动暗叫倒霉。

这几天，姬动已经想得很清楚了，既然一切重来，那就要真正重新来过，不管遇到什么困难，他都不会放弃。

无奈之下，他只得跟着跑了出去。

卡尔一脸怒气地瞪了毕苏和姬动一眼，也跟了上来。

离火学院一共有两个操场，分别属于丙火系和丁火系，此时他们跑的是丙火系的操场，并不大，一圈才两百米，二十圈下来四千米。

对未成年的孩子，尤其是像姬动这种身体虚弱的孩子来说，这绝对是一个很大的挑战。

操场上有不少新老学员看到了这一幕，老学员们在偷笑，新学员们则面带惧意地看着那彪悍的大汉。

大汉一瞪眼睛，怒吼道："看什么看？你们也想跑圈是不是？都给我滚到礼堂去参加开学典礼。现在，立刻去！我数十个数，数完之后，要是我看到这里还有人，你们就和他们一起去跑圈。"

不论是几年级的学员，都一哄而散，谁也不希望被罚。

大汉摸了摸自己的脸，自言自语地道："我有那么可怕吗？不就是脸上肉多了点吗？哼！"说着，大汉朝跑圈的三个人看去，目光先落在了姬动身上。

他嘿嘿一笑，道："这三个小子不错，有我当年的风采，上学第一天就敢打架，不过我还是要好好整治整治他们。尤其是那个最瘦小的，踢的那一脚够狠的，看不出来，个头不大，打起架来倒是不要命。咦，上学年末新生入学考核的时候，我怎么没见过这个学员？"

这一跑起来，身体素质上的差距就显现出来了。

毫无疑问，一头红发的卡尔肌肉可没白长，跑起来脚下极为有力，每一步都像是把自己弹起来的一样，虽然他是最后一个起步的，但他并没有落在后面，很快就超过了姬动和毕苏，跑到了最前面。

尽管毕苏不如卡尔，可他的脚步非常轻盈，并没有被卡尔甩多远，跑起来也还算轻松。

到了最后面的姬动，就不敢恭维了。

刚开始还好，这几天姬动也一直在锻炼，跑到第四圈的时候还没什么感觉，勉强能够跟上前面的毕苏和卡尔。

第五圈过后，姬动的呼吸就开始变得粗重了，双腿像灌了铅一样越来越沉，汗水浸透了衣服，他与卡尔和毕苏的距离越拉越远。

跑完第九圈之后，卡尔已经反超了姬动一圈。卡尔不仅没有减速的意思，反而越跑越快，就像在故意羞辱姬动一样。

毕苏慢慢地也反超了姬动一圈，他跟在姬动身边，疑惑地看着姬动，道："兄弟，你身体不行啊！你是怎么通过入学考核的体能测试的？刚才你帮了我，谢啦。"

姬动瞥了他一眼，喘息着道："看在你刚才没有扔下我一个人转身就跑的分上，算了，这次我不和你计较。"

毕苏拍了拍自己的胸膛，自豪地道："我怎么会跑？我是那种人吗？"

姬动没好气地道："有点像。"

"呃……来吧，要不要我帮你一把？"

说着，毕苏就要去抓姬动的右肩，想让姬动搭在自己身上跑一段。

姬动微微一闪身，躲过了毕苏的手。

"不用，我能行。你先跑吧，别管我了。"

那站在操场中央的大汉显然看到了两个人的动作，当即大喊："你们在干什么，赶快跑，还想挨罚是不是？"

毕苏吐了吐舌头，这才再次加速，朝着前面的卡尔追去。

跑到第十五圈，姬动的体力已经完全透支，速度也减慢了许多，但他丝毫没有放弃的意思，想要成为阴阳魔师，就要付出更多的努力，今天这惩罚就当作一个全新的开始吧。

大汉站在操场中央，看着三人跑步，刚开始的时候，他最欣赏的就是打架时动作最利落的姬动，可这一跑步，他就看出问题了，很明显，卡尔和毕苏的身体素质都非常好，跑二十圈根本不算什么，姬动跑起来却明显十分困难。大汉十分疑惑，这样的学员是怎么通过入学考核的？

但是，大汉的想法很快又发生了转变，他当然看得出来，姬动的体力早已透支，可是，姬动依旧在坚持，丝毫没有要停下来或者是求饶的意思。

好有毅力的学员！大汉暗暗点头，虽然姬动的身体素质不如毕苏和卡尔的身体素质，但姬动的执着令人感动。

当姬动跑完第十六圈的时候，卡尔和毕苏已经跑完了二十圈，出人意料的是，毕苏最后突然加快了速度，居然和卡尔跑了个不相上下。

姬动继续跑着，突然，他发现自己的身体好像变轻了，跑起来也不像先前那么困难了。

姬动脑海中灵光一闪，极限，难道我突破极限了？

他知道，在这种有氧运动中，人体都会达到一个极限，一旦突破了这个极限，就等于突破了自我，脚步会变得轻盈许多，呼吸也不再那么困难。

从第十七圈开始，他明显跑得轻松了许多，硬是坚持跑完了二十圈。

不过，惩罚还没有结束，姬动是最后一个跑完的，所以还要多跑五圈。

当姬动开始跑第二十一圈的时候，毕苏突然跟了上来。

"你干什么？"姬动扭头看向跟在自己身边的毕苏。

毕苏嘿嘿一笑，道："这事因我而起，你是遇到了无妄之灾，我怎么能让你一个人受惩罚呢？还是一起吧。"

没等毕苏说完，一头红发的卡尔就出现在了姬动的另一边，一边跑着，一边说道："我可不是来陪你们的，只是要证明我的体力非常好，不会比你们少跑，才过来的。"

嘴上虽然这样说着，但卡尔始终保持和毕苏、姬动同样的速度，三人齐头并进。

第 7 章

夏天老师

"行了，你们三个都给我过来。"

大汉朝着姬动三人招了招手。

三人对视一眼，跑了过去。

姬动停下脚步，大汗淋漓，只觉得全身每一个毛孔都在扩张，两条腿好像不是自己的一样，但还是令他身心畅快了许多。

大汉先扫了三人一眼，接着哼了一声，道："今天就是给你们一个教训，你们都给我记住了，以后想打架可以，先来找我报备，我给你们找地方，让你们打个够。"

毕苏赶忙赔笑道："老师，我们以后不敢了。"

"不敢了？你们刚才不是打得很开心吗？实话告诉你们，我从不讨厌顽劣的学员，我只讨厌那些不努力的学员。想要打败别人，以后修炼的时候就给我努力一点。我叫夏天，炽热的夏天，我是丙火系的教导主任，也是丙火系一年级的班主任、指导老师，你们要记住我的名字。你小子是丁火系的吧，你给我记住了，我最讨厌娘娘腔，以后和我说话的时候，记得声音洪亮一点，听明白没有？"

"听明白了！"毕苏赶忙大声回答，心中却是一阵腹诽，眼前这家伙简直就是中年版本的卡尔。

夏天哼了一声，道："都滚吧。枯燥的开学典礼不用去了，自己领了校服回宿舍老实待着。有一点我要提醒你们，最严格的一条校规就是不允许随便出校门。"

"是。"三人同时应道。

三人对视一眼，看到了彼此眼中的喜色。不用参加枯燥乏味的开学典礼，显然不是坏事。毕苏和卡尔更是欢呼一声，扯着姬动就朝教学楼跑去。

看着他们离去，夏天这才笑了出来："这三个小兔崽子还真是精力充沛啊！希望他们是可造之才。"

三人一起向教学楼走去，毕苏咳嗽一声，目光越过姬动，落在卡尔身上。

"那个，卡尔，今天的事我们就到这里怎么样？"

卡尔哼了一声，道："娘娘腔，占了便宜就想退缩吗？上次，入学考核的时候，你趁我跑在前面，踹了我一脚，抢了我体能测试的第一名，这笔账我还没和你算清楚呢，今天又白白让你们揍了一顿，你想就这么算了？"

毕苏不好意思地笑了笑，道："过去的事就让它过去好了，再说了，谁没有点好胜心，只能怪你自己不小心。而且，现在你一个人也打不过我们两个啊！"

姬动瞥了毕苏一眼，淡淡地道："别扯上我，我在他冲上来的前一秒才认识你。"

虽然卡尔看上去粗枝大叶的，但也绝对不是那种傻乎乎的人，立刻就明白过来，正要质问毕苏，就被姬动抓住了肩膀。

姬动道："不过，我们也算是不打不相识，这样吧，他不是踹了你一脚吗？你现在踹回来，踹他一脚之后，以前的事就算了。至于今天打架，那是你先冲上来的，我们也都受罚了，就算了吧，我们做个朋友。"

"呃，兄弟，你怎么能出卖我啊？"

毕苏扭头想跑，却被姬动一把拉住了。

"自己做的事就要勇于承担。你是想以后多个朋友，还是多个敌人？"

看着平静的姬动，毕苏呆了一下，再看看摩拳擦掌的卡尔，他很是心虚，一脸无奈地道："算我倒霉，本来想利用你一下，可没想到不仅成了垫背的，还要被揍回来。卡尔大哥，你可要轻点儿。"

毕苏一边说着，一边双手抱头，很是无赖地转身蹲在地上，朝卡尔和姬动的方向撅起屁股，看得姬动啼笑皆非，这家伙倒真是个活宝。

卡尔的右腿已经抬了起来，但他这一脚终究还是没踹出去，只是伸到毕苏屁股下面用力一挑，让毕苏重新站了起来。

"懒得和你计较。"卡尔没好气地瞪了毕苏一眼。

毕苏没有受到皮肉之苦，顿时大喜，打蛇随棍上。

"那这么说，以后我们就是朋友了？"

卡尔哼了一声，骄傲地道："谁和娘娘腔是朋友？"

毕苏怒道："娘娘腔就没人权吗？娘娘腔也是人，而且是好人。再说我娘娘腔吃你家大米了啊，还是我放火打劫干坏事了？你以为我想啊？谁让我的阴阳属性中阴属性占了八成多，受阴属性的影响较大，声音才细了些，但我本身是纯爷们。"

卡尔惊讶地问道："你是阴阳属性二八开的丁火系学员？"

毕苏的情绪转变极快，听卡尔这么一问，立刻得意起来。

"那是当然，准确地说，我的丁火占到了八成半，用两个字来形容我的话，那就是天才。这届新生中，丁火班里面，我的天赋应该是最好的。"

卡尔不屑地撇了撇嘴："不就是八成半的丁火吗？我还是八成半的丙火呢。你看，我怎么不吹嘘？"

姬动听到两人吵嘴，不禁笑了起来，问道："那你现在在干什么？"

虽然面上没表现出来，但姬动实际上是很吃惊的，他没想到，开学第一天，自己就跟阳炳天口中说的天才级别的学员撞上了，还成了朋友，这两个学员以后肯定能够凝聚出阴阳冕。

卡尔脸一红，道："我只是看不惯他那得意的样子。对了，我还不知道你叫什么名字。你是丙火系的还是丁火系的？"

"我叫姬动。准确地说，你两个都是我的同学。我是丙丁火系双修。"

"不可能！"卡尔和毕苏异口同声地说道。

姬动淡淡地道："你们没听过阴阳平衡吗？只允许你们是天才，就不允许我是毫无天赋的人吗？"

说着，姬动便第一个走进了教学楼。

卡尔和毕苏对视一眼，两人眼中早就没了敌意，看着姬动有些孤寂的背影，同时追了上去。

毕苏忍不住问道："姬动，你的属性真的是阴阳平衡吗？如果你真的是这样的属性，那么你是怎么被学院录取的？"

姬动丝毫不加掩饰，很自然地道："走后门进来的，我是工读生。我只是想试一试，我不想留下遗憾，也不想未尽全力就说自己做不到。阴阳平衡就一定不能修炼成阴阳魔师吗？我需要的，只是不断努力，甚至是往死里努力而已。"

"往死里努力？你不会是个疯子吧？"毕苏呆呆地看着姬动。

"你才是疯子。"卡尔瞪了毕苏一眼，接着转向姬动，"姬动，我支持你。我妈妈说过，只要努力过，不成功也不亏。有什么需要我帮忙的，你尽管开口。"

毕苏不甘示弱地道："我也一样，以后我们就是兄弟了。"

姬动看了看二人，没有说话，只是伸出了自己的右手，卡尔和毕苏同时将手放了上去，三只大小不一的手叠放在了一起。

三人目光相对，一同笑了起来。

当他们来到教务处领取校服和课程表的时候，还发生了一个小插曲，毕苏和卡尔还好，只要领到自己那一系的校服和课程表就可以了，姬动却要同时领取两个系的校服和课程表。

当姬动把阳炳天特意为他制作的入学通知书递给教务处老师的时候，教务处老师看他的眼神就像在看怪物一样。

"上午是开学典礼，下午就要上课，学院有没有人性啊？也不让我们休息休息。"毕苏看着课程表哀号。

姬动扫了他一眼，无奈地道："有本事，你喊得再大声一点。"

毕苏嘟囔道："我就是发发牢骚而已。不过，下午这课也不错，竟然是丙火系和丁火系一起上的大课，整个学年也难得上几次这样的大课。现在我们干什么去？"

卡尔道："去我宿舍吧，反正这会儿也没人。"

毕苏撇嘴道："算了，你们丙火系大都是男学员，有什么意思？还是到我宿舍去好了，我们丁火系大部分是女学员，还有不少漂亮的女学员。再说，我宿舍就我一个人，不像你们要四个人挤一间房。"

卡尔道："娘娘腔，算了吧，跑到你们丁火系去，岂不是连我也要沾染上阴气。"

"卡尔，你再叫我娘娘腔，我就跟你拼了啊！"

"行了，你们别吵了，到我那里去好了，我那里最清静。我请你们喝东西。"

姬动的话令毕苏和卡尔都安静了下来，两人对视一眼，同时压低声音问道："喝什么？酒吗？"

姬动疑惑地道："是的，怎么了？"

卡尔神秘兮兮地道："不行，学院里可是禁酒的，我们走进校门的时候都被搜查过了。不过因为我们年纪小，所以老师查得不严，老师对那些高年级学员查得可严了。其实，在五行大陆，基本人人都会喝酒，因为我们都是修炼之人，适当喝酒对我们有好处。学院之所以禁酒，可能是怕学员醉酒闹事，又或者酗酒，耽误修炼吧。"

"其实，从我五岁的时候，我老爸就开始让我学习酒文化，说是要想在五行大陆上行走，就必须懂酒，当然，仅限在五行大陆上，据说在别的地方得成年了才能沾酒。"

毕苏一把拉住姬动的左臂，问道："我们不喝酒，去看看有什么吃的，快走吧。"

姬动带着他们来到丙火系教学楼顶层，自己的房间之中，当卡尔和毕苏看到那摆满了各种美酒的酒柜时，他们惊呆了。

房间内有一些阳炳天准备的酱肉，刚好可以让他们当午饭吃。

午后，离火学院新学年第一堂课开始。

卡尔和毕苏两人都坐在教室靠后的位置上，脸上带着傻笑，很显然，他们对在姬动那里吃的酱肉很满意。

姬动没有和他们坐在一起，而是坐到了前面，一是因为他身材瘦小，坐后面看不到，二是因为他想好好听课。既然要比别人更加努力，就要将学习落到实处。

毕苏低声道："卡尔，平常你食量大，中午你吃饱了吗？"

卡尔没好气地道："说我食量大，你吃得也不少！我从来没吃过这么好吃的酱肉，太好吃了。"

毕苏道："大哥的房间飘着酒香，我怎么有点晕乎乎的？"

卡尔看了看毕苏："不至于吧，你看，我就没事啊。我决定了，以后跟定姬动哥了，跟着姬动哥有肉吃。"

"都给我安静！谁还在交头接耳？被我抓到就出去顶着太阳跑圈去。"

洪亮的声音在偌大的教室中回荡，教室内立马安静下来。不用看，光听语气，姬动就知道谁来了。

丙火系和丁火系两系一年级学员加起来，一共只有六十一人，原本只有六十人，姬动进入学院之后就变成了六十一人。

离火学院是六学年制，所以有六个年级，按照规定，一学年招收六十人，两系各三十人，整个学院应该有三百六十名学员，加上姬动，就是三百六十一名。

姬动有两套校服、两张课程表，他今天穿的是丙火系的校服。

除了颜色以外，两系的校服没有任何差别，丙火系的校服是红色的，丁火系的校服是蓝色的，背后都印着"离火学院"四个大字，看上去很显眼。

按照卡尔和毕苏所说，离火学院一个学年的学费高达五十个金币，五行大陆上的货币以金币为主，只不过每个国家的金币铸造样式有所不同，一个金币等于十个银币等于一百个铜币。据说还有全大陆通用的五行币，一个五行币等同于一百个金币。

五十个金币已经是很大一笔钱了，因此有些人就算考得上学院，也不一定上得起学。而且，那五十个金币还没有包含吃住的费用。

夏天身穿一件红色长袍走上了讲台，他穿的这件长袍和阳炳天的长袍没什么两样，只不过他身上有很多鼓胀的肌肉，这长袍好像不大适合他，他整个人看上去非常强悍，想要震慑住这群十岁左右的孩子还是很简单的事情。

另外一名老师和夏天一起走上讲台，那人看上去二十七八岁，身材高挑，只比夏天矮半个头，身穿一件蓝色连衣长裙，只不过神色很冷淡。

夏天威严地看着教室里的六十一名学员，突然，他猛地一拍桌子，厚重的实木讲台被拍得发出一声巨响。

突如其来的响声吓了学员们一跳，那名身穿蓝色连衣长裙的老师也皱了下眉头。

第 ⑧ 章

第一堂课

"谁允许你们这么坐的？全体起立！"

夏天怒吼一声，所有学员赶忙站了起来。原来，两系学员并没有分开坐，而是随意坐着，由于校服的颜色不同，从讲台看去的话，教室里就显得特别乱。

"丙火系的都到右边去，丁火系的到左边。我数五个数，数完之后还没坐好的就给我滚出去。"

在夏天的怒吼声中，学员们快速动了起来，飞快地换着座位。

姬动特意注意了一下那名女老师的神色，发现她一脸平静，显然是习惯了夏天这样的教学方式。

"现在开始点名，被点到名字的人站起来，大声答'到'。丙火系，卡尔。"

"到！"

卡尔猛地从后排站起来，大声回答，引得学员们都向他看去。

夏天满意地点了点头，道："就要像这样，都给我打起精神来。"

很快，前面三十名丙火系学员的名字就点完了。

"最后一个，姬动。"

"到！"姬动从前排站起身，声音不算很洪亮，但众人都能从声音中听出他那积极的态度。

姬动一站起来，夏天和那名女老师的目光就落在了他身上。

夏天惊讶地问道："你就是姬动？"

"是。"姬动的回答简单有力。

夏天点了点头，道："坐下吧。"

姬动看得出，夏天在知道他的名字后表情有些怪异，不用猜他也知道，这肯定和自己那阴阳平衡的属性有关。

"我叫夏天，以后你们一年级丙火系就由我来带。不努力修炼的，别怪我不客气，随时可能将他踢出去，免得你们在这里浪费父母辛苦赚来的钱。下面，由丁火系的秋天老师点名。"

姬动险些笑出来，心中暗道，这都是什么名字啊，一个夏天一个秋天，搭配得倒非常好，只是不知道还有没有春天和冬天。

"姬动。"

秋天念出的第一个名字就是他。

"到！"

刚刚坐下的姬动不得不又站了起来，除了卡尔和毕苏，其他学员都以为自己听错了，目瞪口呆地看着他。

秋天微微一笑，笑容美丽动人。

"大家不需要奇怪，姬动是个特例。他的修炼方式将与你们的修炼方式不一样。这也算是学院一个新的尝试。好了，你坐下吧。下一个，毕苏。"

"到！"毕苏飞快地站了起来，笑眯眯地看着秋天，"秋天姐姐，你好。"

秋天扑哧一笑，纠正道："要叫老师。"

毕苏刚要说什么，正好看到夏天充满杀气地盯着自己，赶忙坐回了位置上，坐在右边的卡尔低声朝他道："现在我有点羡慕你们丁火系了。"

……

点名很快就结束了，姬动完全没有在意其他学员看他时那异样的眼神，虽然秋天老师没有明说，但只要稍微有点常识的学员就会明白，他是个阴阳平衡的人，也就是说他是个没什么天赋的人。当然，那些学员并没有因此嫌弃他，更多的是好奇，因为阴阳完全平衡的人很少出现，甚至比阴阳属性为九比一的人还少。

点名完毕，正式开始上课，夏天转过身，在黑板上写了五行字，他写的是：

东方甲乙木。

南方丙丁火。

中央戊己土。

西方庚辛金。

北方壬癸水。

写完这些，他才转过身来，秋天老师自然地退到了一旁。

夏天的目光从学员们身上扫过，他问道："这是你们来到离火学院上的第一堂课，也是两系同上的大课，你们谁能告诉我，我写的这五行字代表了什么意思？"

不知是夏天表现得过于简单粗暴，吓住了这些孩子，还是其他什么原因，大多数学员没有说话。

坐在前排的姬动毫不犹豫地举起了手。既然决定要付出，那么他就必须学到足够的知识，比别人更加努力，要从点点滴滴做起。

夏天向姬动点了点头："好，你说。"

姬动站起身，道："老师写的五行字，分别代表了东、南、西、北、中五个方位，还有木、火、土、金、水，也就是五行，以及甲、乙、丙、丁、戊、己、庚、辛、壬、癸，这十天干。

"光看字面意思，拿我们火属性的人打比方，南方属火，天干中的丙丁也属火，只不过，按照阴阳属性划分出了丙火和丁火这两种不同的火。所以，南方丙丁火包含阳火和阴火，丙、丁这两个天干只是称谓而已。照此类推的话，其他四行应该也是同样的含义，十天干中，单数代表的应该是阳属性，双数代表的应该是阴属性。比如第一个甲乙木，甲木就应该是阳木，乙木就是阴木。"

夏天赞许地点了点头，道："很好，坐下。"

姬动说的这些，都是他通过以前对阴阳五行的了解，以及这几天听阳炳天提到的关于阴阳魔师的知识，再结合夏天写的五行字琢磨出来的。

夏天道："姬动说得很对，我们这片大陆叫作五行大陆，五行是什么？就是木、火、土、金、水，五行是有阴阳属性之分的。五行分阴阳之后，就变成了十行，也就是阳木、阴木、阳火、阴火、阳土、阴土、阳金、阴金、阳水、阴水，这也就是我们阴阳魔师所分的十系。"

说到这里，他停顿了一下，然后又在黑板上写了些字。

"全部阴阳魔师的属性就是这些，天干是与五行、阴阳对照的。刚才姬动已经说得很清楚了。甲乙属木，就是阳木和阴木。丙丁属火，就是阳火和阴火。

"将十天干代入我们阴阳魔师之中，阴阳魔师就出现了分类，那就是：甲木系、乙木系、丙火系、丁火系、戊土系、己土系、庚金系、辛金系、壬水系、癸水系。

"在我们南火帝国，国人的属性几乎都是火，所以，我们离火学院开设的课程都是针对丙火系和丁火系学员的，丙火系和丁火系也就是你们现在所属的阴阳魔师系。另外的八系，分别属于其他帝国。"

夏天在黑板的另一边画出一个长方形图案，然后又按照上下左右中，将长方形分成了五部分，在最下面的部分写上"南火帝国"四个字。

"假设我们的五行大陆是长方形的，那么，我们南火帝国就在最南方，南方属火，最适合我们火属性的人生活。照此类推，我想你们也应该知道其他四个帝国的位置了。没错，其他四个帝国分别是，最北方的北水帝国，西方的西金帝国，东方的东木帝国，以及在大陆中央，国土面积最大的中土帝国。我们五行大陆的称号也由此而来。"

说着，他在另外四部分上分别写上了四个帝国的名字，然后在南火帝国西侧标出了离火城的位置，并拿手中的笔点了点："我们离火城，就在这里。

"我刚才讲的这些，还有谁不明白的吗？不明白的话，现在就提出来，这些最基础的东西我以后不会再重复了。"

姬动不得不承认，这位脾气暴躁的夏天老师讲课非常有条理性，由浅入深，简单易懂，通过文字、图形结合的方式讲述，很轻易地就将阴阳魔师的划分以及五行大陆五个帝国的属性讲清楚了。能通过入学考核的学员绝对不笨，因此没有一个人提出疑问。

"好，既然没有人提问，那么我们继续。丙火系的小子们，你们要听清楚了，我接下来要讲的就是我们丙火系的情况。"

提到丙火系，夏天明显来了精神，声调也提高了几分。

"丙火代表阳火，是至阳至刚之火，如太阳光一样，充满热能。丙在天干中的含义就是太阳，因此，我们就如同阳光，又如同炙热的火。在十系阴阳魔师之中，论单体攻击力，我们比庚金系差，比其他系强，可是论爆发力，我们比庚金系强。同时，按照五行相克的原则，我们丙火系正好克制住了庚金系。因此，说我们是攻击力第一的阴阳魔师也没什么错。你们都要给我记住'阳刚'二字，只有保持阳刚，才能将丙火系的至刚至猛发挥出来。"

秋天走到夏天身边，微微一笑，道："夏天老师刚刚为丙火系的学员们介绍了丙火，那么，现在我为大家介绍一下我们的丁火。同样是火，却有阴阳之分，如果说丙火是属于白天的火，那么，我们丁火就是属于夜晚的火。丁火是烛火、冥火、炉火、万家灯火、人间烟火，是在天上绽放的礼花，是在地上燎原的星星之火。丙火普照万物，丁火照亮一方。丁火柔中，内性昭融。

"虽然我们不像丙火那样猛烈，但我们的附着性和腐蚀性是最强的。即便我们的爆发力不能和丙火相比，可也不算太差，一旦敌人被我们击中，那么，敌人就要一直被灼烧。丙火和丁火各有特点，就像十系阴阳魔力各有特性一样，没有哪一种阴阳魔力是绝对强大或绝对弱小的，一切都取决于人。我要告诉大家的是，不论哪一系，当你修炼到能够违背五行相克的原则的时候，你就可以成为最强的人。"

此时，夏天已经退到一旁，将讲课的任务交给了秋天。

秋天继续道："接下来我要讲的，也是我们今天这堂大课最为重要的内容，大家一定要仔细听，有疑问最好立刻提出来，因为这关系到你们能否顺利从离火学院毕业，能否成为一名真正的阴阳魔师。"

说到这里，秋天收敛了笑容，沉声道："我相信，你们中的大多数人都听说过阴阳冕，也知道阴阳冕是我们阴阳魔师的象征，下面我要讲的就是阴阳冕真正的象征意义，具体的等级分类，以及它的作用。"

秋天一边说着，一边从讲台后面走了出来，向旁边的夏天点了点头，两人间隔五米，并肩而立。

他们同时将手臂从身体两侧缓缓抬起，掌心向上。

只听"噗"的一声，夏天的双手掌心上各自冒起了一团红色的火焰，而秋天的双手掌心上则各自冒起了一团蓝色的火焰，绚丽的火焰光芒顿时吸引了所有学员的目光，学员的惊叹声不断传来。

耀眼的红光和蓝光分别从两名老师身上亮起，坐在前排的姬动能够感觉到，夏天身上的红光与那天阳炳天身上的光芒一样，十分炽热，且充满攻击性。由于火焰燃烧得太过旺盛，致使空气的温度急遽上升。

而另一边，秋天身上的蓝光，以及手上的蓝色火焰就像没有温度一般，从表面上看，蓝色火焰远不如夏天的红色火焰有气势，却给人一种深邃的感觉，让人心生恐惧，甚至在看到那蓝色火焰的时候，还会从心底生出几分寒意。

很显然，红色火焰就是代表着阳火的丙火，蓝色火焰就是代表着阴火的丁火。

不论是哪一种火焰，在释放魔力的时候，火焰外圈都有一层淡淡的金边。

夏天与秋天背后各自出现了一个虚影，虚影的颜色和他们自身释放出的魔力颜色一样，这个时候姬动就看出他们与阳炳天的不同了。

同样是丙火系，出现在夏天背后的火鸟虚影比阳炳天背后的火鸟虚影淡了许多，阳炳天释放的火鸟已经有一丝实体的感觉，并不透明，夏天背后的火鸟却像是淡淡的气流一样，很透明。

秋天背后出现的虚影并不是火鸟，而是一条盘着的蓝色大蛇，同样十分虚幻，看不清具体的样子。

第 ⑨ 章
阳冕和阴冕

姬动吃惊地看着秋天，在他的记忆中，南方丙丁火还有另外一种说法，那就是南方朱雀丙丁火，就像东方甲乙木有另一种说法是东方青龙甲乙木一样。

也就是说，丙火和丁火所对应的神兽都应该是朱雀才对。朱雀也就是凤凰，夏天和阳炳天背后的虚影毫无疑问就是凤凰。可为什么身为丁火系阴阳魔师的秋天背后出现了一条蓝色大蛇呢？而且这条蛇似乎还有一对颜色很淡的翅膀。

红光与蓝光渐渐聚集到两名老师的头顶上方，他们头上各自出现一顶冠冕，冠冕一出现，立马成了自身魔力的中心。

夏天头顶上出现的冠冕与阳炳天的冠冕很相似，通体呈白色，外有金边，九个尖角竖立，每一个尖角上面都有一颗红色珠子，差别就在于尖角上的火焰图案不同，还有冠冕正面的五角星，也就是星星的数量不同。

夏天的冠冕只有三个尖角上面有火焰图案，下面圆环上的星星有四颗，比阳炳天的冠冕多半颗星星。

另一边，姬动第一次见到秋天头上的这种冠冕。那冠冕通体呈黑色，外有金边，同样有九个尖角，只不过每个尖角上面不再是红色珠子，而是蓝色珠子，还有三个尖角上有火焰图案，图案也是蓝色的，下面圆环上有两颗半星星。

夏天全身笼罩着红光，手掌上还有炽热的火焰，现在看上去就像火神降临一般，使得原本就害怕他的学员更害怕了。他的眼睛都快被红光映红了。

"看到了吧，这就是丙火系阴阳魔师和丁火系阴阳魔师完全处于战斗状态的样子。"

说着，夏天抬手一招，头顶上的冠冕便飞下来，落入他手中。

"十系阴阳魔师，五系属阳，五系属阴。现在我凝聚出的，就是丙火系的阳冕，而秋天老师凝聚出的，就是丁火系的阴冕。不论是阳冕还是阴冕，都是阴阳魔师的力量源泉，能否凝聚出阴阳冕，是你们能否成为真正的阴阳魔师的唯一标准。"

夏天一手托着自己的阳冕，一手指向阳冕下方那一圈圆环，慢慢地道："不论是阳冕还是阴冕，整体都分成几个部分，首先，你们看到的这个圆环名叫冕环，是阴阳冕的基础。每一个冕环上都有九峰，也就是上面这九个三角形的尖角，我们称其为冕峰。它们结合在一起，形成了最基础的阴阳冕。你们都看到我这冕环上的四颗星了吧，那叫冕星，还有冕峰上的火焰图案，我们称其为冠。冕星和冠是判断阴阳魔师实力等级的重要标志。

"冕星，代表的是阴阳魔师的基本等级。基本等级分为十级，由一到十，你们要记清楚了，一颗冕星代表的并不是一级，而是两级。

"我这顶阳冕上有四颗冕星，就意味着我达到了现有境界的八级。我的三个冕峰上有象征丙火系的火焰图案，这叫作三冠。几个冕峰上面有火焰图案，也就是火焰烙印，就叫几冠。每当我们将五颗冕星修满，也就是达到十级的时候，通过特殊的修炼方法，我们就能拥有一冠，同样的，我们的称号也会产生变化。"

秋天也将自己头上的阴冕招入手中，接过夏天的话，道："不论是哪一系的阴阳魔师，等级分类都是一样的。不同等级的阴阳魔师，拥有不同的称号。

"像你们这种刚刚进入学院的学员，或者说没有冠，没有凝聚出阴阳冕的学员，我们统称为学徒。丙火系的，就是丙火学徒，丁火系的就是丁火学徒。等你们有了自己的冕星，就可以在前面加上等级。比如，半颗冕星就是丙火一级学徒或是丁火一级学徒。等你们有了五颗冕星，成了十级学徒之后，再凝聚出属于自己的阴阳冕，那么，你们的称号就会随之变化。那时，你们就会拥有一冠，五颗冕星会随之消失。等到你们再次修炼出五颗冕星之后，你们就会拥有两冠。

　　"我们阴阳魔师的称号是随着冠数多少而变化的。由低到高，分别是学徒、学士、师、大师、宗师、大宗师、天士、天师、天尊，再加上一个专属称号。"

　　夏天接口道："因此，我现在在阴阳魔师界的完整称号就应该是三冠阳冕八级丙火系大师，而秋天老师的称号则是三冠阴冕五级丁火系大师。今天是你们的第一堂课，理论知识就讲这么多，要是有不明白的地方，现在就可以问，我和秋天老师会为你们解答。"

　　说着，夏天和秋天收回了自己的魔力，阳冕和阴冕也随之消失。

　　"夏天老师，我有三个问题。第一，先前您说的阴阳魔师十个称号中，最后的那个专属称号到底是什么？那应该是达到九冠后才能拥有的称号，对吧？"

　　第一个发出疑问的依旧是姬动，要是普通的孩子，来到了一个全新的环境，多少都会有些怯场，可是，这种情况明显不会出现在心理年龄超过三十岁的他身上，于是夏天话音一落，他当即举手发问。

　　夏天愣了一下，失笑道："你小子想得倒远，九冠只是传说中的存在，也是我们所有阴阳魔师向往的最终目标。坦白说，你们根本没必要知道，因为九冠距离你们实在太远了。不过既然你问了，我也可以告诉你，十系的阴阳魔师修炼到九冠之后，专属称号都不一样。我们丙火系的专属称号是胜光。丁火系的专属称号是太乙。至于其他系的专属称号，连我也不是很清楚。"

听到这样的回答，姬动明显若有所思。

"我的第二个问题是，刚才您和秋天老师背后都出现了一个虚影，您背后的是一只红色的大鸟，秋天老师背后的是一条好像长了翅膀的大蛇，这是怎么回事？"

这一次，秋天回答了他的问题："姬动，你观察得很仔细。不过，正所谓贪多嚼不烂，你的这个问题，正是我们下一堂课将要讲到的。下一堂课，我们将会讲本系图腾与阴阳冕的关系，到时候你就明白了。"

姬动点了点头，道："我的最后一个问题是，两位老师虽然分属于丙火系和丁火系，但我刚才发现，你们在释放出阳冕和阴冕时有一个相同的地方，那就是你们的阳冕和阴冕周围都出现了一层淡淡的金边，那是什么？"

夏天和秋天听了姬动这个问题，同时脸色一变，两人对视一眼，都看出了彼此眼中的惊讶。

夏天沉声道："这个你现在还不需要知道，如果以后你有能力成为一名真正的阴阳魔师，并且考上更高等的学府，进行深造，那里的老师会告诉你的。"

姬动一直都在仔细观察，凭借着远超常人的观察力，他发现，自己提到那层金边的时候，夏天和秋天的脸色都变得不自然了，似乎有些兴奋，还有些恐惧。

这究竟是怎么回事？姬动心中实在很好奇，既然他们不愿意说，等到晚上回去问问阳炳天好了。

夏天道："好了，今天要教给你们的就这么多，下面的时间自由讨论，有什么不明白的问题，你们可以随时上来提问。姬动，你跟我出来一下。"

说完，夏天便走出了教室，秋天则留下来负责为学员们解答各种问题。

姬动跟在夏天背后走出了教室。夏天出了教室后，带着姬动直接向楼上走去，一路上一言不发，也没有回头看姬动。

姬动心中暗想，上午被罚跑步的时候，这位夏天老师对自己、毕苏和卡尔的印象似乎并不差，为何现在隐含怒气？难道就因为自己提了几个问题？

夏天带着姬动来到丙火系教学楼二楼，走进一间教室。教室大约三十平方米，里面没有桌椅，地面上有十个蒲团。教室门上还有一个象征丙火系的凤凰图案。

夏天指了指中央的一个蒲团，对姬动道："盘膝坐下。"

姬动依言照做，接着夏天在姬动对面坐了下来，铜铃般的眼睛瞪着姬动，换了普通的孩子，肯定会被夏天看得心慌意乱，可姬动不是普通的孩子，他是一代酒神，他在面对阳炳天时都没有半分退缩，夏天又怎么可能镇得住他？更何况，夏天只是外表凶了一点而已。

夏天冷哼一声，道："难怪上午罚你跑步的时候体力那么差，原来是走后门进来的。真不知道院长是怎么想的，找来你这个没有一点天赋的人，还要全力栽培你。"

走后门？姬动骤然听到这三个字，感觉很难受，他从来都是凭本事说话，什么时候被人这样讥讽过，当然，他自己说的话又是另一回事了。不过，仔细一想，他也确实算是走后门才进的离火学院，这是事实，他无话可说，无法反驳夏天，只能保持沉默，神色间并没有什么不满。

"看在院长的面子上，我给你这个机会。不过，我要提前警告你，如果一年后你没有成绩的话，我会毫不犹豫地把你从丙火系踢出去，就算是院长也无法阻止我。"

姬动依旧没有开口，任何保证和解释都没有现实意义，只有实力和成绩才能堵住他人之口，也只有实力和成绩才是最重要的。

夏天见姬动不吭声，神色依旧淡漠，不禁有些奇怪，探手入怀，从怀里掏出两样东西，接着，对着姬动摊开手。

姬动定睛看去，才发现那是两颗样子特殊的宝石。一颗是白色的，一颗是黑色的，和先前夏天、秋天凝聚出的阳冕和阴冕上面的宝石差不多，只不过小了一些。

白色的宝石释放着淡淡的红光，黑色的宝石则释放着淡淡的蓝光，真的像是缩小版的阳冕和阴冕。唯一不同的是，这两颗宝石发出的光芒外围并没有一圈金色的光边，而是灰色的，单这一点就使得它们与先前两名老师释放出的阴冕和阳冕有所不同。

　　“夏天老师，这是什么？”姬动好奇地问道。

　　夏天看着那两颗宝石，郑重地道：“你不需要知道它们是什么。你只要明白它们能够帮助你开启修炼成为阴阳魔师的大门就可以了。这是院长的私人珍藏，与学院无关，真不明白院长为什么这么看重你，你家里究竟给了院长多少好处？竟然让他拿出这一对晶冕，尽管这只是品质最低的晶冕，也价值上千金币，平常人就算有钱也很难买到，给你这么一个阴阳平衡的人用，真是暴殄天物啊！”

　　姬动听了夏天的话，很感动，阳炳天果然是一个信守承诺的人，答应了要尽力帮助自己修成阴阳魔师，就真的尽心尽力帮助自己，还拿出了这么珍贵的东西，看来，自己也要拿出点真本事，帮他调制几杯极品美酒，才对得起他的帮助了。

　　不过，夏天从刚才就一直很鄙视姬动，导致姬动也有些生气，心底的傲气被完全激发了出来，他冷声道：“夏天老师，这既然是院长给我的东西，跟您就没有什么关系吧？还有，我并没有家人贿赂院长，我只是一个孤儿。至于院长为什么要把这么珍贵的东西给我用，您可以去问他本人。您是老师，我尊敬您，但您这样打击一个学员脆弱的心灵，是为人师表的人应该做的吗？”

　　“你……”夏天怪异地看着顶撞自己的姬动，突然有种好笑的感觉。

　　夏天外表看上去凶神恶煞的，学员们见了他，都避之不及，生怕被他抓到小辫子，超过三分之一的学员被他惩罚过，就算是高年级那些已经凝聚出阴阳冕的学员，见到他都战战兢兢的，从没人敢这样顶撞他。

　　现在，夏天看到上午刚被惩罚过的学员敢反驳自己，指出自己的不是，感觉很惊讶，还觉得这名学员有点儿意思。

第 ⑩ 章
丙丁双火一级学徒

"我怎么没看出来你心灵脆弱了？"夏天饶有兴趣地看着姬动，此时他的目光比先前更令人恐惧，"离火学院校规第九条，顶撞老师者，罚。待会儿正事完了之后，你去围着操场跑圈，跑到我满意为止。当然，我承认，你说的也有道理，我刚才有些过分，有些偏激，所以，我自己罚自己，和你一起跑，不用魔力辅助。"

对于夏天的直白和勇于承认错误，姬动还是很欣赏的，不过，姬动觉得夏天这样惩罚其实不是很公平。光看身板就知道，夏天就算跑一百圈，恐怕也不会有多累，毕竟他长得跟公牛似的。

只不过，此时姬动的注意力都在夏天手中的那两颗晶冕上，也就没再说什么。

夏天重新变得严肃起来，双手分别握住一颗晶冕，沉声道："你现在还不需要知道晶冕的来历，普通学员，刚开始修炼的时候，都需要在我们的指导下感受空气中的丙火元素和丁火元素。

"只有能够感受到丙火元素和丁火元素的存在，你们才能通过修炼将其吸收到体内，提升自己的实力。你是阴阳平衡之体，丙火元素和丁火元素不会水火不容，可是一旦它们的平衡性被打破，它们就会干扰你修炼，让你无法感受到这两种元素的存在。

"唯有这两颗晶冕，可以让你直接拥有感受丙火元素和丁火元素的能力，还能让你拥有一定的丙火和丁火魔力，之后你才能开始修炼。

"有了这两颗晶冕，你会比普通学员提前感受到魔技的神奇之处。我现在用自己的魔力催动这两颗晶冕，将它们的能量注入你体内，你要认真感受这两种不同魔力的特性。以后修炼的时候，没人能帮你，你只能靠你自己。既然决定了要走这条路，我希望你能拿出上午跑步时的毅力来，刻苦努力，坚持下去。"

"是！"姬动挺直腰杆，正色答道。

"闭上双眼，双手平放在膝盖上，全身放松。不论接下来有何感觉，都不要随便乱动。"

姬动按照夏天的指示，摆好姿势，闭上双眼，他曾寄情于酒二十年，论专注度，恐怕没有人能比得上他。

闭上眼的下一刻，姬动就已经沉静了下来。

夏天双手托着两颗晶冕，眼睛好像要发出光来，他开始动了。

三冠阳冕重新出现在夏天头顶上方，两团红色的火焰从夏天掌心燃起，那两颗晶冕瞬间亮了起来，各自发出夺目的光彩。

顿时，姬动再一次感受到了丙火系魔力的温度。

夏天深吸一口气，双掌如同闪电般拍出，同时按在了姬动左右胸口的位置，让发出光芒的晶冕贴近姬动的身体。

姬动突然颤抖了一下，他只觉得两股气流从胸口涌入，一股气流灼热，一股气流温热。

灼热的气流进入他体内之后，仿佛要将他的身体焚烧殆尽，而那温热的气流却如同深潭泉水一般，冷却了他的血液。

灼热的气流让他无比痛苦，温热的气流则令他暂时得以缓解，现在，他整个人就像掉入了一个巨大的阴阳熔炉一样。

毫无疑问，那灼热的气流就是通过晶冕释放出来的丙火魔力，而另一道温热的气流则是丁火魔力。

这两股魔力进入姬动的身体之后，立刻沿着他体内的经脉扩散开来，忽而狂躁忽而平静，姬动的身体不受控制地痉挛起来，放在膝盖上的双手一下子就抓紧了自己的裤子，但他还是咬紧牙关，苦苦支撑。

夏天同样十分紧张，虽然他不是第一次用晶冕，但同时给一个人使用阴阳两种属性的晶冕还是头一遭。

他紧张地注视着姬动，观察着姬动，感受着晶冕所化的能量对姬动的影响，他不敢将自己的丙火魔力输入姬动体内，因为姬动不可能承受得住。

姬动只能靠自己的力量，吸收这两颗晶冕的能量。

"坚持住！晶冕的能量不仅在引导你释放出本身的属性，而且在帮你改变体质。要是你连这么一点痛苦都承受不住，还做什么阴阳魔师？再坚持一会儿就好了。"

一点痛苦？这是一点痛苦吗？

现在，姬动已经没有多余的心思来想这些了，只能感觉到夏天说的"一会儿"是那样漫长。

姬动身上的汗水渐渐都蒸发了，带着淡淡的腥臭气味，他这具身体的杂质确实很多，此时在阴阳双火的影响下，那些杂质正在被快速排出体内。

两种能量在他体内游走得越来越快，夏天清晰地看到，姬动额头上渐渐出现了两点星光。

半颗红色冕星与半颗蓝色冕星渐渐成形，在姬动额头正中的位置相遇，形成了一颗半红半蓝的冕星，刚开始的时候，冕星的颜色还很淡，随着那两颗晶冕的能量渐渐与姬动的身体融合，这颗特殊的冕星才渐渐变得清晰起来。

夏天眼中流露出一丝喜色，心中暗道：果然需要丙丁双火同时吸收才有作用，以姬动的体质，可以完全吸收掉这两颗晶冕中蕴含的魔力，一点也没有浪费。

别人都是丙火一级学徒或者是丁火一级学徒，姬动倒好，直接就是丙丁双火一级学徒。

眼看着那颗冕星渐渐成形，夏天心中隐隐有些期待，如果眼前这个孩子真的能凝聚出阴阳冕的话，会出现怎样一番景象？

毕竟，有了阴阳冕，姬动才能成为一名真正的阴阳魔师。

随着冕星的成形，姬动的神色渐渐平静下来，那两股在他体内肆虐的能量也慢慢归于平静，一点一点在他胸口聚集。

姬动能够感觉到，在自己胸口两侧，各有一个光点，左边是蓝色的，右边是红色的。同时，他还发现，当自己集中精神的时候，隐约能够感觉到空气中的丙火元素和丁火元素，只不过空气中的丙火元素和丁火元素不如他体内能量中包含的丙火元素和丁火元素多。

姬动睁开双眼的时候，发现自己身上的校服已经湿透了，他整个人就像刚从水里爬起来的一样。不过，出了这么多汗，他却一点都没有疲倦的感觉，反而觉得全身都充满了力量。

那是两种不同的力量。右半边身体里面的力量似乎充满了爆发力，而左半边身体里面的力量则充满了耐力。

自从来到五行大陆，姬动就一直很虚弱，能吃饱还是从几天前开始的。

姬动吸收了那两颗晶冕的能量之后，才感觉到自己拥有了力量，才感觉到自己不是风一吹就倒的人，精气神也随之好了许多，不像之前那样无神。

姬动看向夏天，由衷地说道："谢谢您，夏天老师。"

夏天摆摆手，道："都说了，这两颗晶冕是院长的东西，你要谢就去谢他好了。现在你已经完成了修炼的第一步，回去后你可以照照镜子，当你用意念控制体内的丙火魔力和丁火魔力时，你的额头上就会浮现出你现在所拥有的冕星。现在你拥有半颗丙火系冕星和半颗丁火系冕星，合起来就是一颗，也就是说，你现在已经是一名丙丁双火一级学徒了。"

"这么快就一级了？"姬动惊讶地说道。

夏天没好气地哼了一声，道："还不是你运气好。没有这两颗晶冕，你恐怕永远都不可能拥有这两系魔力。今后要想提升就没那么容易了。你记住，在修炼的时候，必须同时吸收双系的能量，而且吸收的量都必须一模一样，这样才不会影响到你的身体，否则，你的阴阳平衡特性就会被打破，最后你就等于是做了无用功。"

"夏天老师，那我应该如何修炼呢？既然我已经是丙丁双火一级学徒了，您能否将修炼方法先教给我？"

夏天哼了一声，道："我不是已经教给你了吗？盘膝而坐，全身放松，用意念去感受你所拥有的双系魔力，你现在所拥有的魔力，或者说是你自己的身体就像一块磁铁，你要凭借意念让它们来吸引空气中游离的丙火元素和丁火元素，这就是修炼的方法。

"刚开始的时候，要想修炼到十级非常难，你只能凭借自身的感应能力，慢慢吸收空气中的丙火元素和丁火元素，这个过程是漫长而枯燥的。很多人没能凝聚出阴阳冕，不是因为天赋不够，而是无法在枯燥的修炼生活中坚持下来。以你的身体素质，你要付出的将远比普通学员多。"

"谢谢老师，我会牢记您的话，也会比其他同学更努力。我会用成果来向您证明这一切，向您证明院长没有看错人。现在我可以出去跑圈了吗？"

闻言，夏天脸上终于露出了一丝笑容，从先前姬动忍痛端坐不动，没有发出一丝声音，夏天就能看出这个孩子心志十分坚定，再加上姬动先前说自己是孤儿，夏天对姬动走后门进学院这件事便没那么抵触了。

"今天的惩罚就算了，我也顺便偷个懒。你刚刚拥有一级魔力，回去就开始修炼吧，好好体会一下拥有一级魔力之后身体有什么变化，有任何问题都可以来找我。我住在丙火系宿舍楼顶层五〇一房间，去吧。"

姬动站起身，他突然发现，自己真的有点喜欢上离火学院了，也有些喜欢这位性格直爽、眼里容不得沙子的夏天老师。他朝夏天弯腰鞠躬之后，才走了出去。

天色渐晚，随着晚霞的出现，阳炳天迎来了一位客人。

院长房间。

"您好，阳院长。"

来人大约四十岁，整个人瘦高瘦高的，双目炯炯有神，身穿一件红色长袍，右胸的位置有一个火焰标记。这个标记代表的不是实力，而是身份，只有南火帝国阴阳魔师公会的人的衣服上才会有这个标记。

"你好，请坐吧。"

阳炳天请来人坐在沙发上。

"阳院长，我是帝国阴阳魔师公会的工作人员，这次听从会长大人的命令，给您带来一样东西。我们偶然从一名落魄的阴阳魔师手中收来了一幅阴阳魔技卷轴，会长大人知道您喜欢收集各种卷轴，便让我来送给您看看，还说可以按原价卖给您。"

"阴阳魔技卷轴？拿来看看。"

听到阴阳魔技卷轴，阳炳天眼睛都放光了，赶忙示意对方拿出卷轴。

阳炳天这一生中就两个最大的爱好，一是品酒，二是收集阴阳魔技卷轴。

阴阳魔技卷轴，其实就是将一些阴阳魔技烙印在特殊的卷轴之中。一般来说，卷轴中的魔技以辅助型的阴阳魔技为主，因为攻击类和防御类的卷轴需要储存许多魔力，很难成功。

因为制作这种卷轴的方法已经失传，所以能够买到的阴阳魔技卷轴几乎都是古物，阳炳天收集这些东西倒不是为了修炼，只是想欣赏和研究一下。

中年人抬手在自己腰间那镶有红宝石的腰带上摸了一下，一幅长约一尺的卷轴就出现在他的双手之上。他小心翼翼地将卷轴捧到了阳炳天面前。

一看到这幅卷轴，阳炳天就惊呆了，他慢慢接过了卷轴。

他是识货的人，一眼就看出这卷轴不是寻常物件，从这卷轴的外表就能判断出其年代之久远。

　　这幅卷轴是暗黄色的，不知道由什么材质制作而成，上面有细密的暗纹，还有一些特殊的文字，那不是现在的文字。卷轴上还有魔力波动，阳炳天毫不怀疑，卷轴内部烙印的阴阳魔技非常强大。

　　中年人看着阳炳天对卷轴爱不释手的样子，便微笑着道："经过公会人员的仔细研究，这幅卷轴应该出自千年前一位专门制造阴阳魔技卷轴的大师之手，名叫全方位无定传送卷轴。这幅卷轴最为奇特的地方，就是制作它的人，往里面注入了五种不同属性的阴阳魔力，也就是说这里面的阴阳魔技包含了五种不同属性的阴阳魔力，因此极具收藏价值。"

　　"啊！这就是那号称最没用，却又利用了五行相生相克原理，能够储存最多阴阳魔力的全方位无定传送卷轴？"

第 ⑪ 章
全方位无定传送卷轴

中年人呵呵一笑，道："阳院长，您真不愧是阴阳魔技卷轴的收藏大家。看来，也不需要我多做介绍了。"

阳炳天自信地道："这东西虽然不能用，但它的研究价值极高。截至目前，我们阴阳魔师界还没有任何人能够使出五种魔力混合的魔技。"

中年人道："其实，它也不是完全没有价值，关键时候，它还是能够救命的。"

阳炳天失笑道："你敢用它救命吗？这东西号称全方位无定传送卷轴，没有人知道它会将自己传送到什么地方。其实，被传送到比较远的地方也不算什么，可要是被传送到了高空之中，敌人不杀自己，自己也会摔死，又或者被传送到地底深处，活活闷死，那岂不是亏大了？除非是命悬一线，不然它的主人肯定不会用它。不过你放心，我对这东西很感兴趣，多少钱？"

中年人伸出一根手指，轻描淡写地说道："一千金币。"

"一千金币？"阳炳天愣了一下，"这跟白送有什么区别？收藏阴阳魔技卷轴的可不止我一个人，这东西是不可多得的古物，我敢说它有上千年的历史，要是拿到拍卖场上去，至少能拍出十万金币。"

中年人微笑着道："这是会长大人交代的，更何况，您也是公会的一员，卖给您总比卖给外面的人好，我们怎么能便宜外人呢？会长大人说了，只要一千金币。您出这么多钱，它就是您的了。"

阳炳天心中一动，无奈地摇了摇头，道："那老家伙让你送来了一件我不能拒绝的好东西啊！说吧，他想让我干什么？"

中年人走到阳炳天身边，在他耳边低语了几句。听完他的话，阳炳天没好气地道："我就知道是这件事。行了，你回去告诉他，我会考虑的。不过，最近几年恐怕不行，再缓缓吧。"

中年人道："会长大人说，这也是我们南火帝国阴阳魔师公会的荣誉，请您多加考虑。"

阳炳天若有所思地点了点头。

既然目的已经达到，中年人也没有必要久留，于是恭敬地道："那在下就告辞了。"

阳炳天随手将卷轴放在桌子上，做出一个"请"的手势："走吧，我送送你。"

中年人道："不用麻烦了。这卷轴您不收起来吗？"

阳炳天笑道："怎么说你也是代表公会来的，我送送你也是应该的。这卷轴我回来还要仔细看看，得了这么件好东西，总要研究一下，我这里是不会有人来的，放心吧。至于那一千金币，你让会长直接从我的公会福利里扣好了，我也有段时间没领取公会发放的福利了。"

中年人只是笑笑，没再多说什么，便在阳炳天的陪同下走了出去。

阳炳天和中年人刚刚下楼，房间的门就被敲响了。

"阳院长，您在不在？"

一个脑袋从外面探了进来，这探头进来的不是别人，正是成了丙丁双火一级学徒的姬动。

从夏天那里回来之后，姬动整个人都很兴奋，他先是回自己房间洗了个澡，然后想立刻开始感受丙火魔力和丁火魔力，可想到了两颗晶冕带给自己的好处，便想先为阳炳天调一杯酒，以示感谢，再去吃饭。吸收两颗晶冕消耗巨大，都到了傍晚时分了，他也饿了。

姬动吸收了那两颗晶冕之后，体质得到了改善，身体好了很多，体力也增强了不少，所以，今天他调制的这杯酒可以说超越了前几天他为阳炳天调的酒，是他现在所能达到的巅峰。

让姬动出乎意料的是，到了平常喝酒的时间，阳炳天却没到他那里找他，姬动不知道阳炳天这里来了客人，便找了过来。

两人同住在一层楼，中间只隔着一个房间，他拿着酒找过来也很正常。这么多年，阳炳天都一个人生活在顶层，他早就习惯了这样的生活方式，完全把刚搬进来不久的调酒师姬动给忘了。

姬动来到阳炳天门前敲了敲门，才发现门没关。虽然他敲门的时候没用什么力气，但门还是开了，他探头一看，阳炳天不在外间，便索性走了进来。

"阳院长，您在不在？"

姬动用左手小心翼翼地端着那杯调好的酒，这杯酒达到了他以前三四成的水准，阳炳天应该会很喜欢。

这是一杯金红色的美酒，酒杯中散发出了浓郁的果香。

从姬动拿酒杯的谨慎程度就能看出这杯酒有多可贵，不仅是材料可贵，调酒手法更加可贵，非常费神。

姬动叫了两声，没有听到任何回应，他不禁感到有些奇怪。

"阳院长也是老酒鬼了，难道连喝酒的时间都忘了不成？算了，把酒放在他桌子上，等他回来喝好了。"

姬动来到桌子前，正准备放下手中这杯美酒，就一眼看到了桌子上那古朴的卷轴。

他现在是丙丁双火一级学徒，对魔力有一些感应能力，立马就发现了卷轴中满是浩瀚的魔力。

“这是怎么回事？”

在姬动眼中，眼前的卷轴就像他前世所见过的一种画，名叫国画。

国画在画完之后，为了便于保存，都要装裱在卷轴上。眼前这古朴的卷轴与国画的卷轴没什么两样。

既然这只是一幅画，为什么上面会有魔力呢？

在好奇心的驱使下，姬动一只手端着酒杯，一只手将卷轴拿了过来，随手一抖，打开了这幅上古遗留下来的全方位无定传送卷轴。

在姬动看来，这只是一幅画，在好奇心的驱使下，他想要看看这幅画究竟画了什么。可是，他没想到，正是眼前这幅卷轴，改变了他今后的命运。

“嗡——”

恐怖的魔力瞬间就从卷轴里面释放了出来。

青、红、黄、白、黑，五色光芒一下子就射了出来。

剧烈的魔力波动令整个离火学院的地面都在震动，就连离火城的每一个角落都在震动。

离火城内所有的阴阳魔师都看向了离火学院，在他们看来，如此剧烈的魔力波动，应该是六冠天士级的强者施展阴阳魔技引起的。

姬动刚打开卷轴，就发现自己不能动了，手中的卷轴也忽然消失了，化为绚丽的彩色光芒将他的身体围在中央，紧接着，成千上万个复杂的符号就像活了一样，在整个房间内飘来飘去，恐怖的阴阳魔力令姬动胸口内刚刚凝聚起来的丙丁双火魔力不住地颤抖，似乎随时都有可能熄灭。

这、这究竟是怎么回事？

姬动知道自己闯祸了，此前他只见过阳炳天、夏天、秋天释放阴阳冕和阴阳魔力，等到真的身在其中，他才深刻地感受到阴阳魔力有多恐怖。

奇怪的是，虽然卷轴里面的魔力非常强大，但并没有伤到他，除了身体不能移动之外，他没有感到一丝痛苦。

房间内的奇异符号迅速融入五种魔力之中，五种魔力开始旋转，化为一个巨大的旋涡，绕着姬动的身体动了起来。

五种魔力发出的光芒非常耀眼，姬动只觉得身边的一切都变得虚幻了，刚开始的时候，他还能透过这些光芒看到外面的景象，后来，随着旋涡不断旋转，他便看不到外面的景象了，现在他眼里只有那五种光芒，就像在看万花筒一样。

他觉得自己好像正在坠落，失重感令他的心提到了嗓子眼，可偏偏他的身体始终静止，就连手中那杯美酒也没洒一滴。

过了一会儿，五色光芒骤然收敛，庞大的魔力随之消失，离火城内重新变得平静，仿佛先前什么都没发生过一样。

阳炳天刚刚送中年人来到学院门口，就感受到了剧烈的魔力波动，顿时大吃一惊，扭头朝着丙火系教学楼的方向看去，正好看到自己的房间之中五彩光芒绽放。

"不好！"

阳炳天惊呼一声，也顾不得身边的中年人了，转身就朝教学楼跑去。那名中年人自然也意识到了什么，飞快地跟了上去。

等他们回到房间门前的时候，夏天、秋天等老师都聚集在了这里。

"院长，刚才是怎么回事？难道您突破到六冠了？"夏天好奇地问道。

尽管那剧烈的魔力波动将他们吸引了过来，可是魔力波动只持续了一会儿就停止了，没有造成任何损失，所以众位老师并未太过吃惊，都以为是阳炳天成功突破了。现在，他们看到阳炳天急匆匆地从外面赶了回来，这才觉得有些奇怪。

阳炳天没有回答夏天，推开门，快速走了进去。果然如他所料，全方位无定传送卷轴已经消失了，房间内其他地方并没有任何变化。

夏天显然是性子最急躁的人，跟进来之后，忍不住问道："院长，究竟发生了什么事？"

阳炳天站在桌前沉吟片刻，才转身向众位老师道："没什么，应该是我收藏的一张阴阳魔技卷轴坏了，刚刚出现的意外就是里面的魔力释放了出来导致的，幸好没有造成什么损失。时间不早了，大家都回去休息吧。"

众位老师自然不会怀疑阳炳天的话，见没什么事，便纷纷向阳炳天告辞离去，只有夏天留了下来。

从南火帝国阴阳魔师公会来的中年人忍不住道："阳院长，卷轴不可能自行损坏，我将其带来之前，让公会里的人仔细检查过。"

阳炳天点了点头，叹息一声，道："我知道卷轴不会自行损坏，都怪我不好，忘了这层楼还有一个人。好了，你也先走吧，不论如何，这个人情我记下了，回去之后，你不用跟会长说卷轴已经使用了，就说我收下了就好。"

中年人明显松了一口气，就跟生怕阳炳天后悔一样，赶忙道："阳院长，那我就先告辞了。"

这一次阳炳天没有表示要送他，中年人也很识趣，快步离去。此时，房间内就只剩下夏天和阳炳天两个人了。

"老师，这究竟是怎么回事？"等没别人了，夏天才再次问道。

他脸上的神色也变得恭谨了很多。毫无疑问，他就是阳炳天的关门弟子。

阳炳天苦笑着道："我把姬动那孩子给忘了。唉，都怪我。"

"姬动？这和姬动有什么关系？"夏天感觉十分疑惑，"我今天把您给的那两颗晶冕用了，帮姬动迈出了修炼的第一步，他顺利成了丙丁双火一级学徒，之前还和我在一起啊！"

阳炳天无奈地道："这就对了。刚才那人是从公会来的，会长让那人送一幅阴阳魔技卷轴给我，我忘了姬动和我一起住在这一层，刚才，他可能是送酒来到我的房间。

"你也知道，阴阳魔技卷轴对阴阳魔师会产生莫名的吸引力，既然姬动已经成了丙丁双火一级学徒，自然会被它吸引。这孩子恐怕根本就不知道什么是阴阳魔技卷轴，刚才之所以会出现魔力波动，应该就是他在好奇心的驱使下打开了卷轴导致的。这下麻烦了，那幅阴阳魔技卷轴是全方位无定传送卷轴，不知道这孩子被传送到什么地方去了。"

夏天吃惊地道："老师，您怎么让姬动住在这里了？他只不过是个学员，应该住学员宿舍才对啊！这究竟是怎么回事？难道您准备给我收个小师弟？"

阳炳天苦笑着摇了摇头，道："走，我们到姬动的房间去看看，如果他不在房间，那我的判断就是对的。全方位无定传送卷轴有可能将他送到五行大陆任何一个角落，甚至有可能将他传送到高空、地下，现在我只能为他祈祷了，希望他没事。"

第 ⑫ 章
出火红莲

青、红、黄、白、黑，五色光芒形成了一个巨大的旋涡，围住了姬动。虽然一点也不痛，但姬动还是有些恐慌，因为他不知道为什么会出现这样的变化。

他不喜欢这种主宰不了自己命运的感觉。如果他真的是一个小孩子，恐怕早就吓哭了吧。

幸亏有前一世的记忆，在短暂的恐慌之后，姬动很快就冷静了下来。

他多少懂一点心理学知识，知道这种时候最好给自己一些心理暗示，让自己冷静下来。

反正他这条命也是捡回来的，先是莫名其妙地来到五行大陆，现在又被这不知名的画卷发出的光芒围住了，最多就是个死，或许，他能借此机会回到以前的世界。

在阳炳天他们看来，卷轴发出光芒持续的时间很短，可在姬动看来，就像过了很多年一样。

突然间，脚踩实地的感觉传来，紧接着，围绕在姬动身体周围的五色光芒消失了。

没等姬动反应过来，一股灼热气流瞬间包裹住了他的身体，姬动只感觉自己身上似乎散发出了一股煳味。

胸口内，那一红一蓝两点光芒在灼热气流的作用下，就像被点燃了一般，大放光芒，姬动额头上也浮现出了那颗半红半蓝的冕星。

之前，姬动吸收了两颗晶冕后，只能隐约感受到空气中的丙火魔力、丁火魔力，现在，他无比清晰地感受到了丙火魔力、丁火魔力。

在胸前那点属于他的魔力的引导下，姬动只觉得自己身体周围全是丙火魔力和丁火魔力，这些魔力超过了夏天和秋天凝聚阴阳冕时释放的魔力。

这究竟是什么地方？姬动大惊，一下睁开了双眼。

入眼尽是一片火红，周围的空气因为极高的温度而变得扭曲。

姬动见此情景，倒吸一口凉气，此时他所能想到的，只有"幸运"二字。

姬动面前，竟然有一大片岩浆湖。

这个岩浆湖大得望不着边，岩浆还在翻滚，就像是一片火焰之海，也像是没有边际的溶洞。

姬动站立的地方，正是岩浆湖的边缘之处，一处凹陷的岩壁之中，岩浆湖里的岩浆烤得他快要熔化了。

这里实在太热了，姬动感觉呼吸越来越困难，身上的焦味儿越来越重，就连头发和眉毛都有些卷曲了。

那幅卷轴究竟是什么？为什么打开卷轴之后自己会来到这么一个宛如地狱一般的地方？姬动百思不得其解。

此时，姬动背后是岩壁，前方是岩浆湖，可以说是寸步难移。

而他胸口内那点光芒在这一刻却变得异常耀眼，他根本都不需要刻意去感受，外界的丙火元素和丁火元素就会自行钻入他体内。

当然，这完全是一种侵蚀性的钻入，以他此时丙丁双火一级学徒的修为，根本就不能完全吸收这些无比纯粹而又极其庞大的能量元素。

姬动知道，如果他的身体不是火属性的，他也没成为丙丁双火一级学徒的话，恐怕他早就承受不住了，一定会爆体而亡。

就算这样，姬动也感觉到自己的身体越来越烫，他心想：怎么这么倒霉？恐怕要不了多久，自己就会被岩浆烤成人干了吧。

姬动从来都不会为自己做过的事情后悔，因为后悔没有作用，他现在最想知道的，就是为什么会出现这种情况，同时心中觉得有些悲哀，刚以为一切都从头开始，慢慢开启了新生活，没想到，竟然遇到了这样的事。

就在这时，姬动闻到了一股浓郁的果香，原来是鸡尾酒。姬动这才发现，自己还紧握着那杯为阳炳天调制的鸡尾酒。

可惜，在这种高温环境下，鸡尾酒正在不断蒸发，已经有大半杯酒蒸发了，酒的香气也是因此才完全散出来的。

"呵呵，还真是到死都放不下酒啊！"

姬动自嘲地笑了笑，将酒杯放到自己眼前，心中暗道，不论怎么说，死之前还能喝到一杯自己调制的美酒，也不算太惨。

正当他想将眼前的美酒一饮而尽之时，奇异的一幕出现了，淡淡的红光飞了过来，姬动只觉得身体一轻，那股险些将他烤成人干的灼热气流突然消失了，他又感觉不到丙火元素和丁火元素的存在了。

更为奇异的是，原本还在杯中的酒液消失了，就像是被红光卷走了一样。

不会吧？连死前的最后一个愿望都不满足我！

姬动越想越怒，向前看去，他发现，自己所处的凹陷的岩壁外围，似乎被笼罩上了一层如同薄纱般的红光，正是这薄如蝉翼的光芒，将高温挡在了外面，再也影响不到他。

没有了高温的炙烤，姬动的头脑也清醒了几分。他望向岩浆湖，忽然，他看到了一样东西，眼睛一下就看直了。

姬动一辈子也不会忘记此时所看到的一切，只见一股岩浆如同水柱一般喷了起来，喷发的高度和姬动的身高差不多，这火柱停在他身前二十米外，火柱顶端，竟然伸出了一只白嫩的手，手指纤细修长，肌肤莹白如雪，与岩浆形成了鲜明的对比。

姬动看到这只手，想到了一种食物——杏仁豆腐。那白嫩的手，似乎随时都能滴出水来。

手伸出来之后，接着就是手臂，手臂和手一样白净，没有一点瑕疵。只见那手臂在空中轻轻地摆了一下，手掌做出一个抓取的动作，一秒钟之后，那手掌之中就多了一个金红色的水球。

姬动看到那水球，一下子醒悟过来，这不正是他调制的那杯酒吗？看样子，就连先前蒸发了的酒，也被那只手掌凝聚起来了。

过了一会儿，手臂的主人终于出现了，那是一名女子，她缓缓地升到了火柱顶端。

那火柱就像一个小小的平台一般，承托着她的身体。

看到这名女子，姬动整个人都呆滞了。

前一世的姬动并没有结婚，没有跟女子亲密接触过，他不是不喜欢女人，也不是生理有问题，而是他太过于追求完美。他虽然见过无数美女，但从未找到过真正令自己心动的人。

他是典型的完美主义者，正是因为对完美的追求，他才能在酒界取得那么大的成绩。

姬动万万没有想到，前一世寻找了那么久的完美女子，竟然在五行大陆碰到了，也不能说是五行大陆，因为他不知道自己现在到底处在什么地方。

那就是一名完美的女子，除了完美，他想不出其他词语来形容她。

站在火柱顶端的女子，看上去十八九岁，一头及腰的火红色长发披散在背后，容颜精致，那一双漆黑的大眼睛，仿佛能轻易地看透人心。她的身材十分完美，符合黄金分割比例，身上没有一丝赘肉，身上燃烧着的三团火焰，遮住了隐私部位。

姬动相信，哪怕是最厉害的雕塑师，也雕不出这样的作品。

这是上天的杰作啊！

姬动看到这名女子之后，恍然觉得这是神的杰作。除了神，谁能造出如此完美的人呢？

姬动只看了一眼，就确信这名少女已经刻在了他的心里，再也无法抹去。尽管他现在的身体只有十岁，可是他的灵魂和心理已经有三十二岁了啊！

以前姬动只听过出水芙蓉，眼前的场景又该怎么描述呢？这从岩浆中升起的女子就像是出火红莲一般，如此突然，又如此震撼地出现在他面前。

在看到她的刹那，姬动就已经痴了。

那女子好奇地看着手中的金红色水球，送到鼻子前闻了闻，然后轻轻一吸，那金红色的水球就化为一股水流，悄然没入她口中。

姬动看着女子的动作，只觉得鼻子一热，竟然很没出息地流了鼻血。此时此刻，他心中只有一个想法，那就是如果能陪伴着她，就算是死，他也心甘情愿了。就像他前一世不顾一切地品尝千年佳酿一样，虽死无憾。

"唔……"

女子口中发出一声轻哼，黑色的大眼睛缓缓闭合，长长的睫毛在脸上形成了阴影，说不出的动人，白嫩的俏脸上多了两抹红晕。

看来她很喜欢我调的酒，姬动有些开心。

"能告诉我，这是什么吗？"

女子的声音在空中回荡，就像从四面八方传来的一样，但姬动没有看到她开口。

"这是一种酒。"姬动下意识地回答。

女子的声音令他从迷醉中惊醒过来，他不再看着女子，怕自己又沉迷进去，神志清醒了许多，他问道："这是什么地方？"

女子并没有回答他的问题，而是缓缓睁开了双眼，她皱了皱可爱的鼻子，不解地道："不对呀，我喝过你们人类的酒，虽然也很好喝，但没有这种味道的。我想想，这酒里面有人类世界中橙子的味道、杏仁的味道、柠檬的味道，还有两种味道我没尝出来，可能我以前没吃过。只要是我吃过的东西，我就会记得那种味道。"

姬动心中一惊，问道："你不是人类？"

女子微微一笑，双手捧起一些身下的岩浆，任由岩浆从指间流下去。

"你认为，一个人类能够做到这一点吗？你还没回答我的问题呢，刚才我喝的这个究竟是什么？"

姬动深吸一口气，平复着自己的心情。

"这真的是酒，只不过是我自己调制出来的一种鸡尾酒。你以前没喝过也正常，因为在人类世界中，唯有我才能调出这种酒。你想知道它的名字吗？"

女子急切地点了点头，道："当然。"

一说到酒，姬动就恢复了自信，先前看到女子时那种自惭形秽的感觉渐渐消失。

"它叫午夜阳光，是用十分之四的伏特加纯酒，十分之二的君度橙味酒，十分之二的杏仁白兰地酒，十分之一的红石榴浆和十分之一的柠檬汁，用特殊手法调制而成的，你没喝出的味道应该是纯酒和红石榴浆。

"最初在调制它的时候，这杯午夜阳光应该由黑色、金红色和血色三种颜色组成，因为这三种颜色象征着黑夜、阳光和热量。后来我觉得，这种颜色分层并没有任何意义，颜色永远不能代表一个人的心，所以，我用特殊的手法将这三种颜色混合在一起，保留了金红色，成功调制出这一杯全新的午夜阳光。

"我希望，凡是喝了它的人，孤独的心都能感到一丝温暖。酒是有感情的，只有让人体会到调酒者内心的情感，才是一杯真正的鸡尾酒。所以，我调的不是酒，而是感情。

"午夜阳光是一种不可能的美，让一个人陶醉，让一个人迷茫，也让一个人怅然。如果你能在体会到这三种感觉之后，再体会到其中的温暖，那么，这杯酒就找到了它的主人。"

第 ⑬ 章
地心"烈焰"

少女静静地听姬动讲述，整个人似乎都已经沉浸其中，喃喃地道："原来酒是这样的。它真的很好喝。我刚才好像真的感受到了你所说的一切。不过，我觉得你的讲述比这杯酒更好。"

姬动回过神来，他有些惊讶，自己刚才竟然说出了这些话，为阳炳天调酒的时候，他从来都是直接将酒递给阳炳天，不会说这么多。

可今天面对这名女子的时候，他心中充满了表现自己的欲望，刚才，他似乎又回到了身为一代酒神的时刻。

姬动收敛心神，道："你的问题我已经答完了，那么，现在你能不能告诉我，这究竟是什么地方？你又是谁？"

少女嫣然一笑，道："我很久没有见到人类了，我也很奇怪，你如此弱小，怎么会来到我这里呢？这里是地心，我的名字叫烈焰。"

"烈焰？"姬动皱眉摇头，"这个名字不好，不适合你，烈焰是狂躁暴戾的，可你没有带给我那种感觉。"

烈焰微笑着道："你们人类不是有句话说，人不可貌相吗？更何况，我还不是人。你没有看到我狂躁暴戾的一面，自然不会明白我名字的含义。

"原本所有地底生物都称我为烈焰女皇，不过，就冲你刚才说的那番话，我允许你直接叫我的名字。"

姬动吃惊地发现，在这一刻，烈焰身上的气质发生了翻天覆地的变化，先前还娇柔如水的她，此时却有了一种君临天下的魄力，无形的威压令下方的岩浆湖都停止了翻滚，连一个气泡都不敢再冒起。

但是，姬动并没有因为烈焰的变化而怯懦，在他眼中，这样的烈焰更加完美了。

不论她如何，在他的心中都是完美的。

"你说这里是地心？还有什么地底生物？我不明白。"姬动疑惑地说道。

烈焰微笑着道："你这人类孩子说话真有意思，明明只有十岁左右，偏偏讲话又是大人的语气，还会调制那么好喝的酒。你能来到这里，我们也算有些缘分，今天我就破例和你多说说话吧。"

烈焰一边说着，一边站在火柱之上，宛如跳舞一般，单脚轻点，身体旋转，一件火红色的长裙悄然出现，包裹住了她的身体。

尽管火红色长裙上面没有半点装饰品，可穿在她身上依然那么美。

姬动只觉得身体一轻，没等他反应过来，身体已经不受控制地飘飞而出。

"啊——"

他惊呼一声，身体已经飘浮在了岩浆湖上空，身体周围还有一个淡红色光罩，以免他受高温侵袭。

他就这么飞到了烈焰面前。

"人类小朋友，不要怕。没有我的允许，这里的东西都不会伤害你。"

烈焰又像先前一样温柔了，皇者威严消失。

"你一定没听说过这个地方吧，应该没什么人类知道这个地方。在地下，有一群区别于地面生物的地底生物。整个地底一共有十八层，越接近地面的层数中的地底生物实力越弱。你们人类能够弄清楚最上面的几层已经很不易了。不论是人类，还是我们地底生物，都共同生活在这个星球上，我说的是星球，你明白吗？"

姬动点了点头，道："我明白。我们生活的星球只是宇宙中很小的一部分，而且星球本身会自转，还会围绕太阳公转。难道这里是星球的地核？"

烈焰一愣，问道："宇宙？那是什么？我不知道。不过，你似乎知道很多东西啊！说这里是地核也没错，因为这里就是地底第十八层，也是整个星球最中心的位置。"

姬动道："那这么说，你就是地底生物中最强大的存在了？"

烈焰嘻嘻一笑，道："那我就不知道了，只不过这地心湖只有我一个人。我偶尔也会跑到你们人类世界去转转，只不过在人类世界我容易遇到危险，所以我已经很久没去过人类世界了。"

姬动先看看自己身体周围这层神奇的光罩，再看看站在岩浆上的烈焰，忍不住问道："你这么强大还怕遇到危险吗？"

烈焰神秘地道："小朋友，这是秘密，不能告诉你哦。"

姬动无奈地道："能不能不要叫我小朋友，我有名字的，我叫姬动。"

烈焰想了想，道："那我叫你小姬动好了。"

姬动苦笑着道："就不能不带个'小'字吗？"

烈焰扑哧一笑，笑容宛如春花一样烂漫，姬动又看呆了。

"你本来就小啊，为什么还不让我叫？你不喜欢自己的名字吗？那我叫你小姬姬？还是小动动？"

"呃……你还是叫我小姬动吧。"

烈焰像恶作剧得逞了一样，开心地笑道："小姬动，你是怎么来到这里的？要知道，我这里可不是谁都能来的。"

姬动摇了摇头，道："我也不知道自己为什么会来这里，我只是打开了一幅画卷，然后就被五种颜色的光芒卷住了身体，我感觉自己一直在往下掉，等那光芒散去之后，我就来到了这里。"

"画卷？应该是卷轴吧。嗯，一定是你们人类制作的阴阳魔技卷轴，而且是附带五种魔力的阴阳魔技卷轴，那种卷轴制作起来好像挺麻烦的。

"从你刚才来到这里时的能量波动来看，那应该不是定位传送卷轴，而是一种随机传送的卷轴。能把你传送到这里，说明这幅卷轴附带的魔力非常庞大。"

姬动惊讶地道："阴阳魔技卷轴？那是什么？我还能回去吗？"

烈焰将火红色长发拨到胸前，自己轻轻地打着结，想了一会儿才道："小姬动，不如我们做个交易吧。你调制的酒很好喝，要是你能经常送酒来给我喝，我就帮你回到人类世界去。你看怎么样？"

"好，没问题。"

姬动立马答应了下来，他自己都有些奇怪，他之所以答应得这么快，并不是因为想回到人类世界，而是因为想以后继续见到烈焰。

"不过，你的酒可一定要非常好喝，要是你的酒不好喝了，我可要生气的。要是我生气了，说不定就把你丢到地心湖去。对了，你还要给我讲讲你们人类世界的故事。在这里真是太孤独了，偏偏我又不能轻易离开。"

烈焰依旧是一副笑眯眯的样子，所以她的恐吓一点也不可怕。姬动看着她，好久才回过神来。

"我从来都不认为死亡是一件可怕的事，任何保证都不如脚踏实地地做事靠谱，你说对吗？"

听着姬动的话，烈焰又笑了，笑得娇躯轻颤，不能自已。

姬动自问心志还是挺坚定的，可是他只要将注意力集中在烈焰身上，心就不受大脑控制了。

"你真是个有意思的小家伙，明明只是个小孩子，却偏要学着成年人说话。不过，今天见到你，我确实挺开心的。来，让我仔细看看。"

姬动只觉得眼前一花，那红色光罩突然扩大了几分，先前还站在火柱上的烈焰出现在距他半尺的地方，眨着一双乌黑的大眼睛，看着他的脸。

姬动能够感受到烈焰温热的呼吸，她的呼吸有一种特殊的味道，带着几分先前那杯午夜阳光的果香，还带着清新空气的味道，甚至还有几分雨后植物的清香。

在这可怕的地底世界中，突然闻到这样一股令人无法忘怀的香气，姬动整个人都沉醉了，烈焰那双漆黑的大眼睛，就像两个黑洞一样，吸引着他的目光和他的心。

烈焰抬起手，在姬动头上抚过，接着轻"咦"一声，道："阴阳平衡。真奇怪，你们人类竟然也有阴阳平衡体质的吗？而且是绝对的阴阳平衡，竟然没有一点偏差。"

烈焰的声音本就很好听，如此近距离地听她说话，姬动更是难以保持清醒，渐渐沉醉了，根本没听清烈焰说的是什么。

"喂，小姬动，你在想什么？"

烈焰抬手在姬动头上轻敲一下，顿时，一股热流就从姬动额头上，那颗阴阳冕星所在的位置流进了他体内。

姬动全身一热，体内好像有什么蒸发了一样，瞬间感觉神清气爽，说不出地舒服，头脑变得无比清明，胸口内的丙火魔力和丁火魔力也随之闪亮了一下。

烈焰这一敲，好像把他心里的杂念都敲没了。

"小姬动，你为什么会是阴阳平衡的体质？看样子，你应该是那什么一级学徒吧。阴阳平衡双火系的人类，我还是第一次见到呢，我好像对你更加有兴趣了。"

姬动道："阴阳平衡的人不是最没天赋吗？要比别人更加努力才有可能成为一名真正的阴阳魔师。我生来就是阴阳平衡体质。"

"你说什么？"

烈焰眉头一皱，俏脸上的笑容消失了，再次出现了原本的皇者威严。如此近距离地感受她身上的气息，姬动被压迫得无法呼吸，整个人都贴在了红色光罩之上，全身的骨骼似乎都要被挤碎了。

"哦，对不起。"

看到姬动这样，烈焰才反应过来，压力消失，姬动的身体顿时软了下去。

烈焰抬起一只手，将他拉了起来，一股热流从烈焰手中流入姬动体内，姬动觉得好受了许多。

烈焰歉然地道："我不是故意的，只是你刚才说阴阳平衡的人最没天赋，让我有些生气。因为我的属性也是阴阳平衡，你看。"

烈焰一边说着，一边拉起了姬动的手。现在，她与他并肩而立，也未见她如何动作，先前承载着她的那根火柱就突然变成了两团火焰，腾空而起，姬动眼前的世界也变成了双色的，一边为纯净的白色，一边为深邃的黑色。

黑与白两色火焰独立存在。

"你也是丙丁双火修炼者？"姬动惊讶地看着烈焰。

烈焰点了点头，道："所以说，我们还真的有缘呢。谁说我们阴阳平衡的人没天赋？你们人类追求的只是单一的修炼方式，认为只要体内有阴阳，就不会影响。但是，孤阳不长，孤阴不生，这个道理一般人都不明白。要完全拥有一种能力，就必须阴阳平衡才行。修炼得慢又怎么了？你们人类不是有组合技吗？要是你能修炼成双系阴阳魔师，就能使出组合技，根本不需要别人配合。"

姬动道："我现在只想凝聚出自己的阴阳冕，先成为一名阴阳魔师再说，谢谢你给了我信心，我会努力的。"

烈焰想了想，道："看在你和我一样，都拥有阴阳平衡属性的面子上，这样吧，以后你每天给我送酒来，我允许你在我这里修炼三个时辰。"

"在这里修炼？"姬动惊讶地道。

烈焰点了点头，道："在我这里修炼，你就不用那么费力了。你的修炼速度不会比正常人慢。你给我送的酒，就算是你用我的地方的租金了。"

姬动听烈焰这么一说，顿时大喜，对他来说，这是一个好得不能再好的消息了，不仅有机会成为阴阳魔师，而且还能每天见到烈焰，还有什么比这更美好的事呢？

　　烈焰微微一笑，道："你现在就可以开始修炼了，我不会帮你提升实力，怎么修炼是你自己的事。"

　　姬动道："你能让我在这里修炼，已经很好了。如果我还不能有所成就的话，那只能怪我自己。不过，今天我不能留下来，我贸然打开了阳院长的卷轴，必须赶快回去跟他交代一下。从明天开始，我就天天都来，可以吗？"

胸口红莲

烈焰点了点头，道："好吧。那我现在就送你回人类世界。不过我要提醒你，不要把见到我的事情告诉别人，更不能跟别人说你今天的经历。否则的话，我只能让你从这个世界消失了。"

烈焰一边说着，一边抬起自己的纤纤玉手，轻飘飘地印上了姬动的左胸，姬动只觉得心脏剧烈收缩了一下，一股热流就涌了进去。

周围的一切都开始变得模糊起来，烈焰渐渐化为红色的幻影，但她的声音依旧在姬动耳边回荡："记住我的话，不要让任何人知道这里。当你想来找我时，就摸着你的心，呼唤我的名字。在传送的过程中，你不能受到打扰。再见吧，小姬动，期待你明天的美酒。"

红光闪烁，姬动脚下悄然绽放开了一朵巨大的红莲，当那朵红莲逐渐张开，再缓缓合拢，将姬动的身体完全包裹在内之后，红莲就慢慢消失了。

红莲消失后，烈焰脸上露出了一丝玩味的笑容。

"真是个有意思的小东西，不知道该说他是倒霉还是走运。倒霉的是被传来了地心，走运的是通过酒香唤醒了沉睡的我。希望他不要让我失望。

"小姬动，如果你真的对别人说了我的事，那么，你的心就会被烈焰吞没。在人类世界的时候，我听说过'朋友'二字，不知道我们以后能不能成为朋友。很久没有去人类世界了，可惜，现在的我不再自由。为什么强大的力量反而成了羁绊？"

烈焰轻轻地叹息一声，背后红发飞扬，整个地心湖瞬间上升，悄然吞没了她的身体。

红光闪烁，姬动只觉得身体一轻，那朵巨大的红莲悄然盛开，露出了他的身体。

红莲之上不再燃起火焰，在黑夜中静悄悄地将他放了出来。

这里是哪里？

呼吸着清爽的空气，看看脚下悄然消失的红莲，再看看周围的一切，姬动发现自己已经回到了离火学院，现在他所处的位置，就是丙火系教学楼旁边的一个黑暗角落。

我真的回来了。

淡淡的焦味不知道什么时候没了，姬动摸了摸自己身上的衣服，一切都恢复了正常，明明才几个小时，姬动却感觉恍若隔世，不禁有些迷惘。

难道我刚才是在做梦吗？烈焰只是我梦中的仙子？对了，有一样东西可以验证刚才发生的一切是真还是假。

姬动猛地拉开自己的前襟，向左胸看去，顿时，他那颗失落的心剧烈地跳动起来。在他左胸之上，有一朵红莲。

红莲就像文身一样，贴在他的皮肤上，每一片花瓣都如同火焰般鲜艳，那是不属于人类世界的色彩。

不是做梦，真的不是做梦。这一切都是真的。一切都太神奇了，直到现在姬动还有些难以置信。

姬动用力地拍了拍自己的脸，努力让自己不去想烈焰，他深呼吸几次，才平复了心情，快步走进丙火系教学楼。

姬动打开房门，刚刚走进自己的房间，一个略带激动的声音就传了过来："啊！你回来了。"

姬动吓了一跳，这才看到，阳炳天就坐在吧台前面的椅子上，一脸惊喜的样子。

姬动有些惭愧地低下头，道："对不起，阳院长，我不该动您的东西。我以为那只是一幅画卷。"

阳炳天看到姬动后，大大地松了一口气，赶忙道："没关系，没关系，回来就好。不过，以后你可要注意了，有些东西是不能随便碰的，也怪我自己，没有锁上房门。快和我说说，你被传送到什么地方去了？

"哦，对了，你今天打开的那幅画卷，是一幅阴阳魔技卷轴，名叫全方位无定传送卷轴，它完全有可能将你传送到五行大陆另一边，甚至是万米高空，让你直接掉下来摔死。你能回来我真是太高兴了，不然我永远都不会心安。"

姬动心中暗道：不仅仅会被传送到高空，还会被传送到地底深处。他装出一副吃惊的样子，拍了拍胸口，满足地道："看来我运气真的不错，只是被传送到了城外，走了半天才走回学院。"

阳炳天微笑着站起身，道："我的老师对我说过，运气也是实力的一部分。你能平安回来我真的很高兴，不早了，你也早些休息吧。"

说着，阳炳天就朝外面走去。

"阳院长，您等一下。今天我给您调的酒在被传送后洒了，我再重新为您调一杯。"

阳炳天愣了一下，无奈地道："这么晚了，算了吧。"

姬动坚定地道："答应过的事就一定要做到，您稍等一下，很快就好。"

说完，姬动便快步走到了吧台后面，洗干净手，将调酒壶拿了出来。

他把金酒、柠檬汁、石榴汁、蛋白四种配料按照配比和顺序先后倒入调酒壶中，盖上壶盖，之后整个人的精神就无比集中，这是他作为一代酒神的尊严，调酒就要一心一意。

姬动闭上了双眼，脸上露出几分迷醉的神色，那调酒壶就像被线牵着一样，总也不会飞离轨道，四种颜色的配料在调酒壶中迅速混合。

这一次调酒，姬动没有用任何花哨的动作，只让调酒壶在空中左右晃动，他的动作越来越快，到了最后，阳炳天都看不清他的手部动作了，只能看到一团粉红色的光芒在空中闪烁。

这是一种比较常见的鸡尾酒，但姬动很少调制。之所以选择它，是因为温柔如水、火热威严的烈焰的形象在他心中挥之不去，姬动心中第一个想到的就是这杯酒。

这杯鸡尾酒的名字就叫作：红粉佳人。

阳炳天喝了那杯红粉佳人之后，好像也被酒中所带的情感感染了，仿佛想到了什么，只向姬动打了个招呼就回房间去了。

姬动自己也迷迷糊糊的，沉醉在这一天的回忆之中，都不知道自己究竟是什么时候睡着的。

"咚咚咚……"

清晨，姬动被一阵急促的敲门声吵醒，开门一看，来的正是昨天才认识的朋友，毕苏和卡尔。

两人看上去都有些急切，毕苏没好气地道："老大，你怎么这么晚还不起？快走！今天是夏天老师的室外课。他昨天放话了，今天谁迟到，谁就死定了，快走吧。"

因为没完全睡醒，所以姬动还有些神志不清，就被卡尔和毕苏拉到了操场。

此时，一年级的大部分学员已经聚集在了操场上，马上就到上课时间了。被清晨凉爽的空气一刺激，姬动也清醒了过来。

卡尔没毕苏那么多话，直接塞给了姬动一个馒头和一个鸡蛋。

"好兄弟。"

姬动向卡尔竖起大拇指，飞快地把馒头和鸡蛋吃了下去，虽然都是口味很淡的食物，但他从昨晚到现在就没吃过什么东西，所以吃得十分香甜。

"集合！"

夏天又扯开了大嗓门。丙火系和丁火系的学员们赶忙集合在一起，不知道是不是因为夏天实在是太凶了，学员们害怕他，队列竟然站得有模有样。

夏天和秋天一同走了过来，夏天穿了一条土黄色的短裤，上身则是一件紧身无袖背心，昨天他已经给学员们留下了深刻的印象，今天更具威慑力，一块块肌肉暴起，看上去就跟石头一样坚硬。他只要站在那里，整个人就像大力神一样，再加上那一脸横肉，普通学员觉得他更可怕了。

夏天点了点头，道："很好，人来得很齐。从今天开始，丙火系与丁火系就要分开上课了。丁火系学员由秋天老师指导，丙火系由我指导。稍后，我会带你们暂时离开学院，今天上午的室外课，你们只有一个任务，那就是绕着离火城跑一圈。别担心自己坚持不下去，从始至终，我都会陪在你们身边。谁要是掉队了，可别怪我手下不留情。"

夏天一边说着，一边抬起了先前背在身后的右手，原来他右手握着一根长约一米二的藤条。

原本听到夏天宣布的任务时，丙火系学员就有了些怨言，不过一看到夏天手中的藤条，他们就把想说的话咽了下去，一句多的话也不敢说了。

毕苏站在丁火系那边，朝着姬动和卡尔这边挤眉弄眼，一副幸灾乐祸的样子，很显然，丁火系的室外课不像丙火系这边这么变态。

夏天喝道："丙火系，祝归，出列！丁火系，毕苏，出列！"

毕苏正幸灾乐祸地笑着，听到夏天叫他的名字，神色顿时一僵，赶忙从丁火系那边走了出来。

丙火系这边走出来的，竟然是一个女孩子。

姬动昨天上课的时候听课很认真，没注意到丙火系就这么一名女学员，就像丁火系只有毕苏一名男学员一样。

在丙火系这边，这名叫祝归的女孩子的身高竟然仅次于卡尔，比其他丙火系学员都要高。姬动明白，这可能是女孩子发育比较早的缘故。令他惊讶的是，祝归一点也不柔弱，反而十分刚强。虽然她只有十岁，但她已经有了一些英姿飒爽的感觉。一双淡红色的大眼睛炯炯有神，走上前来的动作简单有力。

姬动觉得，祝归像是一个女兵。

和祝归比起来，毕苏就要柔弱多了，虽然说不上娘娘腔，但绝对算不上阳刚。

"今日的室外课是针对男学员设置的，祝归，你暂时加入丁火系，参加那边的室外课程，毕苏，你暂时加入丙火系，交换入列。"

"啊？"

毕苏怎么也没想到自己的报应来得如此之快，脸顿时垮了下来，但他也知道夏天说一不二，只能心不甘情不愿地朝先前祝归站的位置走去。

姬动和卡尔强忍着不让自己笑出来，心中都有种很爽的感觉。

但是，就在毕苏快要走到祝归的位置上时，突然，红影一闪，他被拦住了。

"报告老师，我不需要交换。我要参加丙火系这边的室外课，我是丙火系的一员，不会因为性别而搞特殊化，请老师批准。"

祝归的声音清脆有力，说完之后，她就回到了自己的位置。

夏天满意地点了点头，道："好，那你就一起吧。"

毕苏被祝归拦住，心中很是不爽，没好气地瞪了一眼比自己还高的祝归，嘟囔了一句"男人婆"，之后才跑到丙火系队伍后面，和姬动、卡尔站在一起。

祝归冷冷地扫了他一眼，攥了攥拳头。

"出发！"

夏天一马当先，跑在了最前面，所有学员紧随其后。

除了姬动以外，这些学员都通过了学院的体能测试，因此室外课刚开始的时候，这些学员都还能撑一段时间。

夏天带着他们从南城门出城，绕着离火城跑起来。尽管离火城只是一座中型城市，可是，绕城一周的距离还是相当恐怖的，学员们的痛苦之旅刚刚开始。

第 ⑮ 章
五级学徒

"老大，你昨天晚上干什么去了？也没去食堂吃饭。没你带着，我们也不敢轻易上顶层找你，听说院长就住那里呢。"毕苏一边跑着，一边向姬动问道。

姬动道："昨天有点事。"

毕苏也没就此问题深究，看着跑在队伍前面的祝归，一脸不爽地道："那个人很狂啊！老大，我们要不要去找她麻烦？"

没等姬动开口，卡尔哼了一声，道："你省省吧。你别看她是个女的，入学考核的时候，她是我们丙火系成绩最好的一个。据说，她的先天属性是九一分。"

"不会吧？"毕苏张大了嘴，"一个女的居然是丙火系九一分，她是不是投错胎了？"

姬动道："世界之大，无奇不有。少说话，节省点体力吧。绕城一周，至少也有几十公里，先坚持下来再说。"

刚刚跑出离火城，姬动就感觉身体开始微微发热了，体内血液循环加速，说不出的舒服。此时，他深刻地体会到了昨天吸收那两颗晶冕的好处，拥有了丙丁双火一级学徒的实力后，体力大增，排出了大量杂质，身体也似乎被丙火魔力、丁火魔力滋润了，心肺功能和肌肉力量改善了不少。现在他还没有任何疲倦感，只是觉得关节和肌肉都活动开了。要不是那两颗晶冕，估计刚跑到城外，他就要气喘吁吁了。

姬动跑了一会儿，下意识地摸了一下左胸处的红莲，心中有一种冲动，他想马上见到烈焰，不仅如此，他体内还涌起了一股热流，这股热流似乎给了他力量，使得他可以跟随着大队伍，不至于落后。

卡尔和毕苏也很奇怪，一天不见，姬动的体力明显好了许多。在一年级学员中，卡尔和毕苏算是佼佼者，体力都很强，他们已经想好了，要跟在姬动身边帮他，现在看来，他们不需要担心姬动了。

半个时辰后，学员们身体素质方面的差距就显现了出来。跑在最前面的竟然是祝归。她紧跟在夏天身后，其余的学员速度开始减慢，慢慢开始掉队。

这个时候，他们刚刚从南城墙转到西城墙，距离北城墙还有一段距离。

"快点，都给我跟上。谁慢了的话，可别怪我不客气。"

说着，夏天挥动了一下手中的藤条。

夏天的话就像是一剂强心针，学员们刚降下去的速度又提了上来。

夏天一边继续跑着，一边大声喝道："想成为一名阴阳魔师，光有魔力是不够的，你们还需要有充沛的体力和顽强的意志力。没错，我今天给你们安排的，就是近乎不可能完成的任务，以后也会经常有这样的课程，谁要是坚持不住，对不起父母给你们交的学费，随时可以退学。

"知道为什么我们离火学院的毕业率能达到百分之三十吗？就是因为我们的学员比其他学院的学员更有毅力，敢于去做难度大的事情。都给我精神点儿，快跑！"

毫无疑问，夏天的话对这些小学员很有鼓舞作用，不过，这只能让他们多坚持一刻钟。一刻钟之后，掉队的人渐渐多了起来，十岁左右的孩子能有多少体力？尽管这些小学员的身体素质都很不错，可绕城一周对他们来说确实太难了。

夏天的严厉第一次真正展现出来，他用行动告诉这些丙火系一年级学员，他手中的藤条绝对不是摆设。

他从最前面转到最后面，不断挥舞藤条，学员们的尖叫声接连传来。

毫无疑问，尖叫声绝对比夏天之前说的那番话更有刺激效果，学员们在痛苦挣扎中，继续狂奔。

不过，如果仔细观察的话就能发现，虽然夏天看上去极为严厉，但藤条落下的时候其实并不重，而且藤条上隐约还有红光闪烁，凡是被抽中的学员，都会在惊吓中加速奔跑，他们并未注意到一股热量从藤条上传了过来，帮他们恢复了一些体力。

姬动、毕苏、卡尔三人一直跑在中间，不像祝归那么靠前，也没有落后。

卡尔和毕苏感到越来越奇怪，虽然姬动的呼吸已经开始变得粗重了，但跑步的节奏一点也不乱，显然还有不少体力。今天的训练可比昨天被罚的二十圈苦得多，这才一天，为何姬动的体力就有了这么大的变化？

直到这时，两人才深刻了解到姬动先前让他们节省体力有多么明智，他们都快累得不行了。

"咦，那个女生慢下来了。我就说嘛，女的怎么能和咱们比？"毕苏气喘吁吁地说道，大有幸灾乐祸之意。

此时，姬动的体力消耗也不小，他抬头一看，才发现跑在前面的祝归速度明显减慢了，而且祝归身后只有他们三个人，其他学员都远远地落在了后面。

毕苏看到祝归减慢速度，顿时精神大振，加快步伐向前追去，不一会儿就赶上了祝归。

"怎么样？男人婆，不行了吧。"

祝归扭过头，看向毕苏，突然展颜一笑，毕苏还没反应过来，就被什么东西绊了一下，顿时重心不稳，踉跄着向前冲去，就在他想要尽力控制住身体的时候，后脑勺被拍了一巴掌。

"趴下吧，娘娘腔。"

只听"砰"的一声，毕苏摔了一个狗吃屎，祝归停下脚步，一只脚踩在毕苏的后背上，看着他，冷冷地道："告诉你，以后少惹我，再让我听到你叫我男人婆，我就烧光你的头发。"

说着，祝归右手一伸，"噗"的一声，一团红色火焰透掌而出，竟然燃起了半尺高。

此时，姬动和卡尔也已经追了上来，他们分明看到祝归额头上出现了两颗半冕星。

"丙火五级学徒？"姬动和卡尔同时惊呼出声。

祝归冷冷地瞥了他们一眼，似乎在说"你们知道就好"，之后才抬起腿，转身继续跑步，并且猛然加速，显然先前她是故意放慢速度的。

"站住！"姬动大喝一声。

祝归扭头不屑地看了他一眼，却并没有停下脚步的意思，继续向前跑去。姬动刚想追，就被从地上爬起来的毕苏一把抱住了。

"老大，算了。"

毕苏的脸色很难看，却还是伸出一只手紧紧地抱住姬动，另一只手拉住了卡尔。

"娘娘腔，你怕了？"卡尔怒道。

毕苏冷冷地看了他一眼，不知道为什么，一向强势的卡尔被他这么一看，只觉得自己仿佛被一条阴冷的毒蛇盯了一眼。

"她是丙火五级学徒，我们三个加起来也不可能是她的对手，只能是自取其辱。"

毕苏出奇地冷静，姬动不禁有些怀疑，这小子是不是很早熟，现在毕苏的表情可不像十岁孩子会有的。

"那就这么算了？"卡尔沉声道。

毕苏看向祝归离去的背影，沉静地道："君子报仇，十年不晚，都怪我自己太弱小，等我把实力提升上去，总有报仇的一天。老大，卡尔，这件事你们都别管，这是我自己的事，我一定要凭借自己的力量战胜她。"

姬动皱眉道："不是说十岁才能开始修炼吗？她看上去跟我们年纪差不多，为什么已经是丙火五级学徒了？"

卡尔道："十岁才能修炼是针对我们这些平民的，那些拥有强大阴阳魔师的家族，可以给他们的子弟各种药物，让那些子弟从小就增强体力，在不影响未来发展的情况下，那些子弟可以从七八岁开始修炼，走在我们这些普通人的前面。

"不过，这个祝归肯定是个天才，从前我只听过有人刚入学就是三级学徒，还从未见过一年级就是五级学徒的人，今天算是开眼了。要知道，三年级的学员都未必能有这样的实力，一般四年级的学员才会成为五级学徒。"

毕苏接话道："而且，她现在就能够自如地控制自己的丙火魔力，显然是有名师指点，不是我们能比的。恐怕在离火学院的期间，我们都没机会对付她。不过，总会有机会的，今天的耻辱我永远都不会忘记，我一定要战胜她。"

"谁让你们停下的，给我继续跑！"

夏天的怒吼声从后面传了过来，三人这才重新开始跑步。

这一堂室外课，直到正午时分才算结束，当一众丙火系学员回到离火学院的时候，除了夏天以外，还能站着的人就只剩下三个半了。

丙火五级学徒祝归毫无疑问是其中一个，第二个是卡尔，他虽然没有祝归那样强大的魔力支持，但身体素质确实好。

令祝归有些惊讶的是，毕苏也还能站着，尽管毕苏不断地喘着粗气，身上更是汗如雨下，可他依旧咬牙支撑着。

至于那半个，自然就是姬动，即便他的身体素质改善了不少，也不可能一日就把体质完全改过来，能坚持下来已经很不容易了。在卡尔的搀扶下，姬动勉强支撑着，这才没有倒下去，所以他只能算是半个。

"不许躺着，都给我坐起来。"

夏天将学员们一个个地拉了起来，让他们盘膝坐着。

"体力耗尽，才是一个人最敏感的时刻，对我们丙火系阴阳魔师来说，正午是最好的修炼时间，因为此时阳光正好，丙火系魔力最为充裕，闭上你们的眼睛，我会帮助你们感受到丙火系魔力的存在。你们要用心去吸收，争取早日成为丙火一级学徒。"

听着夏天的话，姬动恍然大悟，原来这就是离火学院的教学方式，先让学员把体力耗光，才让学员开始感受丙火系元素，果然很特别。

这样想着，姬动也和其他学员一样，盘膝坐好。有了昨天的尝试，姬动本身又是个很容易集中精神的人，闭上双眼后，他立刻就感受到了空气中丙火元素的存在。

空中的太阳就像一个巨大的丙火系魔力结晶，不断引起魔力波动，难怪夏天会说这个时候最适合丙火系阴阳魔师修炼，而且，被阳光照耀着修炼，比他昨天在房间里修炼好得多，感触深得多，只不过现在空气中的丁火系魔力十分微弱，几乎可以忽略不计。当然，阳光下的魔力波动和地心湖那里相比就是天差地远。

姬动试探着用意念刺激胸口处那代表丙火系魔力的红光，吸引体外的丙火系元素，这一过程十分顺利，姬动很快就感受到全身暖洋洋的，不过，他很快就发现了不对劲，淡红色的丙火元素进入他的身体后，刚要与他体内的丙火魔力融合，丙火魔力旁的丁火魔力就发出了一层淡淡的蓝光，使姬动的丙火魔力外围多了一层保护罩。

丙火元素是吸入体内了，可就是无法和他自己的丙火魔力相结合，这可如何是好？难道他只能看着这些丙火元素消失。

"不要白费力气了，这个时间点不适合你和毕苏修炼。丁火系适合在夜晚修炼，而你是丙丁双火系，每天有两个时间段最适合修炼，一个是夕阳西下的傍晚，另一个则是朝阳初升的清晨。"

姬动被惊醒，睁眼看时，才发现夏天不知道什么时候来到了他面前，用手中的藤条点了点他，再点点毕苏，道："姬动，你可以去吃午饭了。毕苏，你回丁火系找秋天老师，今天她会指点你修炼。"

第 ⑯ 章

双火同修

"只有傍晚和清晨适合？"姬动惊讶地看着夏天，脑海中灵光一闪，"您的意思是说，早晚的时候阴阳交替，正是丙火和丁火平衡的时刻吗？"

这下轮到夏天惊讶了，他点了点头，道："你很聪明。正是如此。不过，早晚阴阳平衡的时间很短暂，只有半个时辰而已，合起来就是一个时辰，你只有在这一个时辰内修炼才有效果。这也是阴阳平衡的人难以修炼的重要原因。除了正午时分之外，单纯的丙火系学员其他时间也可以修炼，只是效果略差，你却不行，你只能在特定的时辰修炼。所以，就算你比别人更加努力，也不是那么容易做到的。去吧，今天下午你也不用来上课了，这几天的主要课程就是帮助每个人觉醒自身的属性。"

"谢谢老师。"

此时，姬动已经恢复了一些体力，和毕苏一同起身离去。毕苏急于修炼，直接回到了丁火系的课堂，姬动则自己去食堂吃了点东西，之后就回了房间。

对姬动来说，一切刚刚开始，今天毕苏的事情给了他不小的震撼，让他充分认识到了，在这个属于阴阳魔师的世界中，没有强大的实力是何等的悲哀。

姬动抬手轻抚左胸，暗暗下定决心，一定要坚持下去。每一天的时间都是宝贵的，清晨和傍晚他都可以在离火学院修炼，其他时间他还可以在别的地方修炼，那就是烈焰所在的地心，那里环境特殊，对他的修炼有好处。只要合理分配时间，他就不会浪费资源。烈焰说过，他每天可以去她那里修炼三个时辰。

想到这里，他立刻来到吧台后面，聚精会神地调制了一杯鸡尾酒。调制结束后，他并没有将酒倒入酒杯之中，甚至没有打开调酒壶的壶盖，而是把右手按在左胸上，发出了对烈焰的呼唤。

一股热流从姬动左胸涌出来，转瞬间扩散到他全身，最后到了他双脚之下，从脚心奔涌而出。

奇异的一幕出现了，只见一片片红色的莲花花瓣从姬动脚下舒展开来，就像伸懒腰一般，之后，一片片花瓣微微卷起，包裹住了他的身体。

当最后一片花瓣卷住他的身体时，他整个人就像是一朵巨大的莲花的花苞一般。

莲花发出的红光没有引起魔力波动，光芒一闪，莲花便带着姬动悄然消失在房间之中。

与上一次被全方位无定传送卷轴送去地心的感觉完全不同，这一次，姬动没有坠落的感觉，他只觉得自己全身都暖融融的，身心舒畅，胸口内的丙火魔力和丁火魔力也都微微亮起。

由于被花瓣包着，他看不到自己究竟是怎么来到地心的，只觉得时间过得很快，好像才几次呼吸的时间，之前觉得异常恐怖的世界就再次出现在他的视野之中。只不过，这一次他没有站在洞壁的凹槽之中，而是直接向地心湖落去。

地心湖中装的可是温度超高的地心岩浆啊，上次站在凹槽中，他都快被烤熟了，这要是掉下去，岂不是会直接灰飞烟灭吗？

就在姬动惊慌的时候，他突然发现自己停止了坠落，那包裹住他的红莲花已经化为一个巨大的红色气泡，带着他飘浮在岩浆上方几十米处，他也没感觉很热，看来，这红莲不仅能将他带到地心，还会帮他隔绝高温。

"你吓了一跳吧？"

烈焰的声音响起，姬动扭头看去，不知道什么时候，烈焰已经出现在他身边，也在这红色气泡之中。

尽管不是第一次见面，可是再见到她，姬动还是觉得很惊艳。

烈焰依旧穿着一件红裙，双手在身前交握，长发搭在左胸上，用白嫩细长的手指指了指姬动手中的调酒壶，问道："这是给我的吗？"

姬动点了点头，将调酒壶拧开后递了上去。

"我怕到这里都蒸发了，所以没倒在杯子里。"

烈焰接过调酒壶，笑道："谢谢啦，小姬动。你是要开始修炼了吧？"

"你怎么知道？"姬动惊讶地看着她。

烈焰神秘地一笑，故作玄虚地道："这是秘密。"

说完，那红色的气泡便带着他们来到了洞壁的凹陷处，未见烈焰如何动作，她就脱离了红色气泡，就那么飘浮在半空之中。

"不要浪费时间，你一天只能在这里待三个时辰。想要离去的时候，只需要按着胸前的红莲跟我说一声再见，红莲自然会送你回去。"

姬动道："那我可以分段使用这三个时辰吗？"

烈焰道："当然可以。要是满了三个时辰，你还没回去的话，红莲也会自行送你离去。就说这么多，让我尝尝你今天给我带了什么样的美酒。"

说着，她仰头轻饮，水晶调酒壶内的酒液是乳白色的，看上去就像是浓郁的牛乳。

姬动紧张地看着烈焰轻抿美酒，想知道她是否喜欢。

这次他调制的鸡尾酒与上次调制的鸡尾酒明显不同。上次他为阳炳天调制午夜阳光时，心中充满了感激之情，这次，他为烈焰调制鸡尾酒的时候，内心则抱着一种完全不一样的情感。

同样的材料，调酒的人心情不一样，调出来的酒也会不一样。一名优秀的调酒师，一定十分善于将自己的情感注入自己调制的美酒之中。而在调制这杯酒的时候，姬动心中只有期待和倾慕，没有半分杂质。

"唔……"烈焰看了姬动一眼，微微一笑，"这杯酒似乎和上次那杯给我的感觉不太一样啊！小姬动，你真是一名优秀的调酒师，能不能告诉我它的名字？"

"当然可以。它叫白色月亮，是用十分之五的百加得酒，十分之一的香蕉甜酒，十分之一的椰子酒和十分之三的橙汁调制而成，颜色为乳白色，略微泛黄，入口甘甜微酸，酒精含量不算高，比较适合女性饮用。"

烈焰点了点头，再看看手中的调酒壶，道："下次还是用杯子吧，那样会更有感觉，不用担心蒸发的问题，我会处理。你可以开始修炼了。我的红莲护罩会自动为你吸收丙火元素和丁火元素，并且将其控制在你可以接受的范围内，你不需要担心。我要去慢慢品味这杯白色月亮了，明天见。"

一眨眼的工夫，烈焰就消失了。

不知她能否感受到自己调酒时的情感，姬动心中有些忐忑，他从未与女性有过深入接触，在这方面，他完全就是新手。他也知道，自己和烈焰差距太大，他只能将情感寄托于美酒之中，只能默默激励自己，不断努力，不断成长。

姬动盘膝坐下，闭上了眼睛，这一次，他足足用了一刻钟时间才让自己的心静下来。不过，地心的火元素实在太充沛了，他刚刚发出一丝引导之意，两种不同的火元素就涌入他体内。

热情的丙火元素和阴柔的丁火元素同时与他体内的魔力结合。

这一次，没有再出现魔力排斥元素的情况，姬动只觉得自己的身体就像一个熔炉一般，那些火元素涌入他的身体之后，全部聚集到了胸口处，火元素流经经脉的时候，姬动觉得自己都脱胎换骨了，两种不同的火元素刺激着他的身体，致使他的身体慢慢地发生着变化。

这些元素最后与姬动胸口处的那两点魔力相结合，虽然过程十分缓慢，但魔力在一点一点增多。

这是姬动第一次真正意义上进入修炼状态，夏天说过，在凝聚出阴阳冕之前，阴阳魔师只能凭借自己的意念去感受空气中的元素变化，并将其引入自己体内，与自身魔力结合，使其成为自己的力量。

姬动作为拥有阴阳平衡之体的人，虽然修炼速度比普通阴阳魔师修炼的速度慢了很多，但他也有优势，那就是他的六感远超常人。

姬动光凭嗅觉，就能大体判断出烈焰焚情酒吧中那些酒的成分和味道，可想而知他的六感有多敏锐。

人的六感就来自眼、耳、鼻、舌、身、意，意代表的就是意念、感觉，他的意念可以很轻易地集中，使得他吸收外界魔力元素的速度更快，更何况，在这地心，丙火元素和丁火元素不知道比地面上浓郁了多少倍。因此，姬动此时的修炼速度甚至超过了那些单属性的学员。

姬动没有在地心修炼太长时间，大约一个时辰后，他就选择了回到地面，他需要回来思考一下现有的修炼模式，红莲将他送回了房间之中。

姬动变成丙丁双火一级学徒之后，胸口内的两点魔力只有绿豆粒大小，如果那两点魔力没有自行发光的话，很容易被忽略。

经过这一个时辰的修炼，姬动感觉自身的魔力增强了一些，虽然不是很明显，但还是提升了。

此时已是下午，不适合修炼，姬动躺在床上一边休息，一边回忆自己先前修炼的整个过程，重新体会元素入体的感觉，他渐渐地明悟了。

按理来说，不论是丙火元素还是丁火元素，在进入身体的时候，都是从皮肤渗入，再慢慢地聚集到胸口，感觉像是把他体内的杂质都过滤了一番，最后剩余的元素才到达胸口，与魔力融合，因此魔力增长的速度并不快，实际上却不是这样，那两种元素过滤杂质之后并没有消失，而是被他的身体吸收了。他之所以会有全身暖洋洋的感觉，应该就是那些元素在潜移默化地改变着他的身体。虽然这些元素不能像晶冕那样直接帮他排出大量杂质，但还是对他的身体大有好处。

　　姬动的想法是对的，阴阳魔师在修炼的过程中，打基础的十级最为重要，之所以重要，就是因为在这个过程中，他们的身体会与魔力元素相结合，直到体内的杂质全部被清除，自己的身体变得十分纯净，完全被元素充满。只有这样，阴阳魔师才能凝聚出阴阳冕，而身体会在这个过程中变得越来越纯净、越来越接近元素本身，在那之后，阴阳魔师的修炼速度会越来越快。

　　姬动仔细思索后，思路越来越清晰，他知道，在凝聚出阴阳冕之前，自己要做的，也是唯一能做的，就是抓紧时间吸收两种火元素，吸收得越多，对他的身体越有好处。

　　傍晚来临，姬动开始在房间中修炼，他要感受一下在地面上修炼和在地心修炼的差距究竟有多大。

　　等真正开始修炼之后，姬动不禁暗暗苦笑，同样是丙火元素和丁火元素，在地面上的浓郁程度不及地心的十分之一。

　　在地心那里，他甚至不需要怎么引导，两种元素就会直接涌入他体内，在学院里却不行，他必须竭尽所能，用自己的意念去引导空气中的火元素，使其与自身融合。要知道，这还是在南火帝国，五行大陆上火元素最充足的地方，在这儿都只能做到如此，其他国家就不用说了。

　　难怪烈焰会说，在地心修炼三个时辰，他就不用那么费力了。

　　不过，就算这样，姬动也没有打消在学院修炼的念头，哪怕傍晚这半个时辰只能带给他一点好处，他也不会放弃。

　　每一点能量的积蓄，都是未来成功的基础。

第 17 章
极致双火

在离火学院，姬动开始过上了规律、平静，甚至是有些枯燥的生活。

每天清晨，在阴阳交替的半个时辰内修炼，早饭后开始白天的课程，学习关于阴阳魔师的各种知识，到了傍晚，再修炼半个时辰，然后为阳炳天调制一杯鸡尾酒。吃过晚饭后，他再回到房间为烈焰调制一杯鸡尾酒，带着酒前往地心，开始一天中最重要的修炼。循环往复，始终坚持。

被祝归刺激了之后，不论是有些娘娘腔的毕苏，还是高大健壮的卡尔，都将全部身心投入到了修炼之中，没有再到姬动房间玩耍。

两人的进步速度也确实极快，短时间内，不仅成了一级学徒，而且各方面表现得都不错，在一年级名列前茅，仅次于祝归。

至于姬动，老师们并没有过多地关注他，阳炳天也只是偶尔问问他的修炼情况。他也不可能主动跟老师们讲自己在地心修炼的事情，所以，谁也不知道他具体的修炼情况和实力等级。

转眼间，一学年过去了，到了期末测试的时候。

"烈焰。"

姬动手抚胸口，又一次呼唤起了那个名字。熟悉的红莲悄然卷起，包裹着他消失在房间之中。

他每天都这样做，已经对红莲熟悉得不能再熟悉了。火红色的世界一切如故，红莲化为气泡托着姬动的身体。

"你来了。"

面带微笑的烈焰接过姬动手中的鸡尾酒，而姬动只是点了点头，视线就没离开过烈焰。

这一学年，虽然姬动每天都来地心，但是真正见到烈焰的时间不长。烈焰收了他的酒之后就会离开，让他自行修炼。这么多个日日夜夜，姬动对烈焰越发好奇起来。

尽管他并不真正了解烈焰，甚至每天只能和烈焰说几句话，可他每天调制鸡尾酒的时候，想的都是烈焰，他将情感注入了调制的鸡尾酒之中。

姬动不知道烈焰能否感受到这一点，但他可以肯定的是，自己的调酒技艺已经恢复到了以前的一半，如果不是因为五行大陆的酒和以前的酒有些不同，现在他调的酒会更好，调酒技艺也会更高超。烈焰对他的酒一直很满意，从未提出过异议。

"这杯酒叫海风习习，会给人一种海浪不断冲击舌尖的感觉……"姬动按照惯例，开始向烈焰介绍今天调制的美酒。

烈焰一边听着他的讲述，一边慢慢品尝这杯海风习习，两人之间早已形成了默契。一边听姬动讲解美酒，一边品酒，是烈焰的乐趣，而为烈焰讲述美酒的内涵，看着烈焰一点点喝下自己调制的美酒，同样是姬动的快乐。

每当姬动看到烈焰因为美酒而出现神色变化时，姬动心中就会有一种说不出的满足感。

姬动的讲解结束之时，杯中美酒已尽，就在姬动准备被烈焰送到洞壁凹槽处修炼时，烈焰开口了。

"小姬动，明天第一学年就要结束了，你是准备在期末测试上一鸣惊人吗？"烈焰将杯子还给姬动，微笑着问道。

其实，现在的姬动和一年前相比已经长大了不少，当然不是指年纪，而是指身体。

通过这一年的修炼，他不再那么瘦弱了，虽然不像卡尔那样高大健壮，但看上去也算是一个普通的十一岁少年了，他长高了一些，皮肤变成了古铜色的，不再那么苍白，留着短发，看上去很健康，目光坚定、内心沉稳，还是很容易给人留下好印象的，只不过他没那么英俊，学院里注意他的人也就没那么多。

姬动愣了一下，问道："你怎么知道我明天要进行期末测试？"

烈焰微微一笑，道："其实，你的一切我都知道。红莲不仅能将你送到地心，而且能充当我的眼睛。这就是我的秘密。"

姬动恍然大悟："原来如此，难怪了。"

姬动回想起自己第一次来这里准备修炼时，烈焰就知道他是来修炼的，原来她一直都关注着他。

"你还没有回答我的问题呢。"烈焰道。

姬动还是第一次看到她这样娇俏的样子，可以说，跟烈焰见面的时候，就是他意志力最薄弱的时候。

"一鸣惊人我倒是没想过，我只想努力修炼，早日成为一名真正的阴阳魔师。"

烈焰若有所思地道："你就那么渴望实力吗？"

姬动道："是的，我渴望拥有强大的实力，没有实力，在五行大陆我就什么都不是。而且，我既然选择了这个职业，那么，我就一定要做到最好，也一定会为此付出全部的努力。"

烈焰点了点头，道："这一点我相信。这一年来，你每天的修炼其实我都看在眼里。从你第一次来到这里修炼开始，你就从未浪费过一点时间。尽管在我这里修炼的效果比你在地面上修炼的效果好几十倍，你也从未放弃过在地面上修炼。这份坚持实在难得。我也喝了你一年的酒了，如果你不在意学院里同学的目光，我倒是可以教你一点东西，对你未来的修炼会有很大的好处。"

"你要教我？"姬动惊喜地问道。

他现在很开心，一是因为可以学到新的东西，二是因为学东西的同时可以看到烈焰。

单是看着她，听着她的声音，姬动都会很满足。虽然他现在不会像第一次见到烈焰时一样流鼻血了，但他依旧很激动。

哪怕修炼再枯燥、再辛苦，只要见上烈焰一面，他的心就会更加坚定几分。他刚才没有说出来，他之所以渴望拥有强大的实力，还有一个重要的原因就是烈焰。

他知道，现在的他无论如何也赶不上烈焰，他必须变强，等他变得和她一样强大之后，他才有站在她身边的资格，而修炼成为阴阳魔师就是他现在唯一的路。

烈焰微微颔首，道："你看。"

她一边说着，一边将右手伸到姬动面前，只见光芒一闪，两簇细小的火苗出现在她手掌之中。

一簇火苗是金灿灿的，散发着丙火元素的气息，但是与姬动平时感受到的丙火元素不同，这金色火苗中蕴含的丙火元素似乎无比浓郁，尽管它看上去只有一点，可它蕴含着至阳至刚的气息。

另一簇火苗则是黑色的，幽暗寂静，那黑色火焰给人的感觉更加强烈，阴森诡秘，好像它是来自地狱九幽的火焰一般，和它比起来，姬动胸中的丁火魔力就差得多了。

"这是两个种子，也是我对你为我调酒一年的回报。我会让它们与你自身的丙丁双火魔力融合。你应该也感觉到了，我手上的火苗虽然也是阳火和阴火，但它们的魔力比你现在拥有的魔力纯粹得多。这也是我使用的火。

"金色的火名为丙午元阳圣火，黑色的火名为丁巳冥阴灵火。有了这两个种子之后，你也会拥有和我一样的火焰。不过，有件事情我必须告诉你，那就是你辛苦修炼一年积蓄的魔力，会因为这两种火焰而被压缩，被燃烧，魔力会大幅度减少。所以，你要想清楚，是否愿意接受这两个种子。"

"当然愿意。烈焰，现在就开始吧。"姬动毫不犹豫地说道。其实，当烈焰说他将拥有和她一样的火焰时，姬动就决定了。能够拥有和她一样的火焰，这对他来说，就是一种快乐。

烈焰道："你可不要一时冲动。你辛苦修炼这一年积累的魔力，很可能全部被烧光。一年努力彻底白费，你甘心吗？"

姬动深深地注视着烈焰，眼中流露出一丝骄傲。

"我能苦修一年，就能苦修第二年。破而后立的道理我又岂会不明白？用一年的苦修换来质的变化，这绝对是值得的。"

"破而后立？这句话说得真好。"烈焰惊讶地看着姬动，"你真是让我刮目相看，不愧和我一样拥有阴阳平衡体质。相信我，以后你一定会为今天的选择而庆幸。"

一道淡淡的金光从烈焰眼中射出，跟她对视的姬动只觉得一阵恍惚，之后就什么都不知道了。

一层红光及时裹住了他的身体，以防他摔倒。

烈焰轻轻地摸了摸他的头，道："小姬动，你果然没有让我失望。现在我对你越来越有兴趣了。你知道吗？其实我不想再见到你了，因为你让我感觉到了'习惯'二字。这对我来说是不好的，是一种不能有的牵绊。

"如果你刚才稍微犹豫一下，我也可以硬起心肠将你赶走，要是你没说破而后立的话，我会不再喝你的酒。现在看来，我的习惯要继续了。破而后立，好一个破而后立啊！既然已经是习惯了，那么，我总要为让我形成这习惯的人做点什么。

"这种感觉真奇怪，我又想赶走你，又想一直品尝你调制的美酒。自我诞生以来，我还是第一次有这种感觉。就让我看看你能坚持多久，又有多么坚定吧。"

她一边说着，一边翻转那带有两种火焰的手掌，将手掌贴在姬动胸前。

姬动的身体略微颤抖了一下，紧接着，红蓝两色气流像是被强行挤压出来的一般，从姬动的毛孔中飘出。

"噗——"

金与黑，两色火焰瞬间变旺盛，火焰骤然充满了包裹着姬动和烈焰的红色气泡。姬动身上，以气流的方式飘出的丙火魔力和丁火魔力，就像金色火焰和黑色火焰的燃料一般。

此时此刻，姬动额头上分明出现了两颗带着双重影子的冕星。

一颗冕星在中央，却不是半红半蓝的样子，而是红色的冕星与蓝色的冕星交替闪烁。在这颗冕星的右侧，也就是偏向姬动身体的右侧，是一颗有重影的冕星，上面一层的颜色是红色的，下面一层的颜色是蓝色的，那也是一颗完整的冕星。

离火学院的老师肯定想不到，短短一年，姬动这个阴阳属性平衡，被视为没有一点天赋的学员，已经变成了丙丁双火四级学徒。

要知道，哪怕是二年级的学员，在期末测试时是四级学徒，那也是值得骄傲的，一般来说，三年级的学员才会是四级学徒。

虽然地心的环境对姬动的帮助很大，但他更多的是靠自己，勤能补拙四个字用在他身上一点也不过分。烈焰清楚姬动为拥有现在的实力，付出了多少，她不能随意地夺去他努力的成果，这也是她问他是想一鸣惊人还是吸收她那两个特殊种子的原因。

一名十一岁，拥有丙丁双火四级实力的学员，又怎能不引起轰动呢？

姬动虽然陷入了昏迷，但还是听到了烈焰的声音，这声音直接传到了他心底深处。

"丙火乃是阳火，而丙午元阳圣火则是至阳之火，也是极致的丙火。丁火是阴火，丁巳冥阴灵火就是至阴之火，也是极致的丁火。它们都是火中君王，有令万火臣服之能。不到万不得已的时候，不要轻易暴露这两种火，学会隐藏实力，才能更好地生存下去。下面，我传授你控制这两种极致之火的方法——神锁阴阳，此法可助你将极致双火中最纯粹的阴阳之力内蕴于自身，只有你需要时，丙午元阳圣火和丁巳冥阴灵火才会发出真正的威力。"

第 ⑱ 章

期末测试

　　不知道过了多长时间，姬动才清醒过来，当他睁开双眼时，发现自己坐在洞壁的凹槽之中，整个人陷入了一种奇异的状态。

　　姬动首先感觉到的，并不是魔力的变化，而是视觉的变化，放眼望去，前方的地心湖似乎变得更加清晰了，而且，不需要用意念去感受，只用眼睛看，他就能轻易地辨别出地心湖上方的丙火元素和丁火元素，元素聚集在一起发出的蓝、红两色光芒，形成了一条条光带，甚是好看。

　　不仅如此，他甚至能够看清地心湖中岩浆的变化，由此可见，他的视力不知道变好了多少。

　　视力只是一部分，很快，姬动就感受到了其他五感的变化，尤其是意念，他的意念变强了很多。

　　姬动回想起昏迷时烈焰的教导，神锁阴阳之法顿时浮现在他脑中，同时，他还注意到了自己胸口内的魔力。

　　最初修炼的时候，他的丙丁双火系魔力只能在胸前形成两个绿豆大小的光点，本来经过一年的修炼，这两个光点已经变成了蚕豆大小，此时，当他集中意念时，却发现自己的双系魔力又变成了绿豆大小，也就是恢复到了一级学徒的水平，不同的是，原本红色和蓝色的光点，此时变成了金色和黑色的。

"这就是丙午元阳圣火和丁巳冥阴灵火的种子吗？这就是至阳与至阴的火焰吗？"

姬动并没有因为魔力减弱而沮丧，反而十分兴奋，刚看到这两种火焰的时候，他就感觉到了火焰中蕴含的纯粹能量。魔力可以再修，只要苦修一年，他就可以再次成为丙丁双火四级学徒，但这火焰不是依靠修炼就能得来的，单从他身体的改变，他就能看出这两种火焰有多强大，烈焰可真是送了他一份大礼啊！

"烈焰，谢谢你。"姬动朝着地心湖的方向喊道。

一道亮光从地心湖中射了出来，一直射到姬动面前才停下，此时姬动才发现，红色护罩竟然没有出现。他就这么待在地心中，没有感觉到半分灼热，就跟在自己房间一样。

原来那道亮光是酒杯发出的，烈焰的声音从四面八方响起："不用惊讶，丙午元阳圣火和丁巳冥阴灵火都是火中君王，虽然你刚刚与它们融合，但你对火焰已经有了一定的抵抗能力，牢记我传授你的神锁阴阳之法，回去后在无事时可以修炼。在拥有足够强大的实力之前，不要暴露这两种火焰。三个时辰已到，你也该回去了。"

红莲再现，包裹着姬动的身体悄然回归。

当姬动回到自己房间时，才发现外面的天色已经渐渐变亮，快到他清晨修炼的时刻了。

姬动将酒杯放回吧台，脸上露出一丝淡淡的微笑，心中暗道：一年了，烈焰，你终于开始对我敞开心扉了吗？我一定不会让你失望的，在接下来的日子里，我只会更加努力。

他随时可以利用神锁阴阳之法进行修炼，暂时不需要着急，就要到清晨了，他最好开始修炼双系魔力。从丙丁双火四级学徒被打回原形，自然需要付出更多的努力。

当姬动盘膝坐在床上，开始修炼的时候，他顿时大吃一惊。

首先，他只是稍作准备，心就立刻静了下来，紧接着，他清晰地感受到了丙火元素和丁火元素，他的意念甚至扩散到了三十米之外的地方。

他刚集中精神的时候，胸口那两点火种也随之轻微跳动了一下，紧接着，空气中的丙火元素和丁火元素以比之前快几倍的速度朝他的身体涌来，化为一个个红色和蓝色的光点钻入他体内。

可是，令姬动感到奇怪的是，虽然他吸收丙火元素和丁火元素的速度加快了许多，但丙火元素和丁火元素进入他的身体之后，立马就消失了，并没有像往常一样一边在身体里面流动，一边朝胸口聚集。

烈焰并没有告诉姬动，丙午元阳圣火和丁巳冥阴灵火的修炼方法和普通的火有什么不一样，没想到与离火学院里老师教的方法截然相反。

或许，烈焰是希望我自己领悟吧，姬动这样想着。他一边让意念扩散，吸收外界的丙火元素和丁火元素，一边默默注意火焰的变化情况。

随着修炼渐入佳境，进入他体内的丙火元素和丁火元素又开始缓慢地朝胸口聚集，姬动发现了其中的奥妙之处。

此时，姬动吸收丙火元素和丁火元素的速度比以前快了好几倍。他发现，刚刚吸收的大量丙火元素和丁火元素聚集到胸口之后，颜色都是金色和黑色的，与丙午元阳圣火和丁巳冥阴灵火的颜色一样。

这样一来，姬动就隐隐明白了。之前，他的阴阳魔力只是转化成了极致双火。从魔力等级来看，从四级变成了一级，魔力强度也变得和丙丁双火一级学徒没什么差别，火焰的属性同样产生了变化。

他吸收了大量丙火元素和丁火元素之后，魔力提升速度却没有改变，证明了他在吸收丙火元素和丁火元素的过程中，大量火元素都被丙午元阳圣火和丁巳冥阴灵火提炼了，那些火元素化成了跟丙午元阳圣火和丁巳冥阴灵火属性相同的颜色，然后被其吸收。因此，才出现了他吸收火元素的速度是以前的好几倍，可魔力提升速度丝毫没有改变的情况。

这不仅不是坏事，反而是天大的好事啊！

丙午元阳圣火和丁巳冥阴灵火在吸收火元素的时候，需要提炼，最后还只是增强了自身的属性，可见这两种极致之火有多强悍。

而且，在学院中修炼，空气中的火元素毕竟有限，等他再到烈焰那里去时，一定要抓紧修炼，那里有无穷无尽的丙火元素和丁火元素，岂不是会让他修炼的速度更快？如果说以前他修炼走的是一条羊肠小路，那么，烈焰送给他这两种火焰之后，他的修炼就步入了康庄大道。

结束清晨的修炼之后，姬动简单地洗漱了一下，来到了食堂吃早点。

一进门，他就看到了毕苏和卡尔。毕苏和卡尔今天明显有些兴奋，看到姬动，毕苏连连招手。

"老大，你的早饭我们为你打好了。"

姬动来到桌边坐下，看着二人疑惑地问道："你们这是怎么了？有什么值得高兴的事吗？"

毕苏道："老大，今天期末测试，是检验我们这一年修炼成果的时候。听说，院长会来看我们测试。你看其他人，凡是看上去很沮丧的，就是修炼效果不好的；脸色和我们差不多的，应该是有不小的进步的人。不论是哪个年级的学员，今天都很忐忑。"

姬动这才想起，今天要进行期末测试，心中不禁暗暗苦笑，自己体内火焰的变化肯定不能让别人知道，否则，夏天和阳炳天的脸色可能会很难看。

期末测试分年级进行，一般是低年级的最先开始，高年级的排在后面。一年级的丙火系和丁火系学员第一批来到了学院礼堂。

果然如毕苏所说，阳炳天来了，就坐在主席台中央，他身边还有一名稍年长的女老师，再旁边就是两系的其他老师，一共十多人。

夏天站在主席台一侧，高声道："离火学院一年级学员期末测试现在开始，下面我叫到谁的名字，谁就走上台，释放自身魔力，以冕星的数量评定成绩。一年级的评测标准是：二级学徒及格，三级学徒优秀。现在开始，丙火系，祝归。"

姬动、卡尔和毕苏听到这个名字，精神都集中起来。一年了，平日祝归没有再找过毕苏的麻烦，她好像很不合群，极少跟其他学员交流，除了上课以外，基本都待在宿舍。听说，她家里花了不少钱，她才单独住一间宿舍的。

祝归生长发育得很好，虽然才十一岁，但看上去已经有些成年女子的样子了。一年过去了，她依旧比丙火系大部分男生高。

面无表情的她大步走到主席台上，向阳炳天和众位老师施礼后，双手抬起，掌心向上。只听"噗"的一声，两团红色的火焰从她掌心之中冲天而起，足足燃起了一米多高。

"啊……"

顿时，礼堂内尽是一片惊叹之声，毕竟，在学员中，清楚祝归实力的只有姬动他们三人，祝归的额头上，出现了三颗半冕星。

"她的实力又提升了，上次还是五级学徒。"卡尔说道。

和一年级学员们的惊讶相比，台上的老师们倒十分平静，像是早就知道祝归实力远超同级学员似的，阳炳天满意地点了点头。

夏天道："祝归，丙火系七级学徒，成绩优秀。下一个，丙火系，卡尔。"

夏天手上拿着名册，名册上学员的名字是按照他们平时的表现和大体实力来排列的。姬动是个例外，因为他修炼的时间和丙火系、丁火系的学员不一样，而且他修炼的是丙丁双火，老师们自然不会多注意他，所以他的名字被排在了最后一个。

卡尔果然没有让夏天失望，他手上同样燃起了红色火焰，虽然那火焰没有祝归的火焰燃得旺盛，但他额头上那两颗完整的冕星已经充分证明了他的实力。

一年之内成为丙火系四级学徒，证明卡尔非常有天赋，而且很努力。

相对于祝归，夏天似乎更喜欢卡尔，他凶悍且狰狞的面庞上难得露出了一丝微笑，仿佛甚是欣慰。

"卡尔，丙火系四级学徒，成绩优秀。下一个……"

接下来的测试十分快速，毕竟，整个学院六个年级的学员都要在一天内测试完毕，而每名学员只需要上台释放一下自己的魔力就可以完成测试，也不用费什么力气，他们一个接一个上台、下台。

大多数学员都是二级学徒，偶尔有一名三级学徒出现，都会得到夏天的肯定，被评定为优秀。

到了丁火系，第一个上台的是毕苏。

毕苏上台之前，还特意朝着祝归抛出一个挑衅的眼神，可祝归连看都不看他一眼，端坐在丙火系学员这边的首位之上。

毕苏手掌之上燃起了妖异的蓝色火焰，接着，两颗蓝色冕星赫然出现在毕苏额头上，和卡尔一样，他也成了四级学徒，只不过是丁火系四级学徒。

毫无疑问，毕苏就是丁火系一年级的第一名了。

要知道，虽然卡尔和毕苏很有天赋，但要想在一个学年之内，从普通人修炼到四级学徒，还是要十分努力的，他们付出的精力绝对不比姬动少。

唯有每天不断修炼，加上天赋，他们才能拥有这样的成绩。

当然，姬动吸收过阳炳天给的两颗晶冕，在获得极致双火之前，他已经快要成为五级学徒了，成绩还在卡尔和毕苏之上。

丁火系的测试渐渐结束，夏天叫出姬动的名字之后，便顺手合上了手中的名册。

姬动心中暗叹一声，该来的总是要来的，没想到，自己也有如此丢人的一天。

尽管他已经渐渐接受了自己在五行大陆的身份，可过往的种种还是难以忘怀，尤其是他身为酒神的辉煌过去，让他无比骄傲。

当他走上主席台的时候，一下就看到了面带笑容的阳炳天，他知道阳炳天这是在给自己打气。

这一年来，阳炳天和烈焰一样，每天都喝姬动调制的美酒，他也会给姬动一些修炼的建议，并且给姬动讲述一些更加深刻的关于阴阳魔师的知识，或许是因为他对姬动实在没什么信心，所以他很少过问姬动修炼的情况。

姬动站在那里，甚至没有抬起自己的双手，因为他现在是一级学徒，魔力根本不足以燃起火焰，意念微微一动，额头上的冕星已然出现，红蓝两色相加形成的冕星看上去有些可怜，只有一颗，和刚吸收完晶冕时候的情况一样。

第 ⑲ 章
初见祝天

"姬动，丙丁双火一级学徒，成绩不及格。"

夏天皱着眉宣布了姬动的成绩，眼中的不满和失望很明显。

坐在姬动正面的阳炳天也是微微叹息一声，眼中尽是失望之色。他也知道姬动想成为阴阳魔师极为困难，可他既然给姬动用了晶冕，多少还是对姬动抱有一丝希望的。此时看来，一学年过去了，姬动却一点进步都没有，还真是令人泄气啊。

众位老师看着姬动，不禁皱起眉头，很显然，在他们看来，继续这样下去的话，姬动是不可能凝聚出阴阳冕的。

夏天沉声道："好，一年级期末测试完毕，按顺序退出礼堂，姬动，你留下来。"

学员们一个接一个走了出去，毕苏和卡尔走在最后面，经过主席台的时候，他们看向姬动的眼神有些担忧。

按照离火学院的规定，不论哪个年级，考核不合格者，都会被学院劝退。因为，考核不合格，就意味着没有成为阴阳魔师的机会，继续学下去也是浪费时间，这牵涉升学率的问题，以及学院的名声。同时，及时劝退对学员自身也有好处，毕竟，成不了阴阳魔师也可以趁年轻去学些别的东西。

一年级学员们相继走出，礼堂内只剩下众位老师和站在主席台前的姬动了。

夏天来到姬动身边，沉声道："姬动，学院的规定你应该清楚。这一年来，学院也给了你最好的指导，可你依旧毫无进步。之所以会出现这样的结果，只可能是两个原因，一是这一年中，你没有努力修炼，因此实力完全没有提升；二是你没天赋，实在不适合成为一名阴阳魔师。作为你的班主任，不论你是出于哪一个原因，才丝毫没有进步，我都必须对你进行劝退处理。"

在接受烈焰的极致双火之前，也就是昨晚之前，姬动对今天的测试都是信心满满，根本没考虑过自己要面对被学院劝退的问题，此时，听到夏天说出这样的话，他不禁有些愣了。

离火学院的教学质量相当不错，这一个学年，姬动学到了不少知识，他不想离开这里，如果离开了这里，以他现在的身份，哪有钱去弄一个拥有市面上大部分美酒的私人酒吧呢？没有酒吧，他还怎么为烈焰调酒？

如果说为阳炳天调酒是他的工作，那么，为烈焰调酒就是他的愿望。

想到这里，姬动有些急切地说道："夏天老师，我真的努力了，请您再给我一次机会。下一学年测试的时候，我一定能够通过测试。"

夏天皱着眉摇了摇头，问道："姬动，人一辈子能有几次机会？既然你没有把握住离火学院这个机会，那么，机会就已经错过了。校规是铁一样的纪律，不容打破。

"你未能通过测试，就失去了继续在学院学习的资格。况且，你本身是阴阳属性平衡的人，确实不适合修炼成为阴阳魔师，再继续下去，也只是浪费时间而已。去吧，回去收拾收拾东西，明天一早我送你离开学院。或许，有更好的路适合你。"

正在这时，一个有些尖锐的声音从教师席那边传来："夏天，你和一个废物讲那么多话干什么？赶快让他走，还有五个年级的学生等着我们测试呢。"

姬动扭头看去，发现那是一名中年男子，相貌阴鸷，脸色苍白，声音尖锐。不用问姬动也知道，这人肯定是丁火系的老师，只不过他以前从没注意过这人。

夏天扭头瞪向那男子，怒道："刘俊老师，请你注意说话的分寸。我的学员不是废物。"

刘俊哼了一声，道："不是废物是什么？都学了一年了，还是一级学徒。真不明白他是怎么通过入学考核的。阴阳平衡，这可是百年难得一见的毫无天赋的人啊！真亏你找得到。"

"你……"夏天骤然暴怒，他脾气本就火爆，一点就着，扭头就准备冲上去跟刘俊较量一下。

"够了！"阳炳天终于开口了，他向夏天挥挥手，示意夏天冷静下来，同时看向那名叫刘俊的老师，"刘老师，说话要注意分寸。不论是怎样的学员，有天赋的也好，没天赋的也好，只要他们来到我们离火学院学习，就是学院的一分子。测试成绩不好，是多方面的原因造成的，以后我不希望再听到同样的言论，我们要尊重每一名学员。"

被院长点名批评，刘俊看上去有些悻悻然，没有再开口。

见状，阳炳天这才看向姬动，微微叹息一声。当着这么多老师的面，他也不好徇私，之前给了姬动两颗晶冕，算是尽力了。虽然这个结果在他意料之中，但他也不愿意接受。每天喝姬动为他调制的美酒，已经成了一种习惯，同时，他也是真的喜欢上了这个沉默寡言，有着一手调酒绝技的孩子。

"唉！姬动，这是学院的规定，希望你理解，你先回去吧。"

尽管心中不愿，可他也没有办法，他和夏天的看法一样，如果姬动继续留下来学习，只会浪费时间，更何况姬动没有通过测试，其他老师那关也过不去。

阳炳天已经决定，等所有测试结束之后，就送姬动去调酒师公会，那里才是最适合姬动的舞台。

正在这时，礼堂的门被推开了，四个人从外面走了进来。

"谁这么没规矩？"

刘俊心中憋着一团火，正气得不行呢，有人闯进来，刚好让他发泄一下，离火学院的老师们都在这里，从外面进来的只可能是学员，他也不怕得罪人。

进来的确实是学员，可当刘俊看到走在最前面的人的脸之后，后面那些发泄怒火的话就再也说不出来了。

刘俊对着那人笑了笑，以示自己的友好，反而是夏天眉头一皱，沉声道："谁让你们进来的，不知道现在是期末测试的时候吗？祝天，你是六年级的学员，这个规矩还不懂吗？"

进来的四个人中，有三个人姬动非常熟悉，那三个人就是卡尔、毕苏和祝归，另一个叫祝天的，姬动并不认识。

祝天走在最前面，身材修长，看上去十六七岁，相貌堂堂，和祝归有几分相像，整个人的气质非常好，虽然他年纪不大，但行走的时候给人一种龙行虎步的感觉。

"对不起夏天老师，各位老师、两位院长大人，打扰了。我听小归说，一年级有一位阴阳平衡、双系同修的学弟，希望各位老师能给这位学弟一次机会，让他再坚持一个学年。"

祝天的声音清朗有力，不卑不亢，甚是动人。

姬动惊讶地看了祝天一眼，再看看祝天身边的祝归，还有后面一脸焦急的卡尔和毕苏，他怎么也没想到，祝归居然会找人来帮自己求情。

夏天沉声道："祝天，你应该知道，这是学院的规定。"

祝天微微一笑，道："夏天老师，规定是死的，人却是活的。双系修炼者本就不常见，修炼之路更是充满坎坷，应当采取和普通修炼者不一样的评定标准。说不定，下一学年他的成绩就会合格呢？"

"够了！"夏天沉声喝道，"祝天，你要记住，现在你只是离火学院的一名学员，无权干涉学院的任何决定。你们几个人现在立刻出去，贸然闯入礼堂，罚你们绕城跑一圈，立即执行。"

祝天愣了一下，看着夏天的目光不禁变得有些怪异，再扭头看了看身边的祝归，见祝归也毫无办法，有些无奈，只得作罢。

"祝天同学说的话也是有道理的，规矩是死的，人是活的，姬动确实没有通过考核，只不过，他的人生还是让他自己决定吧，说不定旁人觉得他在浪费时间，他自己却非常充实。"阳炳天转向姬动道，"姬动，你现在有两个选择，一是离开学院，二是作为旁听生，旁听课程。一直到毕业之前，你都不需要参加任何测试，但你不算是离火学院真正的学员。当然，如果你改变主意，也随时可以离开学院。几年之后，若你通过了毕业测试，你就算是离火学院的毕业生。"

旁听生？旁听生也可以啊！只要不离开学院，姬动就没意见，令他奇怪的是，这个时候，那名叫刘俊的老师竟然没表示反对，其他老师也都没吭声，默认了阳炳天这明显的袒护行为。

"我愿意留下来做旁听生。"当下，姬动赶忙回答。

阳炳天微微一笑，道："好了，你们都出去吧。不过，刚才夏天老师的话你们都听到了。姬动，他们是来为你求情的，你要和他们一同接受惩罚，绕城跑一圈。"

"是！"

"太好了！老大，你不用退学了。我们可以一起待到毕业了。"

出了礼堂，毕苏和卡尔同时欢呼出声，和姬动拥抱在一起。

"对他来说，这也未必是好事。"祝天说道，毕苏和卡尔愕然向他看去。

祝天看着姬动，道："我从未听说过阴阳平衡体质的人能够修炼成阴阳魔师，小学弟，如果你想有所建树，就真的要拼命努力才行。"

姬动由衷地道："祝天学长，谢谢你。"

祝天挥挥手，道："不用谢我，要谢就谢小归吧。我先去完成惩罚了，再见。"

说着，他一闪身，也未见他如何作势，整个人便如同离弦的箭一样蹿了出去，眨眼间，身穿丙火系校服的他就跑出了学院。

姬动、毕苏、卡尔三人都不禁暗道一声：好快！

姬动看向祝归，刚想开口，祝归却抢先说道："你也不用感谢我。你是一年级丙火系的一员，我是为整个一年级好，而且，我知道你不是因为偷懒才没有进步的，因此才会帮你。"

姬动一愣，问道："你怎么知道我没有偷懒？"

祝归淡淡地道："一个偷懒的人会每天风雨无阻地去操场上跑步，以及做力量训练吗？不过，能否成为阴阳魔师，还是要看你自己，这方面谁也帮不了你。希望在毕业测试的时候，你能成为我的对手。"

说完，她追着祝天而去。

毕苏看着祝归离去的背影，忍不住道："她也不是没有可取之处嘛。今天我怎么觉得她有点可爱？"

卡尔没好气地哼了一声，道："你算了吧。不知道是谁天天想着要报复她呢。"

毕苏道："一码归一码，当初的耻辱我还没忘。不过，现在我觉得她好像也没那么讨厌了。"

姬动问道："你们能不能告诉我，这究竟是怎么回事？为什么老师都会给祝天学长面子，就连那个刘俊老师也是，祝天学长来了之后，他也没插话。"

卡尔道："祝天学长是我们学院的风云人物，是祝归的亲哥哥。老大，你连祝天学长都不知道，还真是两耳不闻窗外事啊！祝天学长在四年级的时候就凝聚出了阴阳冕，也是在那个时候，他开始同时修炼魔技、魔力，今年他就要毕业了，被保送到了更高学府。

"刚才我们一出礼堂，就觉得大事不妙，你被留下恐怕要被劝退了。正当我们急得团团转的时候，祝归跑去把她哥哥找来了。后来的事你也知道了，这次真的多亏了祝归。"

姬动点了点头，道："这份人情我早晚会还的。"

毕苏有些担忧地道："老大，刚才祝天学长说，留你在学院继续学习可能会耽误你。你……"

姬动哈哈一笑，反问道："怎么？你们也对我没信心吗？我既然选择留下来，就一定不会放弃。不过，你们也要努力了。既然祝天学长能够在四年级就凝聚出阴阳冕，为什么你们就不能呢？让我们一起加油吧。"

说完，姬动伸出一只手，示意两人将手放上来，三只手叠在一起，他们都感受到了彼此的鼓励和信心。

姬动回到宿舍之后，才完全放松下来，长出一口气，终于能够留下来了，而且毕业前应该都不会再遇到麻烦了。

这一学年即将结束，接下来会有三个月的假期，姬动肯定是要留在学院的，反正也没地方去，他打算今晚和烈焰好好聊一聊，看能不能增加一些在她那边修炼的时间，不然的话，放假的大把时间都要浪费了。既然选择重新开始，他就要为自己打造一个更光明的未来。

第 ⑳ 章

丙丁双火十级学徒

三年后，一天傍晚。

姬动静静地盘膝端坐在床上，整个人看上去成熟了许多。即将成年的他，身高接近一米七，或许是两世为人的原因，现在的他越发显得沉稳了。

这三年来，他一直以旁听生的身份在离火学院上课，日子过得相当逍遥。当初阳炳天决定让他留下来，也有私心，若是他留下的话，阳炳天就能继续品尝美酒。

旁听生有旁听生的好处，姬动可以随时到丙火系或者丁火系旁听自己想听的课，同时有更多的时间用来修炼。

在他软磨硬泡了很久之后，三年前，烈焰终于同意让他在地心湖多停留一个时辰了。这三年以来，他没有浪费过一点时间。

来到离火学院的第四年马上就要结束了，在这离火学院之中，谁也不知道姬动已经拥有了足以令人吃惊的实力。

他的身体就像一个深渊，不断吸收外界的丙火元素和丁火元素，胸口处不断闪烁着红与蓝两色光芒。而在他的额头上，则出现了五颗完整的冕星。除了中央的冕星是红蓝交替闪耀的之外，额头左侧的冕星都是蓝色在上，红色在下，而右面的两颗冕星是红色在上，蓝色在下。显然，他的左半边身体以丁火系魔力为主，右半边身体则以丙火系魔力为主。因此，他的冕星才会如此奇怪。

五颗完整的冕星代表的含义只有一个，那就是丙丁双火十级学徒。

是的，经过三年的刻苦修炼，再加上在地心湖修炼的时间增加了，姬动的实力有了长足的进步，前不久，他的丙午元阳圣火和丁巳冥阴灵火都修炼到了十级学徒的程度。

正像三年前约定的那样，本就天赋异禀的毕苏和卡尔，也在不久前有了特别大的进步，又由于两人在学院表现得非常出色，所以两人分别直接接受了夏天和秋天两位老师的指导，最近进入了闭关状态，正在全心准备凝聚属于他们的阴阳冕。

和他们相比，祝归要领先很多，三年级结束时，她就成功凝聚出了阴阳冕中的阳冕，在那之后，她就离开了学院，老师也没什么可以教她的了，她被破格保送去了更高等的学府，据说是和她哥哥祝天在同一所高等阴阳魔师学院。至于具体去了哪里，姬动他们都不知道。

祝归走后，卡尔和毕苏就成了学院的焦点，有谁会注意到姬动这个旁听生呢？连阳炳天都很少和姬动提起修炼的事了。阳炳天也还算厚道，一直为姬动的未来考虑，多次提出要送姬动去调酒师公会，但都被姬动拒绝了。

傍晚适合修炼的半个时辰很快过去了，姬动睁开双眼，眼中精光一闪。他的目光落在了自己的双手之上，意念一动，两团火焰分别从左右掌心冒起。

左手掌心冒起的是丁火，即阴火，右手掌心冒起的则是丙火，即阳火，一蓝一红，极为奇异。

紧接着，姬动的眼睛变了，他左眼瞳孔变得更黑了，右眼瞳孔则变成了金色的。刹那间，他整个人的气质都发生了根本性的变化，有种君临天下的气势。

这时，他额头上的五颗冕星也出现了变化，原本红色的部分被金色替代，蓝色的部分则被黑色替代，同时发生变化的还有他手上的火焰。

金色的丙午元阳圣火至阳至刚。

黑色的丁巳冥阴灵火至阴至柔。

光芒一闪，金与黑两种颜色悄然褪去，重新变成红与蓝两种颜色，神锁阴阳之法将姬动体内的极致双火悄然隐藏起来。

所谓神锁阴阳，其实就是凭借自己的意念，控制住自身魔力属性的方式。在魔力不变的情况下，将它们的阴阳属性降低，释放的火焰跟普通火焰差不多，因而不会露出破绽。这无疑是一种非常好的方法，用来隐藏实力再好不过了。

利用神锁阴阳之法，姬动不仅可以控制火焰的属性高低，甚至可以控制释放的魔力的强弱，现在，只要不超过自己能力范围，姬动想让自己释放几级魔力，就可以释放几级魔力，额头上的冕星也会随之变化，甚至以后凝聚出阴阳冕之后，也可以控制自己的冕星，借此掩饰自己的真实实力，继而迷惑对手。

姬动收回火焰，脸上露出一丝满意的微笑。来到五行大陆四年了，他终于有希望成为真正的阴阳魔师了。

烈焰昨天说了，今天晚上他应该就可以凝聚出阴阳冕了。想到这里，他隐隐有些期待。不过，去地心之前，他还是没有忘记先为阳炳天调制一杯美酒。答应过的事就一定要做到，这不仅是诚信，也是他做人的准则。

姬动端着酒杯，来到阳炳天这边，敲了敲门。

"姬动吧，进来。"阳炳天浑厚的嗓音响起。

姬动这才推门而入，走到阳炳天办公桌前，放下了酒杯。

阳炳天抬头看向他，发了一会儿呆，四年前那个孱弱的孩子，现在已经长成了英俊挺拔的少年。他四年如一日，每天都在相同的时间为阳炳天送来调制的美酒，就算他生病了，他依然会坚持为阳炳天调酒，单是这种韧性，就不是普通人能有的。

"阳院长，我出去了。"

姬动放下酒杯，按照惯例和阳炳天打了个招呼，就准备离去。

"姬动，你等一下。"阳炳天像是下定了决心似的。

姬动疑惑地道："您还有什么事吗？"

阳炳天叹息一声，道："姬动，你来离火学院已经四年了，也为我调了四年的酒，但我无法兑现当初的承诺，帮你成为一名真正的阴阳魔师，不能再耽误你了，你回去收拾收拾东西，这个学期结束之后，我就送你去调酒师公会，不能因为我的自私而断送了你的前程。"

姬动愣了一下，接着笑了笑，道："这是我自己的选择，我喜欢这里，才会留下来。"

阳炳天道："我知道你和毕苏、卡尔那两个孩子关系很好，不过他们近期可能会凝聚出阴阳冕，像他们这样出色的学员，学院会为他们保送，我会行使院长推荐的权力，直接将他们推荐到高等学府，让他们继续深造。既然他们都要走了，你又何苦再留下呢？你还小，未来日子还长着，离开学院之后，你可以在调酒师公会闯出一片天地。"

姬动点了点头，道："谢谢您，阳院长。等这个学期结束后再说吧，您让我想想。"

阳炳天面带微笑地拿起那杯鸡尾酒，语重心长地道："你放心吧，我虽然不能将你送到调酒师公会总部去，但可以推荐你到咱们南火帝国的调酒师公会去，我这个老酒鬼在那里多少还有几分面子。去了调酒师公会之后，我相信你的前途必将一片光明。其实，我比任何人都舍不得你走。我去哪儿找像你这样的调酒师啊！"

姬动没接话，就从阳炳天房间出来了，等回到自己的房间之后，他心中暗想：阳院长，这第四年的期末测试，我一定会给您一个惊喜。我不想和毕苏、卡尔分开，我希望自己能和他们一起离开。祝归，虽然我没能在离火学院成为你的对手，但在更高等的学府，我一定会追上你的步伐。

姬动站在吧台后面，开始为烈焰调酒，脸上渐渐露出了一丝微笑，想到烈焰，他调酒的手法越发娴熟，不知什么时候，调酒壶已经被他握在手中。他不需要回头看酒柜，就知道每一瓶酒的具体位置，随手一拿，想要的酒就到了他手中。

透明调酒壶中酒液的颜色渐渐变了，他将调酒壶抛入空中，带起一道绚丽的色彩。

姬动将酒倒入杯中，右手抚胸，轻唤那永远无法忘记的名字，红莲席卷，包裹住姬动的身体，在淡淡红光的笼罩下，他悄然消失了。

再次出现的时候，姬动感觉丙火元素和丁火元素迅速包裹了他的身体，尽管他从来没有深入过地心湖，也没有深入地心湖的能力，可他对地心湖附近的情况了如指掌。毕竟，他已经在这里度过了一千多个夜晚。

"你准备好了吗？"

烈焰的声音传来，她就像是由光凝聚而成的一样，瞬间出现在他面前，接过了他手中的酒杯。

姬动深深地看了烈焰一眼，这已经成了姬动的习惯性动作，仿佛每一次到来，他都要将烈焰的身影烙印在自己心中一遍。

四年了，他从未问过烈焰的来历，而这四年，烈焰的相貌也没有什么变化，仿佛时间在她身上根本不起作用似的，她还是像姬动第一次见她一样，美得惊为天人，动人心魄。

"我想，我已经准备好了。"

姬动抬起双手，在这里，他根本不需要掩饰自己的真实实力，金色的丙午元阳圣火和黑色的丁巳冥阴灵火同时在他掌心燃起，足足腾起数米，额头上的五颗双色冕星也变得异常夺目。

烈焰向姬动点了点头，道："既然你已经准备好了，那我们就开始吧。对你来说，这是前期修炼最重要的时刻，不论待会儿有什么样的感觉，你都不能动摇自己的心神。我只能起个引导作用，要想真正凝聚出阴阳冕，你还得依靠自己的力量。"

姬动握紧双拳，"噗"的一声，双手上的火焰同时熄灭。

"我一定会成功的！"

简单的七个字，却包含了坚定的信念，还有那始终未曾消失的骄傲。

烈焰慢慢品着酒，脚下微微一动，姬动只觉得眼前一花，烈焰已经绕着他走了一圈。紧接着，姬动清楚地看到，他们身下的地心湖之中爆发了一股岩浆，岩浆奔涌而上，形成了一根直径达五米的巨大火柱。

面对这样的变化，姬动丝毫没有吃惊，更不会动摇自己的心神，他相信，烈焰绝对不会害他。

火柱喷到他们脚下的时候就停止了，烈焰伸出一只手，很随意地往下一按，那火柱立马就变成了真正的柱子，最上面有一个圆形的平台。

姬动看到了一个十分熟悉的图案，那是一个太极阴阳鱼的图案，不同的是阴阳鱼中的白鱼变成了金鱼。

太极分两仪，两仪就是阴阳。怎么在五行大陆之中，也有这个图案，而且烈焰还知道这个图案？

没等姬动仔细思考，烈焰便道："盘膝坐下，你可以开始了。不用多想什么，我会一直在你身边。"

不需要烈焰去刻意指导，姬动在阴阳鱼中央的位置坐了下来，他惊讶地发现，此时围绕在自己身体周围的火元素已经不再是平常的丙火元素和丁火元素了，而是符合极致双火属性的丙午元素和丁巳元素。很显然，烈焰为他营造了一个最适合凝聚出阴阳冕的环境。

姬动闭合双目，双手交叉握于两腿之间，除了拇指之外，其余四指交叉在一起，掌心向上，双手拇指互顶，就像他自身的阴阳平衡体质一样，此时他也让自己的身体处在一个相对平衡的状态之中。

体内的双属性魔力同时亮了起来，额头上的五颗双色冕星也变得分外清晰，经历了四年苦修，他终于要开始凝聚属于自己的阴阳冕了。

这四年来，他学了很多理论知识，知道了阴阳冕是阴阳魔师的象征，同时也代表阴阳魔师的实力。人体的承受能力是有限的，吸收了过多的五行元素，哪怕是最醇和的土元素，对人体也会有一定的破坏作用。当阴阳魔师的修为达到一定程度，自身不能再吸收更多的元素之后，就要通过阴阳冕，来达到继续提升实力的目的。所以，阴阳冕也是阴阳魔师魔力的源泉和根本。

第 ㉑ 章
凝聚阴阳冕

准确地说，人体所能承受的元素的量，就是十级学徒的程度。虽然随着修为的提升，人体会不断被元素改善，但成为十级学徒之后，人体改善的速度就跟不上魔力提升的速度了。如果强行修炼，身体就会遭到反噬。

阴阳冕会将修炼者体内的魔力聚集，然后将魔力压缩成一个奇异的元素体，凝聚于修炼者的胸口。经过压缩之后，人体内的元素就不会影响到自身。

当阴阳魔师需要战斗的时候，就会将魔力释放出来，迅速与外界的同属性元素结合，形成阴阳冕。

由于阴阳冕对同属性的元素有极强的吸引力，因此，拥有阴阳冕之后，阴阳魔师体表会出现一层阴阳护罩，那层阴阳护罩就是附近的元素被吸引过来而形成的。

阴阳魔师的实力越强，被阴阳冕吸引过来的元素就会形成越强大的护罩。简单来说，一名低等级阴阳魔师若是偷袭一名高等级阴阳魔师，未必能破掉高等级阴阳魔师体表自动生成的护罩。阴阳魔师拥有了阴阳护罩之后，阴阳护罩还会将游离于体外的同属性元素融入魔师体内，因此，阴阳魔师凝聚了阴阳冕以后，修炼速度会比凝聚出阴阳冕之前快上许多。

阴阳魔师凝聚出阴阳冕之后，就该开始考虑如何提升阴阳冕等级的问题了。阴阳冕的等级越高，在释放时就能吸收越多的元素，获得更多的能量，阴阳魔师的实力差距就会越大。

　　阴阳魔师的评级标准也是根据阴阳冕的等级来的。

　　此时姬动要做的，就是先凝聚出阴阳冕，从而进入另一个修炼层次，只有进入了那个层次，他才是一名真正的阴阳魔师，可以在公会注册，成为职业阴阳魔师。

　　当然，对于一般的阴阳魔师来说，他们凝聚出的要么是阳冕，要么是阴冕，此时姬动要凝聚的，可就是真正意义上的阴阳冕了——丙丁双火系阴阳冕。

　　普通阴阳魔师凝聚属于自己的阴阳冕，就是一个压缩自身魔力的过程，当魔力被压缩到一定程度后，自然就会形成魔力本源——阴阳冕，魔力内蕴，从而完成提升的过程。

　　但是当姬动开始压缩魔力时，他立刻就发现了问题，作为一名双属性魔师，他要做的不仅仅是压缩魔力，还要维持自身属性的阴阳平衡。

　　在压缩魔力的过程中，维持丙火与丁火的平衡，这根本就是不可能完成的任务。

　　而事实上，五行大陆历史上，也不是没出现过阴阳平衡体质者，其中不乏有悟性又肯努力的人。他们最后之所以没有成功，就是卡在了凝聚阴阳冕这一关上。

　　压缩魔力，魔力在被挤压的过程中不断变形，又怎么可能保持绝对的平衡呢？哪怕是相对的平衡也很难做到。这种时候，阴阳魔师吸收外界元素的速度时刻都在变化，就算姬动意念超强，也很难完全保持平衡。尤其是他现在所拥有的乃是至阳至刚的丙午元阳圣火和至阴至柔的丁巳冥阴灵火，这两种火焰比普通的丙火、丁火更难控制。

　　原本它们各自处于姬动身体的一侧，正所谓井水不犯河水，倒也相安无事，现在姬动要把它们压缩在一起，自然就没那么容易了。

在这种情况下，两种火焰开始互相排斥，给姬动带来了极大的困扰。他刚刚控制着两种极致之火接触，立刻就出了问题。

"轰——"

姬动只觉得自己胸口仿佛炸开了一般，丙午元阳圣火和丁巳冥阴灵火疯狂地燃烧起来，相互冲击，仿佛要把他的身体烧光。

他拼命地想要控制，可碰撞后的这两种极致之火又哪里那么容易控制住？

属性截然相反的两种魔力接触就像是仇人见面，分外眼红，它们疯狂地彼此攻击，姬动的胸口就是它们的战场。

姬动已经很久没有感受到过炎热了，此时却觉得自己的整个身体都要燃烧起来了，心脏跳动的速度加快了好几倍，全身都在冒汗。

两种极致之火碰撞到一起之后，就像磁石一般相互吸引，哪怕姬动现在想将它们分开，也无法做到。

但就算这样，姬动还是丝毫不担心，在尽可能控制极致双火的同时，他还能保持冷静。原因无它，因为烈焰就在他身边。

地心十八层的主宰——烈焰女皇在此，他有什么好担心的呢？

就在这个时候，烈焰出手了。

这种情况下，她不能等，两种极致之火碰撞的时间一长，就会毁了姬动。所以，在姬动感觉越来越痛苦的时候，烈焰的一只纤纤玉手就按在了他的胸膛之上。

"破——"

烈焰轻轻地说了一个字，姬动立刻感觉在自己胸口内相互攻击的两团极致之火停了下来。

"轰——"

他胸口内又响起了一声轰鸣。

姬动的大脑随之一片空白，六感的敏感程度降到了最低，他感觉到自己胸前那辛苦修炼了四年的魔力被一柄巨锤狠狠地砸了上去。

魔力轰然破碎，化为火焰涌向他全身。

火焰在他体内游走，熨烫着他的经脉，而外界那由烈焰的魔力形成的阴阳鱼也释放出了庞大的丙午元素和丁巳元素，疯狂地涌入他体内。

烈焰的神情很平静，甚至还不忘慢慢地品酒，对她来说，此时的姬动实在太弱小了，他体内的魔力也很好控制。只要有她在，就不会出现任何问题。

六感渐渐回归，姬动开始感觉到痛苦，身体不停地颤抖起来，他感觉自己的皮肤、经脉、骨骼、内脏都在剧烈燃烧，七窍中不断喷出金色火焰或者是黑色火焰。

普通阴阳魔师凝聚阴阳冕时，绝对不会出现这样的情景。否则的话，不是被烧死，就是会耗尽自己好不容易修炼而来的魔力。

姬动却不一样，虽然他自己的魔力消耗了很多，但是立刻就被外界涌入的丙午元素和丁巳元素填满。

现在的他，就像是一块有很多杂质的金属，被两种极致之火不停地煅烧。火焰的温度逐渐升高，他也越来越痛苦。

到了这个时候，烈焰才变得认真了一些，她必须仔细观察姬动的身体情况。一旦姬动无法承受，她就必须中断这个煅烧的过程。

任何阴阳魔师一生之中都只有一次机会凝聚出阴阳冕，在这个时候改造姬动的身体，为他今后的修炼打下基础是非常重要的，这对他的未来很有好处。所以，烈焰一定要让他达到自身所能承受的极限。

看到姬动越来越痛苦，烈焰就做好了准备，随时准备帮助姬动。可是，烈焰惊讶地发现，姬动的情况和自己预料的不一样，姬动依然没有达到所能承受的极限。虽然他现在在痛苦中挣扎，但意志极为坚定，并没有半点要放弃的意思。

意志力往往是支撑人类的最强大的一股力量，只要意志力还能坚持，人类的身体就能爆发出难以想象的巨大潜力。

姬动的身体似乎在燃烧，烈焰也经历过这种事情，自然明白这会有多么痛苦。

烈焰没有再喝酒，神情变得有些凝重，姬动虽然还能坚持，但她也要密切地关注他，因为按常理来说，他应该早已达到极限了，随时都有可能崩溃。

同时，烈焰也变得更加欣赏姬动了。四年了，姬动没有一天中断过修炼，他每天给她调制的鸡尾酒都是不同的味道。

尽管早在几年前，烈焰就感觉到姬动调制的酒里面有一种力量影响着自己，可她怎么也舍不得抛下姬动，地底世界实在太孤独了。

不经意间，四年过去了，而这个少年也在她的注视下慢慢长大了。

没有人比她更清楚这四年中姬动为修炼付出了多少，他从没懈怠过一天，否则，他又怎么能在短短几年之内完全掌握极致双火，并且修炼到十级学徒，现在还试图凝聚出阴阳冕呢？

如果说烈焰的一切在姬动眼中都是完美的，那么，经过这四年，姬动在烈焰眼中也是完美的，不是说姬动这个人是完美的，而是他的行为是完美的，他实在是太自律了，有时候，烈焰都想对他说，休息一天吧，但她始终没有说出口，因为她知道，他这样坚持，对他自己的未来有好处。

火焰还在燃烧，看上去，姬动的身体都变成了一团火焰，火焰时而是金色的，时而是黑色的，因为极度痛苦，他的面容都有些扭曲了。

他体内的杂质早已被极致双火煅烧干净了，这两种火焰也已彻底融入他的身体，成为他身体的一部分。

烈焰之所以要用极致双火帮姬动煅烧身体，就是想让姬动的身体变得更加纯粹。

在修炼方面，烈焰不会帮他，只有通过自身不断努力得到的力量，才是最可贵的，外来的力量只会影响到他的未来。

如果姬动知道烈焰是按照什么样的标准来引导他修炼的话，一定会大吃一惊。可惜，当他知道这些的时候，已经是很久很久以后了。

够了，烈焰真的不忍心看到姬动变得更加痛苦，他分明是在咬牙硬撑，继续下去也不会对他的身体有更多的好处，他已经做得足够好了。

　　烈焰缓缓旋转按在姬动胸前的手，然后迅速收了回去。顿时，姬动只觉得在体内燃烧的火焰都像是找到了出口一般，重新聚集到他胸口的位置。

　　烈焰放开酒杯，令其飘浮到半空中，双手掌心相对，手指弯曲成爪形，右手变成了金色的，而左手则变成了黑色的。

　　金色火焰与黑色火焰同时在她掌心燃起。

　　姬动体内的火焰似乎受到了烈焰掌心之间火焰的牵引，在聚集到他胸口之后，两种极致之火并没有相互排斥，而是融合在一起，快速旋转起来，形成一个金黑两色的旋涡。

　　烈焰的声音在姬动脑海中响起："丙午元阳圣火和丁巳冥阴灵火虽然分别是至阳至刚与至阴至柔的火焰，但它们的本源没有区别，都是火的一种。这阴阳旋涡就是你体内两种火焰的本源的融合。从现在开始，你就是一名真正的阴阳魔师了。"

　　随着火焰的燃烧，烈焰掌心之中出现一颗黑金双色的珠子，珠子上面有阴阳鱼的图案。

　　烈焰轻弹手指，那颗珠子便没入姬动胸口，瞬间与姬动体内的极致双火融合，隐约之中，一顶特殊的冠冕出现在他胸口内正中的位置，就是那黑金两色旋涡所处的位置。

　　那顶冠冕的颜色并不是固定的，随着姬动的呼吸而发生着转变，一会儿是金色的，一会儿是黑色的，两种颜色交替闪烁。

　　"嗡——"

　　所有的痛苦顷刻间消失，姬动感觉浑身充满了力量，透过意念，他能够清楚地感知到体内的一切。现在，不仅胸口处的冠冕颜色在变化，就连身体的每一个地方都在散发着黑金两色光芒。

第 ㉒ 章

一冠阴阳冕

姬动并不知道，只有最纯粹的元素之体，才会在呼吸的时候，出现这样的身体变化，如果是单属性的元素之体，那么，身体发出的应该是单属性的光芒，姬动是双属性，体内有极致双火，才会出现两种光芒交替的情况。这元素之体也是先前极致双火煅烧身体的结果。

姬动胸口内的黑金两色旋涡并没有消失，依旧绕着那奇异的冠冕旋转，毫无疑问，这不断变着颜色的冠冕，就是姬动的本源阴阳冕。不是单纯的阴冕或者是阳冕，而是阴阳冕。

金黑两色光芒不断从姬动体内发出，然后盘旋而上，在他头顶上方聚集，形成一顶奇异的阴阳冕。

这顶阴阳冕一半为黑色，一半为白色，以中央的冕峰为界，黑白各占半边。在中央第一冕峰上，燃烧着金与黑两色火焰，代表着一冠的级别。而在冕环正面正中的位置上，出现了半颗冕星，位于白色的那一边。这半颗冕星的底色为黑色，轮廓也是黑色的，里面是金色的，像是半颗黑色冕星和半颗金色冕星叠加起来的，跟姬动凝聚出阴阳冕之前的样子有了很大的差别。

现在，他身体周围出现了一层金光，整个人好像都镶上了一层金边，看上去无比神圣。

历经四年，姬动终于成功凝聚出了阴阳冕。

从现在开始，姬动不再是学徒，而是学士，他是一冠丙丁双火系一级学士。

所有光芒渐渐收敛，阴阳冕悄然融入姬动身体之中，当姬动睁开双眼的时候，他整个人的气质都发生了变化，尤其是那双黑色的眼眸，像是剔除了所有杂质一样，宛如黑宝石般明亮清澈。

"谢谢你，烈焰。"姬动由衷地说道。

刚开始凝聚阴阳冕的时候，姬动就知道，如果只靠自己的话，就算他比别人更加努力，也不可能成为一名真正的阴阳魔师。极致双火的属性相斥，就凭他自己，根本不能让二者融合，是烈焰帮他完成了这一切。

烈焰微微一笑，她的笑容永远都会吸引姬动的注意。

"谢什么呢？小姬动，按照你们人类的说法，你现在应该叫我一声老师了吧。"

姬动回过神来，立即回答："不，我不能叫你老师。"

他说得那样斩钉截铁，没有半点犹豫。

烈焰惊讶地道："你觉得我没资格做你的老师吗？"

"不，当然不是。"姬动急切地道，"对不起，烈焰，我真的不能叫你老师。你那么美，又那么年轻，叫你老师岂不是把你叫老了吗？"

烈焰扑哧一笑，地心湖的景色似乎都因为她变美了一些。

"你倒是会说话，不叫就不叫吧，反正我也不重视这些。"

姬动的解释其实十分勉强，烈焰也不在乎。听到烈焰让他叫老师的时候，他心里想的是，如果自己称呼烈焰为老师，那么，等到自己变得足够强大，就没资格跟她说出心里话了。尽管他离变得足够强大还有很长一段距离，可他不想放弃，哪怕只有半分希望，他也不会放弃。

姬动低着头，不敢看烈焰，堂堂一代酒神，如今站在这完美的女子面前，竟然有种自惭形秽的感觉。

他怕烈焰疏远自己，永远不会再见他。他知道，在烈焰眼中，现在的他不过是个小孩子而已。

"怎么了？正式成为阴阳魔师还不开心吗？"烈焰见姬动不说话，便微笑着问道。

姬动摇了摇头，待他的心神稳定了许多，这才抬起头，说道："现在我只不过是一名一级学士，未来要走的路还很长，自然没到开心的时候。"

烈焰笑着道："不骄不躁，知道给自己压力，你的心态不错，不过，过刚则易折，你要注意把握那个度。你是阴阳平衡之人，一定要记得'刚柔并济'四个字。好了，现在你要仔细听，我要讲一讲你如今的状态，还有能力的运用之法。

"凝聚出阴阳冕之后，阴阳魔师不会再像以前那样，凭借意念吸引周边的元素与自身融合。你的阴阳冕，本身就拥有极大的吸引力，未来你的修炼速度会提升很多。当然，等级越高，需要吸收的元素就越多，阴阳冕也会自动吸收更多元素。对你来说，阴阳冕的形成，还有更多好处，一直以来，掣肘你修炼的阴阳平衡，将不再成为你的障碍。"

说着，烈焰指了指姬动胸口，道："你能感受到吧，在你的阴阳冕周围，丙午元阳圣火和丁巳冥阴灵火形成了一个旋涡。这个旋涡不仅能帮你更好地消化、吸收火元素，同时能帮你调整自身的体质。也就是说，这个旋涡会帮你吸收单一火元素，将其融入身体，并且达到阴阳平衡的效果，不像以前会排斥单一火元素。从今以后，你在人类世界修炼的时间将不再受限制，你随时随地都可以修炼，就跟在我这里修炼一样。"

这对姬动来说，无疑是个好消息，没有了阴阳平衡的限制，他的修炼时间就会大大延长，不再受限于清晨和傍晚，哪怕不再来地心湖，他的修炼速度也会大幅度提升。

烈焰继续道："现在你要拥有的，就是控制那个旋涡的能力，也就是控制双系魔力的能力。拥有阴阳旋涡之后，你随时可以将双系魔力转化成单系魔力，让自己成为单系魔师，也可以双系并用。要做到这一切，你要有强大的控制力，以保证能够将魔力运用自如。如果运用得好，你会比其他阴阳魔师拥有更强的应变能力；如果运用得不好，你可能会害了自己。因此，在接下来的修炼中，你除了提升魔力等级之外，还要开始尝试控制阴阳旋涡。"

姬动问道："怎样才能控制阴阳旋涡呢？"

烈焰微微一笑，道："其实也不难，控制阴阳旋涡，其实就是控制阴阳双火的输出量，你可以通过练习魔技，来控制阴阳旋涡。你已经正式成了阴阳魔师，也是时候修炼魔技了。小姬动，把你的手伸出来，我送你两件礼物。"

姬动诚恳地道："烈焰，你已经帮了我很多，不需要给我什么礼物了。"

烈焰摇了摇头，道："这两件东西对我来说没有任何用处，把它们送给你，也算是物尽其用，赶紧伸手。"

姬动这才伸出双手，掌心向上。

烈焰来到姬动面前，握住了他的双手。

双手被烈焰握住，姬动的心不禁颤抖了一下，烈焰的手柔软而细腻，宛若无骨一般。

姬动下意识地反握住烈焰的手，两人四目相对，都不知道对方在想什么。

紧接着，姬动掌心就传来了剧痛。

先前被阴阳双火煅烧时，姬动都忍耐了下来，此时他却不禁闷哼出声，说明他现在比先前更痛，就算是这样，他也舍不得放开烈焰的手。

烈焰本来准备抓紧姬动，以免被他甩开双手，结果发现，姬动完全没有松手的意思，甚至还竭尽全力地想要控制掌心中的东西，而且，姬动没有因为剧痛就紧紧握住烈焰的手，他怕伤到她。

原本烈焰只是要送给他两件重要的东西，此时此刻，看到这样坚强的姬动，烈焰心中也难免生出一丝异样的感觉。

烈焰轻咬下唇，有些惊讶：他就算遭受如此痛苦的打击，也没有怀疑过我。他没有全力承受痛苦，而是全力控制着自己的手，害怕抓伤我。将这两件东西送给他，确实送对了人。姬动，为什么你就不肯让我失望一次呢？

姬动并没有注意到烈焰感情上的变化，准确地说，他根本就没有余力注意烈焰。双手掌心不断传来刺入骨髓般的剧痛，胸口内的阴阳旋涡正在飞速旋转，阴阳冕更是光芒大放。

姬动发现，好像有什么东西正从他的掌心钻入身体，而这钻入的东西根本就不是他的力量所能阻挡的，很快，那东西就融入了阴阳旋涡和阴阳冕之中，甚至融入了他的意念之中。

姬动慢慢地只能看到黑与金两种颜色了，他整个人都在痛苦地颤抖，他感觉灵魂都快被撕裂了。

阴阳冕再次出现在他头顶上方，半颗冕星不断闪烁，逐渐变成了一整颗冕星。

姬动的等级竟然在这个时候提升了，由一冠一级学士变成了一冠二级学士。

烈焰看着如同筛糠般颤抖，却没有叫出声，同时还努力控制着双手的姬动，眼中流露出一丝怜意，她依旧没有动用一点力量去帮助姬动减少痛苦。吃得苦中苦，方为人上人，如果这个时候她帮了姬动，那么她送给姬动的两样东西就无法与姬动的身体完全结合，一切就会前功尽弃。

从姬动来到地心湖开始修炼，四年来，烈焰只给了他极致双火，又帮他成功凝聚出了阴阳冕，剩余的一切，都是姬动自己努力的结果。

烈焰始终在观察姬动，她之所以不过多地帮姬动，也是为了让姬动能打下一个坚实的基础，就像姬动最初努力修炼了一年的魔力，都被烈焰当作极致双火燃料一样。她故意拖慢了姬动凝聚出阴阳冕的时间，让姬动拥有了纯粹的元素之体，这才是姬动付出这么多努力，应该得到的最好回报。

虽然此时的姬动实力并不强大，但他构筑了异常稳定的根基。根基稳固，未来的发展才能更快速、稳定，这无疑是最好的修炼之道。

终于，不知过了多长时间，等到剧痛渐渐淡去的时候，姬动整个人也缓缓地倒了下去。

先前凝聚阴阳冕的时候，他就承受了许多痛苦，刚刚又硬撑了这么久，即便他的意志十分坚定，身体也支撑不住了，好不容易坚持下来，精神略一放松，就昏迷了过去。

烈焰轻轻一拉，抱住姬动的身体，可惜，姬动昏迷了过去，没有一点感觉，否则他肯定会十分开心。

烈焰摸了摸姬动的头，轻叹一声，道："小姬动啊小姬动，为什么你和我以前见过的人类都不一样呢？你这么相信我，逼得我不得不想方设法还你四年来的酒钱，不敢亏欠半分，这样才能保持神魂的洁净。这一次，反倒是你欠了我，希望你能把握住机会吧。"

说着，烈焰将姬动平放在由岩浆火柱形成的平台上，空气中的火元素缓缓融入他体内，滋润着他的身体。

姬动清醒过来的时候，身体已经不再疼痛了，体内更是充满了魔力。他第一时间看向了自己的手掌，惊讶地发现自己双手掌心之中各自多了一样东西。

双生君王

姬动发现，自己的两只手上各多了一个烙印。

他的右手掌心之中有一个金色的太阳，金色太阳周围有一些金色纹路，当姬动看向它的时候，掌心中的太阳顿时亮了起来，金光璀璨，就像姬动真的把太阳抓在了手中一样。

而左手之中却是一个黑色的月亮，黑色月亮周围同样有一些纹路，当姬动看着它的时候，感受到的不是绽放的光芒，而是吞噬的力量，他感觉黑色月亮充满了压迫力。

姬动吃惊地看着自己双手之中的两个烙印，那绝对不是画上去的图案，而是完全和他的身体融合在一起了，而且他感觉这两个图案似乎也融入了他的意念之中，使他的大脑中多了许多东西。他整个人看上去更加霸气了。

姬动再看看周围，发现原本自己一直心存畏惧的地心湖，此时看上去就和普通的湖水没有什么两样，而空气中的丙丁双火元素，似乎也在讨好他。

在这里，他有种掌握一切的感觉。

"喜欢吗？这就是我送你的礼物。"

淡淡的红光闪烁，烈焰骤然出现在他面前。

姬动从岩浆火柱平台上站起来，惊讶地问道："烈焰，这是什么？"

烈焰微笑着道："这是你的未来。"

"我的未来？"

姬动不是很明白烈焰的意思，他站起身，整个人也完全清醒过来，现在他能更加清楚地感受到自己体内多了什么。

烈焰道："我给你讲个故事你就明白了。其实，我原本不是这里的主宰。这里的主宰另有其人。而且，这地心十八层不是由一个地心生物所掌控的，而是两个。

"他们是一对双生子。一个就是以丙午元阳圣火火灵凝聚而成的火焰君王，另一个则是由丁巳冥阴灵火火灵凝聚而成的暗炎魔王。这两大君王统治着整个地底世界。

"虽然他们是一对双生子，同时诞生，同时修炼，都拥有无比强大的实力，但是他们的感情并不好，他们的属性截然相反，致使他们彼此对立，互不相让。他们每天都在这里战斗。

"他们拥有能够毁天灭地的强大技能。所有的地心生物也分别按照属性，各自站在他们其中一方。

"在他们的统治下，地底世界从未平静过一日，每一天地心生物都在战斗，每一次战斗都有大量的伤亡，时间久了，地底世界元气大伤。直到有一天，地心红莲应运而生，她凝结出了一朵红莲烈焰，先后击败了火焰君王和暗炎魔王，将他们彻底击杀，地底世界才重新归于平静，不再有战争，迎来和平，每一个地心生物都快乐地生活着，不用担心下一次战斗带走自己的生命。"

"你就是那朵红莲烈焰？"

听着烈焰平淡的讲述，姬动内心却有一种惊心动魄的感觉。战胜统治地底世界的两大魔王，从烈焰口中说出是那么自然，其中的艰辛可想而知。

姬动第一次明确地知道了烈焰的强大。地底世界的主宰，自己何时才能追上她？自惭形秽的感觉又出现了，姬动变得有些黯然。

烈焰轻轻地点了点头，仿佛又回忆起了当初发生的种种。

"或许是因为两大君王之间的战斗影响了整个地底世界的平衡，所以我才会诞生在地心之中。他们真的很强大，其实，你体内的火种并不是我创造的，而是来自于两大君王，那正是他们的本命火焰。

"他们已经修炼到了极致，如果要同时对付他们两个，我必死无疑。是他们之间的仇恨葬送了他们，最后他们才被我逐一击破。我用自己的本命红莲之火分别炼化了他们的灵魂，但是我的火焰也被他们同化了，从而改变了我的火属性。

"你双手掌心之中的图案，正是当初我将他们炼化之后留下的魔灵，或者说是他们的本源，没有思想，却记下了他们曾经所拥有的一切力量。

"准确地说，魔灵并不是能量，而是记忆，两大君王的记忆。这就是我送给你的礼物。这两个魔灵分别记载了两大君王的所有技能。用你们人类阴阳魔师的话来说，那就是基准技、命中技、必杀技、超必杀技甚至是终极技。而且，全部都是顶级的技能。"

姬动在离火学院学到过一些关于魔技的知识，他知道，当阴阳魔师拥有了属于自己的阴阳冕之后，就可以开始修炼魔技了。对于阴阳魔师来说，魔技的重要性仅次于阴阳魔力。

哪怕你魔力再强，如果没有强大的魔技配合，也无法成为一名强者。而魔技的分类和烈焰说的不一样。离火学院的老师只讲了三种魔技，那就是基准技、命中技和必杀技。

基准技是最基础的魔技，凡是考上高等学府的阴阳魔师，都能学到一些基准技，他们可以从中选择一些适合自己的基准技进行修炼。

命中技没那么容易学到，就算是高等学府也不一定会教授学员命中技，就算教授了，学员也不一定适合修炼那种命中技。

哪怕是同一系的阴阳魔师，对于同一种命中技的感悟也是不一样的。只有找到最适合自己的技能，才能最大限度地发挥出自己的实力。而且，命中技还有一种称谓，叫作杀戮技，这说明命中技是极其强悍的技能。

不论是基准技还是命中技，都分为高、中、低三级。一冠学士级的阴阳魔师只能学习基准技，两冠师级的阴阳魔师才有学习命中技的机会。

一般来说，大家都很珍惜高等级的魔技，等级低的阴阳魔师想要学到高等级的魔技难如登天。一名阴阳魔师想要变得强大，还要靠一些运气，运气好的就能学到厉害的魔技。

因为阴阳魔师都想学魔技，正所谓有需求就有市场，所以五行大陆上出现了一些专门贩卖魔技的商人。

不过，魔技的价格高得离谱，不是平常人能够消费得起的。这也是阳炳天说不会随便收徒的重要原因。一名阴阳魔师如果能够拜入一位强大的老师门下，跟随老师学习魔技，就相当于有了一个光明的前途，也不用想方设法寻求高等级的魔技了。

至于更加高等的必杀技，离火学院的老师只说了一句简单的话：可遇而不可求。任何一位拥有必杀技的阴阳魔师，都是五行大陆上的强者。

这些就是姬动了解的关于魔技的全部知识了，此时听烈焰这么一说，他才知道离火学院教授的知识远远不够。魔技不仅仅包括基准技、命中技和必杀技，还有更高等的超必杀技和终极技。烈焰将终极技放在最后，说明终极技的威力非常大，甚至可以用"恐怖"来形容。

"烈焰，你是说，我已经拥有了关于火焰君王和暗炎魔王的技能的记忆？"姬动十分感动，他当然知道，这是一份大礼。

烈焰点了点头，接着道："从实力上来看，两大君王绝对是火系的至强者，如果他们不是过于好斗，也不会落得如此下场。未来，如果你能够完全掌握他们的技能，那么，人类世界也随你行走了。不要埋没了两大君王的技能，将它们在人类世界中发扬光大吧。"

姬动看着自己的双手，出乎烈焰意料的是，他并没有表露出过多的兴奋和欣喜，只是苦笑着道："烈焰，你送我如此大礼，让我未来如何回报呢？如果早知道你要送我如此珍贵的东西，我一定不会要的。"

对于一名阴阳魔师来说，未来不需要费尽心力寻找魔技，绝对是巨大的优势，更何况这些魔技还是传承于地底世界的两大君王。

烈焰微微一笑，道："人类大多能活到八十到一百岁，而强大的阴阳魔师更是能活到两百岁。我当然不会白白地将这两个魔灵给你。为我调制九十九年美酒，就是你需要付出的代价。你愿意吗？"

姬动抬头看向烈焰，冲动地道："就算你什么都不给我，只要我还活着，我永远都愿意做你的专属调酒师。"

听着姬动真挚的话语，烈焰先是呆了一下，接着扑哧一笑，道："小姬动，我可不需要你做我的专属调酒师。你的调酒技艺这么好，如果只有我一个人能品尝，那不是很可惜吗？记住，你一共要为我调九十九年的酒，刚刚过去四年，还差九十五年。"

姬动很认真地点了点头，道："好，那就还有九十五年。"

烈焰话题一转，看着姬动的双手，道："两大君王的技能没那么容易学到，你的魔力必须达到相应的程度，那时候，才会激发那一段记忆，从而获得技能的使用权。你现在能够使用的，只有两个基准技。

"用你的意念去感受掌心中的烈阳和暗月，你就会得到关于基准技的记忆。不过，你千万不要小看这两个基准技，它们是两大君王所有技能的基础，用得好的话，比命中技还厉害。只有将它们练好，再加上阴阳魔力的提升，你才有可能获得其他技能。

"好了，你回去吧，算算时间，你在我这里也待了三天了。学院的人估计以为你失踪了，今天应该是四年级期末测试的日子。三年前，你被他们剥夺了正式学员的身份，现在你该让他们大吃一惊了。"

"我已经来了三天？"

闻言，姬动心中一惊，这才发现自己凝聚阴阳冕竟然花了这么长时间，赶忙告别烈焰，返回学院去了。

红光闪烁，随着红莲退去，姬动回到了自己的房间。外面已是天光大亮，看天色，估计快正午了。他不敢停留，换上一件干净的丙火系校服，赶忙跑下楼。

姬动来到操场上时，正好看到学员分成三个方阵，整齐地站在操场上，果然如烈焰所说，今天是期末测试的日子。

操场上这三个方阵是按照年级站的。站在最前面的就是他所在的四年级，之后是五年级和即将毕业的六年级，一、二、三年级显然已经逐一进行测试了。

按照离火学院的规定，期末测试时，要从低年级的开始，其他年级在操场上等候，测试完之前，是不允许吃午饭的。这本身也是一种对学员心性的磨炼，毫无疑问，六年级被磨炼的时间最长。

姬动快步跑到四年级队伍中，一眼就看到了分别站在丙火系和丁火系最前面的卡尔和毕苏。

两人看上去都有了一些变化，十四岁的卡尔身高已经超过了一米八，虽然不像夏天那样彪悍，但也相当威猛了，肩宽背阔，校服下肌肉隆起，红色短发如同钢针一般，根根竖起。姬动隐约能够看到，卡尔身上有一层淡淡的红光闪烁。

毕苏也不再那么娘娘腔，皮肤白皙的他，现在越发英俊，虽然身板看上去有些弱，但只要见过他的双眼，就知道他绝对有不俗的实力。

姬动心中一喜，顿时明白，卡尔和毕苏都已经突破了。

第 ㉔ 章
一鸣惊人

"老大，你上哪儿去了？好几天找不到你，还以为你失踪了。"看到姬动，毕苏和卡尔顿时迎了上来，大为兴奋。

姬动微笑着道："先不说这些，你们两个是不是突破了？什么时候轮到我们年级测试？"

卡尔失落地道："马上就轮到我们年级了。我们是突破了，这个学年结束后，我们可能就要离开学院了，老大，你……"

姬动拍了拍卡尔的肩膀："突破是好事，反正我在这里也已经待了四年，你们要去哪里上学，我陪你们去就是了。以我的调酒能力，难道你们认为我还不能在哪座城市混口饭吃吗？高等学府的要求应该没离火学院这么严格，不会不让你们出学院的，我们可以经常见面。"

听到姬动这样说，卡尔和毕苏同时大喜，毕苏笑道："太好了，老大，我们正愁以后很难见到你呢，至于什么混口饭之类的你就别提了，这个交给我吧。"

其实姬动早就知道了，四年来，卡尔和毕苏一直都在维护他，不论是丙火系还是丁火系，要是有谁说他一句坏话，他们就会去找那个人，让那个人停止散播谣言，并且让他们发誓再也不说姬动的坏话。

因为他们是这一年级成绩最好的人，别人不敢反驳，他们两个一直坚持这样做着，才让姬动安安稳稳地过了四年学院生活，没听到那些乱七八糟的声音。

这份兄弟之情，姬动一直都默默地记在心中。正在他准备将自己也突破了的事情告诉卡尔和毕苏的时候，夏天的声音从礼堂的方向传了过来。

"四年级进行测试。"

来不及解释了，先进行测试再说。四年级的学员整齐地排着队，朝礼堂走去，姬动和毕苏、卡尔走在最前面。

夏天一眼就看到了他，皱眉问道："姬动，这几天你上哪里去了？就算你是旁听生，也要遵守学院的规矩。等测试结束后，到我那里受罚。"

"是。"姬动恭敬地答应一声。

夏天虽然脾气暴躁，但这几年下来，学员也了解了他，知道他其实很护短，对自己的学员极好。现在，夏天深受四年级学员爱戴。

姬动跟在夏天身后走进礼堂，不禁有些激动，四年过去了，今天他也该在这里画上一个句号了。

阳炳天看到姬动跟随学员们走了进来，不禁瞪了瞪姬动，向他表示自己的不满，这几天找不到姬动，这位院长大人着实很担心。

例行公事地讲了几句话之后，测试按照以往的顺序开始，第一个走上台的，自然是丙火系四年级的首席生卡尔。

夏天看着自己的得意弟子，笑开了花。他向卡尔微笑着点了点头，道："开始吧。"

卡尔没有像以前测试时一样伸出双手释放火焰，只见一团红光骤然从他身上射出，刺目的光芒顷刻间令他身体周围的空间扭曲，红光渐渐聚集到他头顶上方，一个冕峰上带有红色火焰烙印的白色阳冕出现，冕环上的半颗星说明了他此时的等级，一冠一级丙火系学士，或者说是十一级丙火系学士。

“啊——”

　　惊呼声不断传来，很显然，其余的学员也被惊到了。尽管他们都知道卡尔很强，但亲眼看到他凝聚出阴阳冕，还是会忍不住惊叹。

　　要知道，从学徒到学士，要跨越的坎是很大的，成功修炼到了学士，就意味着成了真正的阴阳魔师，拥有了阴阳冕。

　　阴阳冕是阴阳魔师最简单的身份证明。

　　主席台上的老师都不怎么惊讶，很显然，他们中的很多人早就知道卡尔成功突破了。

　　夏天的声音变得格外洪亮起来：“卡尔，十一级丙火学士，凝聚阴阳冕成功，成绩优秀。”

　　毫无疑问，卡尔从台上走下来的时候，就成了全场的焦点。接下来丙火系这边的测试就变得平淡无奇了，最强的也不过是七级学徒而已。

　　直到毕苏代表丁火系第一个登场，礼堂的气氛才再次变得高涨起来。毕苏的等级与卡尔一模一样，也是十一级，只不过他是十一级丁火学士，拥有一冠半星阴阳冕。

　　毕苏得意地走下主席台，他和卡尔四年来的付出终于得到了回报。凝聚出了阴阳冕，他们已经有了毕业的资格，以他们的实力，必定会被保送到高等学府。

　　丁火系的考核很快就结束了，阳炳天坐在主席台上微笑着道：“今天你们四年级的测试带给了我很大的惊喜，丙火系的卡尔和丁火系的毕苏，都凝聚出了属于自己的阴阳冕。他们的成绩大家都有目共睹，学院决定将他们保送到高等学府继续深造，想必大家也不会有意见。其他学员要以他们为目标，好好努力，争取早日达到学士级别，成为一名真正的阴阳魔师。好，四年级本学年测试到此为止……”

　　就在阳炳天宣布测试结束的时候，一个声音突然响起：“等一下。”

　　贸然打断院长的话，按照离火学院的规定，就是不尊敬师长，要被处罚，老师们都不禁皱起了眉头，学员们朝着声音响起的方向看去。

姬动从容地站了起来，看着夏天，认真地道："我也想接受测试。"

"你……"夏天眉头大皱，"姬动，你作为旁听生，不需要接受测试。"

姬动眼中流露出几分骄傲之色，他大步走上主席台，面对一众老师，朗声道："我记得三年前，老师们说过，如果在毕业前，我能够凝聚出阴阳冕，那么，我就还有正式成为离火学院毕业生的可能。"

夏天一愣，问道："你认为你现在有资格接受测试了？"

没等姬动开口，那位和夏天明显不对盘的丁火系老师刘俊冷哼一声，面带鄙夷地道："像你这样毫无天赋的废材就不要浪费我们的时间了，就算你能修炼到二三级学徒又有什么用？你根本不可能成为真正的阴阳魔师。夏天老师，你是怎么约束自己学员的？竟然让他打断院长的话。"

早在三年前，姬动就看这个家伙很不爽了，只是在那个时候，他因为极致双火而降成了一级学徒，刘俊瞧不起他，他无话可说，也没办法证明自己。可是，今时不同往日，现在他已经不是三年前的姬动了。不等大怒的夏天开口，他已经沉声道："没错，我是旁听生，但我在离开学院之前，我就是学院中的一员。你身为老师，侮辱我为废材，这就是你为人师表应该做的事？"

刘俊被姬动顶撞，顿时大怒，拍案而起，声色俱厉地道："你一个旁听生，竟敢和我这么说话！"

姬动冷哼一声，道："我的班主任是夏天老师，不是你，你有什么资格训斥我？你也配做一名老师吗？不知道你在我这么大的时候，魔力达到了怎样的等级。我现在就用事实告诉你谁是废材。"

台下的学员都已经看傻了，其实他们也对刘俊有些不满，刘俊平常喜欢对人冷嘲热讽，就连其他学员都看不下去。

当着这么多学员和老师的面，姬动顶撞刘俊，让不少人感到很痛快，但他的言语也实在很惊人。哪怕是强大的祝天、祝归兄妹，也从未如此嚣张过。

不过，就在众人万分震惊的时候，夺目的光彩已经从姬动身上骤然爆发了出来。

刺目的红光宛如烈焰腾空，瞬间包裹住了姬动的身体，在淡淡的金色光边的掩映下，光芒瞬间聚集于姬动头顶。

当那顶白色阳冕出现在姬动头顶上方的时候，全场鸦雀无声。

冕星上的红光，还有中央冕峰上跳动的火焰烙印，都像是一大巴掌，狠狠地抽在了刘俊的脸上。

"这不可能！"刘俊惊呼出声。

"呵呵。"

姬动冷冷一笑，此时此刻，他变得无比高傲，就像回到了是酒神的时候，身体一动不动，那红色的光芒瞬间变化，丙火转化成了丁火，他头顶上的白色阳冕也变成了黑色阴冕，蓝色的火焰在阴冕的冕峰上跳动，整个人的气质也完全变了，透着一丝阴柔。

刘俊只觉得姬动就像冰冷的毒蛇一样，注视着他，让他不禁心底发毛。

阳冕刚出现的时候，全场鸦雀无声，他们确确实实被惊到了，当阳冕变成阴冕的时候，全场一片哗然，这下他们是被吓到了，不敢相信这是真的。

端坐在主席台后面的老师，包括阳炳天在内，全都站起了身，他们太吃惊了。

哪怕是已经达到五冠境界的阳炳天，也从未见过阴阳平衡之人真的凝聚出阴阳冕，他从没想过姬动竟然真的能够成功。

姬动就像没看到众人的反应一样，双手缓缓合十放在胸前，顿时，他身体周围的光芒再次出现了变化，右边为红色光芒，左边为蓝色光芒，两色光芒以他的身体为中心，渐渐绽放开来，头顶上的阴阳冕也随之变了颜色，右边为白色，左边为黑色，阴阳冕上的火焰是红色与蓝色的。

姬动张开合在胸前的双手，两团不同颜色的火焰在他掌心燃烧起来，红蓝两色火焰同时在一人手中燃烧的感觉，只能用"惊人"二字来形容，再加上那黑白分明的阴阳冕，更加震撼人心。

此时此刻，姬动显得那样耀眼，阴阳平衡体质的他，能够修炼到如此程度，确实不容易，他有骄傲的资本。

姬动冷冷地瞥了刘俊一眼，并没有再说什么。

刘俊感觉姬动这样就是根本不屑于跟自己再有交集，脸色顿时变得极其难看，再也没脸在这里待下去，怨毒地看了姬动一眼，快步离开。

火光收敛，姬动眼中的高傲随之消失，他转向夏天，恭敬地道："老师，姬动没给您丢人，现在我可以重新成为离火学院的一员了吗？"

看着姬动，夏天的情绪有些复杂，姬动这句话说得他很羞愧，在别的老师看来，姬动对夏天这么恭敬，都是因为夏天将他教得非常好，甚至让他成功凝聚出了阴阳冕，可实际上，夏天早已放弃姬动了。

"你能有今天的成绩，都是你自己努力的结果。四年级旁听学员姬动，期末测试成绩，丙丁双火系十二级学士，成绩优秀。阳院长，请您准许他重新成为学院的正式学员。"

阳炳天此时才略微回过神来，他点了点头，道："我还是第一次见到阴阳双属性的阴阳冕。以阴阳平衡体质，取得如此成绩，可见姬动学员在过去四年的修炼中付出了多少努力，我准许其重新成为离火学院的正式学员，由于其已达到毕业成绩，因此他也将成为保送生之一。好了，四年级测试到此结束。"

阳炳天刚宣布测试结束，毕苏和卡尔就按捺不住激动的心情，猛地冲了上来，一把抱住了姬动。

"老大，你瞒得我们好苦啊！原来我们三兄弟里，最厉害的是你。十二级了，你竟然都没告诉我们。"

姬动苦笑着道："不是我不告诉你们啊！只是平时你们怕打击我，见面的时候都故意避开修炼的话题，我没机会跟你们说嘛！是我不对，是我不对，我认罚。"

卡尔和毕苏对视一眼，不怀好意地笑了："老大，那你今天中午可得补偿我们，带我们吃好吃的。"

中午，三兄弟在姬动的房间中庆祝成功通过测试，其实他们这就算通过毕业测试了，三人开心地玩闹着，就连一向稳重的姬动也变兴奋了。

四年的努力，终于有了成果，并且为自己正了名。四年来的孤寂苦闷仿佛要在这一刻完全消解。最后三人都累了，毫无形象地睡了。

姬动第一个清醒过来，或许因为这四年来形成了一个生物钟，他醒来的时刻，正好是阴阳交替的傍晚时分。

姬动将躺倒在地上的两个兄弟抬上床，自己坐在地上。尽管已经拥有了阴阳冕，可他还是很勤奋，绝对不会浪费修炼的时间，这也是他突破十级，成为丙丁双系学士之后，第一次修炼。

第 ㉕ 章

准考证

姬动闭上双眼，当他将意念集中在胸口的阴阳旋涡之中的本源阴阳冕上时，立刻就感觉到了与以前的不同之处。

根本不需要他引导，本源阴阳冕就会发出一种独特的气息，自身魔力悄然外放，在他身体周围形成一个特殊的磁场，而空气中的丙火与丁火两种元素会以更快的速度朝他体内聚集。

这些火元素一进入姬动体内，立刻就被他胸口的阴阳旋涡吸引了，如同飞蛾扑火一般，投入其中，再被阴阳旋涡同化，成为他身体的一部分。

和以前相比，姬动不仅吸收火元素的速度快了很多，消化火元素的速度也大大加快了。短短半个时辰，姬动感觉比前几天的修炼效果好很多。当然，他现在修炼不受时间限制了，就算不去地心湖，超过阴阳交替的半个时辰也可以继续修炼。

正在姬动准备继续修炼的时候，门被敲响了，姬动顿时清醒过来，今天还没有给阳炳天调酒。而且，阳炳天已经知道了他的真实实力，应该会有些问题想问他。

姬动打开门，站在门外的果然是阳炳天。

阳炳天看着姬动，眼神有些复杂，他向姬动招了招手，沉声道："姬动，你到我房间来一下。今天先不用调酒了，我有话对你说。"

"哦，好。"

姬动随手带上门，跟着阳炳天来到了他的房间。

阳炳天指了指沙发，示意姬动坐下，他自己则从旁边拉了一张椅子过来，坐在姬动对面，目光灼灼地盯着姬动。

姬动被阳炳天看得有些不自然，便先开口问道："阳院长，您找我有事吗？"

阳炳天轻叹一声，道："姬动，我叫你来，是想和你说声抱歉的。"

"啊？为什么？您一直很照顾我啊！"姬动疑惑地看着阳炳天。

阳炳天摇了摇头，道："一直以来，我对你的关心太少了。因为你是阴阳平衡之人，又因为你没有通过第一学年的测试，所以我早就放弃你了。我还是太小看你了，没想到你这么有决心，也没想到你今天能给我一个如此大的惊喜。

"你是第一个阴阳平衡的双属性火系阴阳魔师。你已经成功渡过难关了，是我不好，没能一直帮助你修炼。四年来，你一直为我调酒，让我品尝到最好的鸡尾酒，你信守了自己的承诺。当初答应你的事，我却没能做好。你失踪的这几天，想必就是独自凝聚阴阳冕去了吧，这都是因为我的失职啊！"

姬动恍然大悟，原来这才是阳炳天找他的原因。事实上，他对阳炳天还是充满感激的，当初如果不是阳炳天将他带回来，不屑于乞讨的他，连吃饭都很困难，更不用说成为一名阴阳魔师了，也不可能在机缘巧合之下打开全方位无定传送卷轴，从而见到烈焰。

四年来，姬动一直认真地为阳炳天调酒，就是想报答阳炳天。

"阳院长，当初要不是您把我带回学院，并且一直照顾我，我也不会有今天的成绩。您已经为我付出很多了，我感谢您还来不及呢。"

阳炳天微微一笑，道："听你这么说我就放心了。你是个懂事的孩子。我不知道你是如何修炼的，以你的资质，能够成功凝聚出阴阳冕，可见你这四年有多努力。过去的事我们就不说了，今后你有什么打算？"

姬动道："我已经突破十级，达到了学士级别，如果可以的话，我希望您能给我一个保送的机会，让我正式从离火学院毕业，和卡尔、毕苏他们一起到更高等的学府深造。既然选择了阴阳魔师这个职业，我就要一直走下去。"

阳炳天点了点头，道："测试结束的时候，我就宣布了，你将会被保送，你不要担心这个问题。以你现在的实力，顺利毕业自然不在话下。我已经让夏天去为你们三人办理毕业手续了。

"现在我有两个选择给你，一个选择是从三所高等级火系魔师学院中挑选一所，这三所学院都在南火帝国内，你可以随意挑选，像你这样出色的学员，他们一定会抢着要，另一个选择就是去一所机遇与风险并存的学院。一旦你能在那个学院站稳脚跟，未来的前途必定不可限量。"

原本听到阳炳天说第一个选择的时候，姬动就已经十分满意了，听到第二个选择之后，姬动有些动摇了。

"阳院长，这第二个选择究竟是什么？难道去学院上学也有风险吗？"

阳炳天点了点头，道："那是一所五行大陆淘汰率最高的学院，也是聚集全大陆顶级精英的学院。它不属于任何一个国家，由大陆五大帝国共同创办。能够到那里深造的，全都是各系最优秀的人才。那里的学员，一旦未能成功通过测试，将会立刻被淘汰，绝对没有半分转圜的余地。而且，就算是咱们离火学院推荐过去的学员，到了那边，也一样要接受他们的入学测试，只有通过了测试，才能正式成为那所学院的一员。"

姬动若有所思地问道："那里的教学质量很高吗？"

阳炳天点头道："全大陆当之无愧的第一。在咱们阴阳魔师界有着举足轻重的地位。大陆各国的高级学院，一般只教授学员基准技，哪怕是最优秀的学员，也只能学到一两个命中技。在这个特殊的学院之中，只要你实力足够强大，就可以随意学习基准技和命中技。

"如果能够通过最终测试，学员甚至能学到必杀技。从这个学院顺利毕业的学员，在任何一个国家，都会得到认可。只不过选择那个学院，无疑是个巨大的挑战。在那里，你将会遇到各系最优秀的同学，承受巨大的压力，随时都有可能被淘汰。

"坦白说，如果考虑到发展的稳定性的话，我希望你选择其他学院，但如果你想成为阴阳魔师界举足轻重的人物，那里就是最好的舞台。"

姬动默默额首，眼中精光一闪："压力就是动力，阳院长，我选择第二条路。这个学院叫什么名字？"

阳炳天微微一笑，道："我就猜到你会这样选择，你骨子里的骄傲不允许你向压力屈服。这个学院以阴阳魔师十系之和为名，就叫作天干学院。能告诉你的我都说了，天干学院还有很多属于它自己的秘密，你想知道那些秘密的话，就要看你在天干学院之中能够走多远了。"

姬动心中暗想，一个由五行大陆五大帝国联合创办的学院，没有秘密才怪，单是它成立的原因就足以引人深思。而阳炳天显然知道很多事情，只不过因为心有忌讳，才不能告诉他太多。

阳炳天继续道："天干学院的招生方式非常特殊，它不公开对外招收学员，每年，天干学院都会给五大帝国各三十个名额，由帝国的各个基础学院推荐学员。这个推荐就像是一张准考证，有了它，才有参加入学测试的资格。

"说起来，你们的运气很不错，推荐名额每年都会变化。由于这几年，我们学院中的祝天、祝归先后考入了天干学院，表现得还不错，所以今年我们分到了三个推荐名额，占到了南火帝国名额的十分之一。正好你们三个小子都成功凝聚出了阴阳冕，而且年纪还不大。毕苏和卡尔早就做出了和你一样的选择。至于你们以后能否在一起继续修炼，就要看你们自己的本事了。"

姬动道："我们一定不会辜负阳院长的期望。"

阳炳天道："明天就要放假了，卡尔和毕苏都会回家和家人团聚。你如果还是留在这里，这段时间一定要努力修炼，争取在三个月内，天干学院入学测试之前再有所提升。

"其实，我对你能否考入天干学院一点都不担心。你很特殊，是阴阳平衡的双系阴阳魔师，这就足以帮你叩开天干学院的大门了。明天我也要出门了，走之前我会把你们三人的推荐信给你们，到时候你和卡尔、毕苏结伴上路吧。相聚四年，享受了你四年的调酒服务，这个手镯留给你做个纪念。"

阳炳天一边说着，一边将自己手腕上那似乎由红宝石雕琢而成的手镯摘了下来，塞到了姬动手中。

姬动不止一次看到阳炳天通过这手镯变出东西来，自然明白它的珍贵。

"阳院长，您已经给予了我太多太多，我不能再要您的东西了。"

阳炳天脸色一沉，执意将手镯塞入姬动手中，郑重地道："不许推辞，就当是你这四年来的工钱。这个手镯有储物功能，有了它，你们在路上也会方便许多。别忘了，你是我见过的最出色的调酒师，一名调酒师没有调酒用具和酒，像什么样子？你房间里面的那些酒我也全部送给你了，你一起带走吧。我在手镯里面放了五百个金币，给你当路费。手镯的使用方法十分简单，你只需要将丙火魔力注入其中，自然就能开启手镯中的单独空间，进行物品存取了。"

姬动还想拒绝，被阳炳天阻止了。

"别再推辞了，只要你未来功成名就之时不要忘记离火学院就足够了。我还有许多同样的储物用具，这东西并不是什么珍贵的物品。好了，我们就快分别了，你不准备再为我调制一杯鸡尾酒吗？"

阳炳天将红色的手镯套在姬动手腕上，手镯自行与姬动的皮肤贴合在一起，传来淡淡的温热感。

姬动没有再多说什么，只是将阳炳天的这份情深深地记在了心中。

阳炳天目送姬动离开自己的房间，脸上慢慢露出了一丝笑容，他自言自语地道："傻小子，你上当了。四年来一直喝你调制的美酒，我怎么舍得离开你这样完美的调酒师呢？不久之后，我们会再见面的。"

对于姬动选择天干学院，毕苏和卡尔一点也不惊讶。

第二天，阳炳天果然离开了学院，姬动他们三人也从夏天手里拿到了前往天干学院的推荐信和地图。偌大的离火学院安静了下来。

两个月的时间转眼就过去了，姬动的生活比以前更加丰富和充实。

这两个月以来，除了努力提升自己的魔力之外，他还在学新的技能，那就是魔技。

火焰君王与暗炎魔王传给他的记忆中有两个最基础的基准技，姬动的修炼方式也因为这两个基准技而发生了改变。

姬动每天会在地心湖修炼四个时辰的魔力，而在离火学院这边的时候，他将全部心力都放在了修炼基准技上面，不再修炼魔力，原因很简单，因为修炼基准技的时候，魔力本身就在提升。

在人类世界中，修炼魔技时魔力提升的速度一点都不比专门修炼魔力时的速度慢，既能学习技能，又可以提升魔力，何乐而不为呢？

姬动洗了个澡，从房间中走了出来。这两个月来，他每天都过着一样的生活，以前毕苏和卡尔在学校，他们还能聊聊天，一起逗逗乐，毕苏和卡尔回家后，学院里就剩他了，他感觉有些乏味。虽然在这种情况下他的修为提升得更快，但烈焰说过，过刚则易折，他要注意刚柔并济。

正好，今天他要为烈焰调制的鸡尾酒中有一种酒已经用完了，需要外出采购，顺便出去走走，缓和一下自己紧绷的神经。

和学院留守的老师打了声招呼，姬动就走出了离火学院，来到这里四年了，他出学院的次数屈指可数。

就在姬动一脚跨出学院的时候，院门前的角落处，一个乞丐悄悄地站了起来，朝着另一个方向跑去。

第 26 章

阴毒小人

姬动信步走在离火城的街道上，感觉全身都松快了许多，学了一天魔技，紧绷的肌肉这时才得到放松。

姬动看着街道两旁的店铺，只觉得身心一阵舒爽。

他一边走着，一边想着，看来烈焰说得对，一直修炼不放松未必就好，偶尔出来走走也不错。

不过，离开离火学院之前，这恐怕是他最后一次出来了，再过十天，卡尔、毕苏就会回学校找他。

那个天干学院在中土帝国，虽然中土帝国与南火帝国接壤，但路途也不算近，他们想提前出发，在路上的时间能充裕一些。

今天既然出来了，就把那些存量不多的酒都买上，在前往天干学院之前，他要为烈焰多调制几杯鸡尾酒。路上和卡尔他们在一起，他未必有时间每天都去见她。

虽然出来的次数不多，但姬动对离火城还算熟悉，尤其是卖酒的地方，记得更是十分清楚。很快，他就买到了自己需要的酒。

有了阳炳天赠予的储物手镯真的很方便，就算买的东西再多，他也可以轻松地放进去，而且，只有丙火系魔师才能使用这个手镯。

姬动买完酒，刚从店铺中走出来，突然，一个人急匆匆地迎了上来。

"你是叫姬动吗？"来人挡住姬动的去路，没头没脑地问了一句。

姬动定睛一看，发现那是一个十几岁的小乞丐，要知道，在离火城中，乞丐可不多见。四年前，姬动也曾是少数乞丐当中的一个。

姬动见对方能叫出自己的名字，不禁觉得有些奇怪。

"我就是，你认识我？"

小乞丐将一张纸条递给姬动："有人让我把这个给你。"

说完，没等姬动发问，他扭头就跑，不一会儿就钻入人群之中消失了。

姬动皱了皱眉，先走到一个无人的角落，将刚买的酒都收入自己的储物手镯之中，然后才展开纸条。

"南城郊五里，老大快来，我和卡尔有危险。"落款是毕苏。

毕苏和卡尔有危险？

姬动心头一紧，想要立马冲到南城郊去，可是，很快他心中就充满了疑惑。他在想，就算毕苏和卡尔真的有危险，也应该让人送信到学院去，怎么会让人把信送到这里？再说他们怎么会知道他出了学院？

不过，就算心中有很多疑惑，姬动还是决定去看看，他在离火城认识的人不多，知道他和毕苏、卡尔关系不错的只有那些同学。即便这是个恶作剧，他也必须去。不然的话，万一毕苏和卡尔真的遇到了危险，他就追悔莫及了。

姬动不敢耽误时间，赶忙朝南城的方向跑去。比起城内，姬动其实更熟悉城郊，谁让夏天最喜欢罚学员绕城跑呢？

姬动依稀记得，南城郊五里似乎是一片有山坡的小树林，位置十分偏僻。

出城之后，姬动一边朝那片树林的方向跑，一边注意观察周围的情况，虽然他想不出有谁会找人骗自己，但那奇怪的纸条还是让他心生警惕。

不过，他并没有什么发现，路上行人不多，更没有任何可疑迹象。现在的姬动可不是那个刚到离火学院的小乞丐了，体力增强了很多，跑步的速度也快了很多，没多久他就看到了山坡上的那片树林。

姬动来到树林外停下脚步，高声喊道："毕苏、卡尔，你们在里面吗？"

树林内寂静无声，没有人回答他。

姬动看了看周围，小心翼翼地观察着四周。突破十级后，他的六感再次提升，听觉变得极为敏锐。但是，仔细一听，除了风吹树叶发出的沙沙声，他并没有听到其他声音。

不管了，先进去看看再说。

姬动迈步入林，一边观察着四周，一边向树林深处走去。他之所以要观察四周，不仅是为了寻找卡尔和毕苏，也是希望能找到一些蛛丝马迹，但令他失望的是，他依旧什么都没有发现，也没有看到任何打斗留下的痕迹。

难道这真的只是一个恶作剧？姬动停下脚步，看了看周围，微微皱起了眉头。

"究竟是谁，和我开这种玩笑？"姬动喃喃地自言自语一声，决定不再找了。很显然，毕苏和卡尔并不在这里。

姬动并没有打听过卡尔和毕苏的家庭情况，只是听两人提起过，卡尔是平民出身，毕苏家里则是做生意的。

就在这时，一个阴恻恻的声音突然传来："你真的以为这是个玩笑吗？"

姬动猛然转身，朝声音传来的方向看去，喝道："谁在那里？出来！"

一个人缓缓地从一棵需要两人合抱才能抱住的大树后面走了出来，看到这个人，姬动不禁愣了一下，心头也有一丝不安。

"刘俊老师，您怎么会在这里？"姬动疑惑地问道。

从树后出来的不是别人，正是在期末测试中被姬动抢白，灰溜溜地离去的丁火系老师刘俊。

刘俊脸上带着阴冷的笑容。

"我在这里等你啊！"

姬动心中的不安更增添了几分，他这才恍然大悟："那张纸条是你让人送给我的？"

刘俊微微一笑，苍白的脸看上去有些瘆人。

"没错。我就等着你出学院呢，没想到竟然等了两个月。你果然是个用功的学员，都放假了，还能在学院修炼两个月，难怪你能成为第一位阴阳双属性同修成功的魔师。我不得不说，你是个天才。"

姬动不动声色地道："刘俊老师既然知道我在学院，有什么事大可去学院找我，为什么要让人把我引来这里呢？"

刘俊脸上的笑容突然消失了，他冷哼一声，道："现在你还不知道我把你引来这里的意思吗？果然和夏天那个笨蛋一样，脑子不会拐弯。要是我去学院找你，岂不是很容易留下证据？到时候我做的事就会败露。我是一个谨慎的人，做任何事都不会留下后患。所以，我宁可等上两个月，也不愿意冒险。哦，对了，听说你刚进入学院的时候问过秋天，我们丁火系的图腾是什么。你在学院学习了四年，现在应该知道了吧？"

"丁火系的图腾是螣蛇。"姬动淡淡地道。

阴阳魔师一共有十系，每一系都有属于自己的图腾。丙火系的图腾就是朱雀，丁火系的图腾就是螣蛇。

刘俊点了点头，道："不错，就是螣蛇。我们丁火系的魔师，不像丙火系的魔师那么冲动，遇事只会发火。我们可以忍，像蛇一样隐忍。等到机会，一击必中。我们是最好的杀手。"

听到这里，姬动明白了，刘俊是来找他麻烦的，今天这件事恐怕没有转圜的余地了。

"那么说，刘俊老师一直等我离开学院，就是为了把我引到这里教训我？看来，当初我说得一点都没错，你真的不配为人师。"

"教训？你说得太简单了。"刘俊冷冷地说道，"夏天那个混蛋不仅抢走了秋天，他的弟子也让我在期末测试上丢尽了脸，让我抬不起头来。没错，你是个修炼的天才。但是，五行大陆上天才众多，真正能够成长起来的又有几个呢？今天我先收拾了你，将你这个天才扼杀在摇篮之中，然后再找机会灭了夏天那个混蛋。"

听到这里，姬动算是全明白了，原来刘俊和夏天竟然是情敌，他们都在追求秋天，很显然，秋天更倾向于夏天，所以刘俊才故意处处与夏天作对。

期末测试的时候，他相当于是误打误撞地帮助夏天彻底击溃了刘俊的信心。刘俊怀恨在心，这才找机会报复。而且，看刘俊的样子，绝对不仅仅是教训他那么简单。

姬动心念一转，一边判断着眼前的形势，一边出言讥讽："刘俊，那是你和夏天老师之间的事，迁怒于我一个学员，算什么好汉？这就是你的勇气吗？难怪秋天老师看不上你。你要怎样将我扼杀在摇篮中？你真的要杀了我？"

事到如今，姬动也不愿意叫刘俊老师了，他实在不配做个老师。

"哈哈哈……"刘俊突然怪笑起来，"凭什么所有好事都让他占尽了？他那么笨，为什么能拜在阳院长门下，突破三冠境界？凭什么他能抢走我的秋天？没错，我是打不过夏天，但要是我今天杀了你，再找人把你的尸体送到他面前，你猜他会有什么表情呢？只要我做得神不知鬼不觉，谁也没办法查到我头上，正好出了你在期末测试上侮辱我的那口恶气，真是一举两得。"

"你就是个疯子。"姬动冷冷地说道。

与此同时，红、蓝两色光芒从姬动身上释放出来，两色光芒缠绕上他的身体，渐渐在他头顶上方凝聚成那顶黑白色阴阳冕。和两个月前不同的是，此时冕环上的冕星已经不再是一颗了，而是一颗半。很显然，才两个月，姬动的魔力便提升了一级。

现在他是十三级学士。

刘俊不屑地看着姬动头顶的阴阳冕。

"好，很好，果然是天才，短短两个月又有所突破。太好了，这样我杀了你才会更有快感。你以为，以你的实力能和我抗衡吗？就算我一直不能突破三冠瓶颈，杀你也跟捏死蚂蚁一样简单。"

说着，刘俊眼中精光一闪，蓝色光芒顿时从他体内射出，聚集在他头顶上方，化为黑色阴冕，他的两个冕峰上有蓝火焰印，冕环上有四颗半冕星。两冠就是二十级，再加上四颗半冕星，说明他是二十九级的丁火魔师。

四年来，夏天早已突破到了四冠境界。

刘俊四年前就达到了两冠，却始终没能突破。三冠作为阴阳魔师的第二个大瓶颈，阻挡了他的前进。四年未能突破，他应该不会有什么光明的前途了，难怪他心里那么不平衡。

十三级对二十九级，两者相差十六级，更别提其他方面了，不管怎么看，刘俊都占了压倒性的优势。这就是老师和学员之间的差距。

阴冷的丁火在刘俊身边燃烧，没有突破三冠，他背后不会出现图腾的光芒，但二十九级的他也能够给姬动不小的压力。

刘俊抬起右手，一团蓝色火焰从他掌心冒起，在那阴冷火焰的映衬下，他的眼神显得更加怨毒了。

"要怪就怪你是夏天那个混蛋的弟子吧，要怪就怪你是天才。我最看不得你们这些天才，大家都是人，凭什么你们就有机会成为强者，我却无法突破三冠？"

刘俊一步步朝姬动走来，所过之处，脚下的植物纷纷枯萎，只留下一个个蓝色的脚印。

姬动没有后退，只是站在原地，注视着靠近自己的刘俊，冷冷地道："你不愿努力，只会怨天尤人。在我眼中，你比夏天老师差远了。准确地说，你什么都算不上。"

"那就让我先结束了你这个天才的生命，去死吧！"刘俊阴狠地说着，燃烧着火焰的右手猛然一甩，顿时，一团蓝色火焰朝姬动飞了过来。

蓝色火焰刚从刘俊手中飞出的时候，只有拳头大小，飞出来之后，瞬间变大，眨眼就成了脸盆大小的蓝色火球，飞向姬动。

姬动没有后退，也没有逃跑，他做出了一个让刘俊目瞪口呆的动作，他的左脚快速往前踏一大步，由于这一步跨得有点大，导致他整个人都横了过来。接下来，他瞬间完成了一个半转身的动作，右拳直击，正面迎上了刘俊发出的蓝色火球。

他的拳头在挥出的瞬间变成了金色的。

第 ㉗ 章
两大君王之技

就在姬动挥拳的同时，他身上的蓝色光芒完全消失了，红色光芒也瞬间收敛，就连头顶上的阴阳冕也完全变成了纯白色的。

刘俊忍不住想：面对我的攻击，他竟然还收回了魔力？这不是找死吗？就让我这腐蚀火球将你的生命吞噬吧。

但是，刘俊期望的事情并没有发生，他瞪大了眼睛，因为他吃惊地看到，姬动挥出的拳头上，竟然有一团金色火焰。

此时此刻，姬动头顶上的白色阳冕也闪过了一道金光。

姬动的拳头，正面迎上了脸盆大小的蓝色火球，结果完全出乎刘俊的意料。

"噗"的一声，蓝色火球瞬间熄灭，刘俊只看到金色的火光闪过，姬动便被撞飞了出去。

刘俊闷哼一声，后退一步，体内的丁火魔力竟然在发抖。

"不可能！"刘俊歇斯底里地大喊一声，"这、这是属性压制，不可能！"

"砰——"

姬动撞在一棵大树上，缓缓滑落，"哇"的一声，喷出一口鲜血。

十三级和二十九级差距太大了，姬动虽然能够破掉刘俊发出的攻击的丁火属性，但除不掉其中蕴含的能量。

不过，幸好他破掉了丁火属性，并且抵消了腐蚀火球的大部分攻击力，不然的话，就这一下，他就要受重伤。

刘俊说得没错，他所遇到的，就是属性压制。高等级属性火焰对低等级属性火焰的绝对压制。

姬动刚才那一拳并不像表面看到的那么简单。这就是他苦练了两个月的火焰君王的基准技——烈阳噬。

烈阳噬在发出时，会将姬动体内的魔力瞬间抽空，通过胸口处的阴阳旋涡，传递到姬动的右臂之中，最后将魔力聚集在右拳上，以螺旋状发出。

这看上去简单的一拳，包含了无数奥妙，就算已经苦练了两个月，姬动也没能完全掌握。就是这个基准技，加上属性压制，硬生生地抵消了刘俊那腐蚀火球一大半的攻击力，让姬动免受重创。

面对如此强敌，姬动自然不敢有任何保留，所以，他一上来就用出了自己的丙午元阳圣火。

姬动缓缓地从地上爬起来，看着那一脸震骇之色的刘俊，深吸一口气，在意念的作用下，阴阳旋涡急速旋转。

他明知道自己和刘俊之间差距极大，还是冲向了刘俊。

阴阳冕重新变成黑白双色的，姬动一边奔跑，一边张开双臂，左手之中黑色火焰冲天而起，右手握拳，变成了金色的。

丙午元阳圣火与丁巳冥阴灵火的极致属性全面爆发。

当姬动毫无保留地将这两种极致之火释放出来的时候，属性上的绝对压制让刘俊有了一种喘不过气来的感觉。

先前姬动只用丙午元阳圣火的时候，刘俊体内的丁火魔力就在颤抖，此时再加上一个丁巳冥阴灵火，刘俊只觉得自己体内的丁火魔力都快熄灭了，十成功力，连五成都使不出来。

虽然姬动能够在火焰属性上完全压制刘俊，但两人之间的等级差距实在太大了，如果刘俊能够保持冷静，他依旧可以轻易战胜姬动。

可是，当姬动使出烈阳噬，并且利用火焰属性完全压制刘俊的腐蚀火球的时候，刘俊就不再那么自信了。

刘俊看着姬动，内心深处有一些害怕，他还是那个怯懦的他，下意识地后退，同时双手猛然抬起，释放出一层蓝色的火焰盾，试图阻挡姬动前进的步伐。

在气势上，二十九级的刘俊竟然被十三级的姬动压制了。

看到刘俊的动作，姬动没有半点停留的意思，骤然迈出一大步，又使出了一记烈阳噬。只有十四岁的他，这一拳挥出，竟然散发出一股暴戾的气息。

此时此刻，姬动骨子里的狠厉已经完全被激发了出来。他很清楚，刘俊只是一时被他的极致双火镇住，一旦刘俊反应过来，双方魔力差距这么大，他根本不可能是刘俊的对手。那么，他就只有一条路可走，那就是死。

死了就再也见不到烈焰了。

一想到这一点，姬动全身的血液就像火焰一样燃烧了起来。这一拳烈阳噬轰出，他瞬间就达到了巅峰状态。

丙午元阳圣火与蓝色火焰盾接触的瞬间，蓝色火焰盾上的丁火就熄灭了，轰然巨响之中，奇异的一幕出现了，由于刘俊的魔力确实远高于姬动的魔力，所以姬动这一拳并没能轰开火焰盾，但烈阳噬的效果还是完全发挥了出来，刘俊的蓝色火焰盾瞬间变成了金色的。

而且，姬动的丙午元阳圣火凭借自身的极致属性，在燃烧的同时，疯狂消耗着火焰盾中的魔力。

不过，刘俊也借此机会醒悟过来，眼前的金色火焰虽然可怕，但没能攻破他的防御，这令他记起了姬动和他之间的等级差距。

刘俊心想，就算姬动的火焰再特殊，他也才达到十三级而已，连自己的防御基准技都破不开，自己的丁火魔力达到了二十九级，即便属性被压制了，一样不是姬动能抗衡的，还有什么可怕的？

就在刘俊即将有所行动的时候，刘俊突然看到了一只手，一只燃烧着黑色火焰的手。

那只手穿过面前的火焰盾，一爪正好划中刘俊的身体。

那只带着黑色火焰的手先是抓到了刘俊的右肩，然后一路向下，一直划到刘俊的左侧肋部。

黑色火焰好像有黏性，完全贴在了刘俊的身上。伤口不深，可那黑色火焰极其恐怖，就像要通过伤口钻进他身体里面一样。

刘俊只觉得自己的身体都麻痹了，他感觉受伤的地方特别冷，一股阴寒之气从胸前的伤口进入体内，可他偏偏又感到五内俱焚，仿佛身体里的所有器官都燃烧起来了。哪怕他是二十九级的丁火系魔师，姬动这一爪也抓得他心胆俱裂。

正因为刘俊自己就是丁火系魔师，中了这一爪后，他的感觉才格外真切。

那无比纯粹的黑色火焰完全压制住了他体内的阴火，在属性相同的情况下，黑色火焰竟然完全作用在了他的身上，不仅直接破开了起护体作用的丁火魔力，还疯狂地钻入了他的体内。

"砰——"

中了姬动那一爪的刘俊根本没办法继续往火焰盾中注入魔力，金色的火焰盾直接爆裂，化为无数流光四散纷飞。

灿金色的拳头在刘俊眼前放大，身体的麻痹在这时产生了致命的影响，刘俊根本不能运转魔力来抵抗这个拳头。

那燃烧着黑色火焰的一爪，可不是姬动随意发出的，那是他的另一个基准技，也是暗炎魔王的记忆带给他的第一个技能——暗月爪。

烈阳噬和暗月爪就是姬动这两个月以来苦练的基准技，它们有一个共同的特点，那就是在施展时，姬动全身的魔力都会被聚集起来，动作一气呵成，杀伤力极大。姬动明白，如果这两个技能真的只是基准技的话，也是最高级的基准技。

先前，姬动全力施展出烈阳噬，一拳轰击在刘俊的防御火焰盾上，丙午元阳圣火不仅压制住了刘俊的丁火，而且瞬间让刘俊的魔力燃烧了起来。

姬动在练习这两个基准技的时候，为了追求最好的效果，都是同时练习的，所以发出烈阳噬之后，他立马用左手发出了一记暗月爪。

没想到，这样组合起来攻击的效果还挺好。当暗月爪上的丁巳冥阴灵火与火焰盾上的丙午元阳圣火接触的时候，异变产生了。

就跟他之前凝聚阴阳冕时差不多，两种属性截然相反的火焰刚接触，就产生了超强的爆炸力，竟然硬生生破开了火焰盾，使得暗月爪穿过了火焰盾，直接抓在了刘俊身上。

因为这一切发生得太突然，刘俊才来不及躲闪。

与烈阳噬相比，暗月爪不仅阴柔毒辣，速度更是奇快无比。刘俊的身体之所以会麻痹，就是受到了暗月爪的影响。

姬动当然不会放过这样的机会，眼见火焰盾破碎，他紧接着使出了一记烈阳噬。拳头对准的，正好是先前暗月爪在刘俊身上划出的那道长痕。

经过先前的战斗，姬动隐约明白了丙午元阳圣火和丁巳冥阴灵火之间的关系，再加上想起了烈焰指点他的话，姬动立马知道了自己该怎样做，这一拳打得可以说是妙到极点。

尽管使出这一拳透支了自己的魔力，可姬动知道这样做是值得的。当他的右拳狠狠地轰击在刘俊身上的时候，惊人的事情发生了。

刘俊的胸口就像烟花爆开了一样，金色火焰和黑色火焰四散纷飞，更为诡异的是，刘俊并没有被姬动一拳轰飞，整个人只后退半米，就像有什么力量支撑着他一样。

刘俊自身并没有这样的能力支撑他不后退，支撑他的是烈阳噬的力量。烈阳噬在发出时不仅至刚至猛，而且带着一股回旋的力量，以免敌人被震飞，有利于接下来的近身攻击。

只听"扑通"一声，有人倒下了。

倒下的人不是刘俊，而是轰出了最后一拳的姬动。

在巨大的压力下，他先前的每一击都是超水平发挥，烈阳噬和暗月爪都是高级基准技，姬动不间断地使出它们，完全透支了他自身的魔力，超出了自身的负荷，这个时候身体终于支撑不住了。

先前，姬动就在刘俊的攻击下受了伤，此时身体过度透支，他顿时喷出一口鲜血。

刘俊的情况更加糟糕，他整个人都被火焰包裹了，金色火焰在爆发后慢慢熄灭，黑色火焰完全覆盖了他的身体。

刘俊的胸口有一个碗口大的洞，隐约能够看到里面有火焰在燃烧。

刘俊瞪大双眼，双膝跪地，下一刻，他已经重重地跌倒在姬动身边。

"我杀人了？"

这是姬动的第一个念头，他连爬起来的力气都没有了，更不可能判断出刘俊究竟是生是死，只能眼睁睁地看着刘俊被黑色火焰吞没。

在完全失去意识之前，姬动勉强用右手抚上自己的左胸，呼唤出了他最熟悉也是最渴望见到的人的名字。

"烈焰。"

刚见到刘俊的时候，姬动不是没想过通过呼唤烈焰逃离这里，仔细想了想，他觉得行不通。从红莲出现到把他传送至地心，至少需要十次呼吸的时间，刘俊根本不可能看着红莲出现，并且将他传送走。

不管怎样，他总算把刘俊打倒了，无论刘俊是生是死，姬动都没有再战之力了，为了避免再出意外，他只能呼唤烈焰。

一片片红色的莲花花瓣给姬动带来了温暖，也带来了生的希望。意识模糊中的姬动只觉得自己被一股暖流包裹住了，下一刻，他就什么都不知道了。

刘俊没能阻止红莲将姬动传送走，因为在他倒下的那一刻，他就已经停止了呼吸。

刘俊肯定想不到，自己竟然会死在姬动手下，毕竟他是抱着杀死姬动的心来这里的。姬动发出烈阳噬和暗月爪，利用丙午元阳圣火和丁巳冥阴灵火，暂时压制了他的魔力，猝不及防之下，他受了伤。

在这种情况下，丙午元阳圣火和丁巳冥阴灵火碰撞到一起，瞬间爆发，使得烈阳噬和暗月爪的攻击力达到了中级命中技的程度。这就是烈焰对姬动说过的双属性魔师的好处，可以使出组合技，一般来说，组合技要强于一个个发出来的基准技，能够发挥出一加一大于二的效果，更何况姬动发出的组合技中的火焰是极致双火。

第 28 章

千次进化的契机

神志渐渐清醒过来，姬动只觉得自己浑身都暖洋洋的，就像泡在温泉里面一样，很舒服。

姬动缓缓睁开双眼，看到的东西都是火红色的，感觉身体热烘烘的，不过昏迷前经历的一切还历历在目。

"哗啦——"

突然，姬动被一股力量拉扯着向上飞去，他好像从什么东西里面挣脱出来了，眼前的火红色也随之褪去。

姬动这才发现，自己刚才根本不是浸泡在温泉之中，而是泡在地心湖之中。他的身体周围有一层红色的光罩，正是因为有这层光罩保护，他才没被岩浆熔化。

"感觉好些了吗？"烈焰柔和动听的声音响起，听到她的声音，姬动顿时觉得全身都有了力量。

他忍不住呼唤道："烈焰，你在哪里？"

险死还生，他想见到烈焰。他明白，自己再也不是以前那个毫无牵挂，可以为品尝绝世美酒而付出生命的李解冻了。在他心中，有一个人比酒更加重要。

红光悄然绽放，那熟悉的身影突然显现，一步就出现在了姬动面前，她双手轻挥，柔和的能量托起了姬动的身体。

姬动看着比自己高半个头的烈焰，心情激动，下意识地抓住了烈焰的双手。

"我还以为，再也见不到你了。"

烈焰不着痕迹地挣脱他的手，摸了摸他的头，轻声道："这次真的很危险。你如果不是运气好，再加上战斗意识非常强，恐怕就真的见不到我了。人心还真险恶！看来，你必须尽快增强自己的实战能力才行。"

见烈焰挣开自己的手，姬动才发觉自己有些冒失，先前的激动也悄然平复了。

"烈焰，刚才我怎么会在岩浆里？"

烈焰道："虽然你战胜了那个人，但你自身透支得太厉害了，伤及了本源。我将你放入地心湖养着，这样你的本源阴阳冕才不会因为过度透支而出现退化现象。"

姬动看向自己双手掌心的烙印，喃喃地道："是你救了我的命。如果没有烈阳噬和暗月爪，没有极致双火，我根本不可能活着见到你。不知道刘俊怎么样了。"

烈焰淡然地道："被组合技正面轰中胸口，你觉得他会怎么样？丁巳冥阴灵火会彻底烧化他的身体，就像他想杀你之后不留痕迹一样，现在他所有的痕迹都消失在那片树林之中了。"

"他死了？"姬动惊讶地看着烈焰。

烈焰微微一笑，问道："怎么？第一次杀人，你很紧张吗，小姬动？"

姬动摇了摇头，道："刘俊已经疯了，我不还手，死的就是我，他也算是遭报应了。只是没想到极致双火的效果这么好，刘俊的魔力可比我高十六级呢。"

烈焰的脸色突然变得严肃起来："你这么想就错了。丙午元阳圣火和丁巳冥阴灵火虽然是极致之火，能够压制同属性的低级火焰，但它们帮不了你太多。你能杀了他，更多的还是靠运气。"

　　说着，烈焰左手一挥，空中的红色光芒转眼间化为一个圆盘，圆盘中央亮起，浮现出一幅图像，竟然是姬动之前和刘俊对战的场面。

　　整个画面从刘俊发出腐蚀火球开始，但画面变化的速度很慢。

　　烈焰指了指腐蚀火球，道："这个攻击，他没有用全力，最多只用了四成魔力。很显然，他并不想一下将你杀死。否则的话，他全力出手，就算你的极致之火能够压制住丁火，他还是能将你撕碎。他的等级比你高那么多，你要知道，越往后面，提升一级需要的魔力越多，他的魔力至少是你的四五倍。这已经不是属性优势所能弥补的了。正因为他打算将你虐杀，一开始没用全力，你才有了机会。"

　　画面继续变化，到了姬动被轰飞的时候，在烈焰的控制之下，刘俊的脸被放得很大。

　　"看到了吗？你的丙午元阳圣火对他的丁火造成了属性压制，这让他感到极其震撼。这个人很明显没什么战斗经验，在这种情况下他竟然让你成功冲了过去，而且，这个时候他内心已经极为胆怯，竟然采用被动防御，而不是主动攻击，真是大错特错。

　　"连我都没有想到的是，你用烈阳噬和暗月爪同时攻击他身上的一个地方，效果竟然如此之好。你破开了他的火焰盾，超水平发挥，接连发出烈阳噬和暗月爪，这才一举成功。在这个过程中，如果他能鼓起勇气，全力向你发动一次攻击，你早就死了。

　　"不仅是你觉得庆幸，我也很庆幸，我们两个的情况差不多，能够活下来都靠了一部分运气。如果当初我要同时面对两大君王的话，恐怕你就遇不到我了。"

　　说到这里，烈焰左手一抹，空中的画面瞬间消失。

她沉声道："你离开离火学院之前，就留在我这里吧。你必须先完成第一阶段的魔技修炼。之前我没告诉你，只要你能将烈阳噬和暗月爪练习一千次，就能再学到两个技能。你还记得自己练了多少次吗？"

姬动道："遇到刘俊之前，我将这两个技能各练了五百一十二次。在学院练习的时候，我练完一次烈阳噬和暗月爪后，魔力就剩下三成了，难以接着练习，必须要修炼，凝聚魔力后才能再次练习，所以每天只能练习八九次。晚上在你这里，我不想修炼魔技，我想在这里吸收火元素提升魔力。"

烈焰突然变得非常严肃，她沉声道："还有九天你就要前往中土帝国了。这九天里，我要求你，就算不眠不休，也必须把一千次练满。地心湖的火元素充沛，能够让你快速恢复魔力。你超水平发挥之后，对如何施展烈阳噬和暗月爪应该多了一些心得，我相信你能更好地施展这两个基准技。这九天，你不能休息，我会一直监督你。要是能够再学到两个基准技，你这一路过去想自保应该没问题。"

姬动点了点头，道："我一定会努力的，只是，烈焰，我想每天回学院一趟，毕竟不能让值班的老师以为我失踪了，最多只要十分钟就好。"

烈焰道："那好吧。时间紧迫，你现在先回学院一趟，然后马上开始修炼。"

"好。"

被红莲包裹着，姬动悄然回到了学院之中，现在是放假期间，除了刘俊，根本不会有人注意他在不在学院。要是别人，从地心湖回来之后肯定要去那片小树林看看刘俊是不是真的死了，但姬动没有，因为他百分百相信烈焰的话。

姬动回到房间之后，匆匆来到吧台后面，洗净双手，拿起了熟悉的调酒壶。这才是他回学院的真正目的。

当他重新呼唤烈焰的名字，再次回到地心湖时，手中已经多了一杯鸡尾酒。

烈焰接过姬动手中的酒，低下头，眼神变了变。

"小姬动，你回去就是为了给我调酒吗？不要说什么怕值班老师担心的话，你知道的，你的一切我都能看在眼中。"

姬动挠了挠头，道："我还欠你九十五年，怎么能就这么断了？而且我也没耽误多少时间啊！我现在就开始练习。"

烈焰习惯性地摸了摸他的头，虽然姬动对烈焰的这个动作感到很无奈，但只要她开心就好了，四年了，他也习惯了。

一层耀眼的红光从烈焰身上射出，化为一道流光射向两人下方的地心湖中。那光芒刚刚没入地心湖，隆隆巨响就传了出来，整个地底世界似乎在震动。

没过多久，一块形状不规则，直径三十米左右的巨石缓缓从地心湖下方冒出。

这块巨石通体暗红，刚刚从岩浆中钻出，就令地心原本就有些扭曲的空间更加虚幻朦胧了。

烈焰带着姬动徐徐飘落，飘浮在巨石旁，刹那间，烈焰的双眼变成了晶红色的，姬动隐约看到，四面八方出现了一片片红色莲花花瓣，紧接着，烈焰的左手已经挥了出去。

淡红色的光刃飘出，看上去就像一层薄薄的红纱，从那块巨石中央掠过。

巨石纹丝不动，淡红色的光刃却在中央位置留下了一根晶亮的红线。

烈焰伸出左手，自下而上挥起，那根晶亮的红线瞬间攀升，上方的巨石完全变成了红色的，然后再化为一个个红色的光点，在空中飘散开来。

哪怕是最美的烟花，也不如眼前这一幕绚丽，那些红色的光点翩翩飞舞，在两人与巨石之间结成了一道红色的光桥。

下方是地心湖，中央是那宛如小岛一般的巨大岩石，这一道完全由能量凝聚而成的桥梁横跨半空。如此不可思议的一幕足以令所有人迷醉。

烈焰提起裙摆，带着姬动走上那座桥，不一会儿就来到了巨石之上。

"释放你的魔力，否则你受不了石台上的温度，记住，在这上面，你要一直释放魔力，才能持续修炼。现在就开始吧。"

姬动点了点头，意念一动，胸口内的本源阴阳冕大放光芒，阴阳旋涡旋转起来。

在烈焰这里，姬动不需要使用神锁阴阳之法，不用隐藏自己的真实实力，可以直接将自己全部的魔力都释放出来。

黑白双色交替闪耀的阴阳冕出现在他头顶之上，不论是冕星还是冕峰上的火焰烙印，都是黑金双色的，而不是原本的红蓝双色。

就在姬动释放魔力的同时，烈焰收回了防护罩。

姬动释放出两种极致之火之后，感觉到一股热量从脚底传了上来，他不敢懈怠，立刻开始练习基准技。

姬动左脚向前迈出，身体微微一转，右拳顺势轰出，身体里的丙午元阳圣火都随着他的动作聚集到了右拳之上，右拳顿时变成了金色的，轰然而出，击打在空处，令周围因为高热而变形的空气都飘远了。

姬动只觉得，和之前练习时相比，自己凝聚魔力的速度明显加快，使得烈阳噬释放的速度变快，而且魔力也在那一瞬间被压缩得更加凝实。毫无疑问，丙午元阳圣火压缩得越厉害，姬动这一拳的攻击力就越强。

一拳轰出之后，姬动整个人顺势而上，右脚上前，左手同时挥了出去，动作如同行云流水一般，黑色的丁巳冥阴灵火从手中飞出，体内的魔力更是一下子涌了出去。

"你笨死了，都练了两个月了，还是不完全对！"烈焰严厉的声音响起。

第一次听到烈焰用这样的语气跟自己说话，姬动不由得心一紧。

之前，除了允许他在这里修炼，帮助他凝聚阴阳冕，送给他两大君王的记忆之外，烈焰并没有具体指点过他。

此时，烈焰没有如同往常一样，他一开始修炼就转身离开，很明显是要亲自指导他。

第 29 章

地狱九日

姬动虽然性格有些执拗，但绝对不是个笨人，他明白，烈焰之所以在这里指导自己，肯定是因为刘俊暗算他的事情，她担心他。

烈焰会为他担心，姬动就已经很满足了。他暗下决心，不论这九天过得多么艰难，他也不会退缩。

烈焰走到姬动面前，左手端着酒杯，看着姬动，严厉地道："记住了，施展任何一种技能，都要在起步那一瞬间将魔力完全使出来。你迈步的时候只调动了体内的一部分魔力，而没有调动全部的魔力，为什么非要等到挥出拳头的时候才全面调动魔力？单是这一点，就会让你多一点失败的可能。还有，你施展烈阳噬和暗月爪的时候，为什么要同时释放两种魔力？我不是告诉过你吗？有了阴阳旋涡，你随时可以将自己的两种魔力转换为单一的魔力。只有那样，你才能将这两个基准技的威力完全发挥出来，其威力才能大大提升。"

姬动吃惊地道："你是说，我在发出烈阳噬的时候，要先将全部的魔力转换为丙午元阳圣火，然后再全部转换为丁巳冥阴灵火，发出暗月爪？这样的转化需要很多时间，到时候，这两个技能就很难连接上了。"

烈焰冷哼一声，道："那是因为你还不够熟练。这两个基准技都是近身技能，不仅攻击力强，而且速度很快。你现在最大的问题就是发力的方法不对和发力的速度过慢。面对刘俊的时候，其实你施展的技能已经达到了我的要求。可能是因为现在没到生死存亡的时候，所以你刚刚发出的基准技比之前差得远。你还要仔细感受两大君王的记忆，继续练。"

姬动苦难的日子开始了，烈焰不再像以往一样温柔，而是变得越来越严厉，这九天，姬动修炼得无比认真。

地心湖时刻都在回响着烈焰训斥姬动的声音。

"你是笨蛋吗？发力是这么发的？我说了多少次，从准备出招的瞬间就要调动自身的每一分力量。"

……

"气死我得了。你就不能换一种思路吗？你不觉得先用暗月爪再用烈阳噬的效果会更好一些吗？暗月爪那半秒的麻痹作用是摆设吗？"

……

"不要试着把你的火焰外放，你还没修炼到那种程度。你这样做，只会白白浪费很多魔力。"

……

"笨蛋，以你现在的魔力，正常情况下应该能支持你使出两次烈阳噬和暗月爪，为什么你才使出一次魔力就不足了，你怎么不好好琢磨一下？"

……

"这里的火元素如此充裕，你恢复起来还这么慢，你不会用意念多吸收一些火元素吗？"

……

九天以来，烈焰以最高的标准要求姬动，一直说着类似的话语，刺激姬动更加发奋修炼，她已经化身成最严厉的老师，哪怕姬动只是一个小细节出现了问题，她都会愤怒地指出来。

姬动一遍又一遍地练习，一次又一次地跌坐在地，恢复魔力，地心没有日升日落，他根本不知道过去了多长时间。可是，他的生物钟每次都在适当的时候提醒他，该回学院了。

"烈焰，我该回去一下了。"

姬动支撑着身体爬起来，他的眼睛都熬红了。

烈焰看着他皱了皱眉，最后答应一声："嗯。"

红莲出现，带着姬动走了。

等姬动消失之后，烈焰才放松下来，她右手在空中画出一个光圈，光圈中显现的正是姬动在红莲的保护下飞速而去的样子。

"小姬动，不要觉得我太狠，因为我不想再一次感受到心痛的滋味。你知道吗，那天眼看你差点被杀死，我却不能去救你，我真的很着急，也很心痛。那时我才知道，原来我已经习惯了你的存在，原来我这么怕失去你。

"你马上就要到一个陌生的地方去了，唯有变强一些，你才会拥有保护自己的力量，才能更好地在人类社会中生存。"

说着，烈焰突然轻微颤抖了一下，注视着光圈的眼神也变了。

因为她看到姬动颤颤巍巍地走到了吧台后面，用手抓着吧台的边缘才勉强站稳。

尽管他的身体在不停地晃动，手臂也在不停地颤抖，可他还是拿起了调酒壶。他紧咬下唇，让自己支撑下去。

他勉强打开调酒壶的盖子，拿过一瓶酒，想要将其倒入调酒壶之中，可是，因为手颤抖得太厉害始终没法掌握好分寸。

对调酒师来说，手不稳，根本不可能调制出来好喝的酒。

九天了，姬动一直不眠不休地修炼，尽管地心湖有很多火元素，他可以补充魔力和体力，可是火元素帮不了他改善精神状态，他快崩溃了。

姬动已经控制不住自己的双手了。

但是，他没有放弃。

他猛地拿起一个海波杯，将其砸在吧台上，只听"啪"的一声，玻璃碎片纷飞。

姬动捏起一个尖锐的碎片，用力地扎在自己的左手指尖上。

十指连心，指尖的剧痛刺激得姬动脑袋骤然清醒，他没有耽误时间，也没有管手指上的伤口，趁着脑袋清醒的时间，快速将几种酒按比例倒入调酒壶中，飞快地调制了起来。

"为什么，为什么我的鼻子酸酸的？这就是想哭的感觉吗？可是，我并不会哭。为什么我的咽喉好像堵住了？小姬动，你真是我命中的魔星吗？不，不可以，我不能这样，否则，以后我会更加痛苦。"

烈焰猛地一挥手，打散了空中的光圈，眼神渐渐变得坚定，似乎已经做出了什么决定。

没过多久，姬动就在红莲的包裹下回到了地心湖，并且将调制好的鸡尾酒递到了烈焰面前。

烈焰接过酒杯，面无表情地沉声道："继续。"

姬动没说一句废话，立刻又投入修炼之中。

虽然烈焰刚才已经下定了决心，但她还是忍不住瞥了一眼姬动的左手，隐约看到他手指上的伤口被一片焦黑所覆盖，很显然，他用火焰把伤口烧了一下，强行不让血液再流出来。

烈焰看着杯中的美酒，第一次有种不忍喝下的感觉。

姬动又一次施展出烈阳噬和暗月爪，这一次他的身体都变僵硬了，一轮金色的太阳悄然从他背后闪过，紧接着是一抹月色。

姬动站在那里晃了晃，勉强扭头看向烈焰。

"我、我成功了。"

练了一千次，他终于成功了，体内的极致双火也骤然爆发出来，心中紧绷的那根弦悄然断裂，他直挺挺地栽倒下去。

烈焰上前一步，抱住姬动的身体，看看他，再看看自己手中的酒杯，眼神复杂。

她轻轻地抱着他，再小心翼翼地让他平躺在地上。

烈焰背后燃起了红莲之火，空气中的火元素围到了姬动身边，滋养着姬动那极为疲惫的身体。

做完这些，烈焰腾空而起，在半空中看了姬动一眼后，让手中的酒杯化为一颗红色流星，消失在地心湖尽头。

当姬动从昏迷中清醒过来的时候，惊奇地发现，在这灼热的环境中，自己竟然有种清爽的感觉，胸口内的阴阳旋涡在正常旋转，明显比九天前大了几分。

这九天他一直在修炼，他根本没时间关注自己的魔力状态，此时看来，这种修炼方式虽然很容易令人崩溃，但更有利于提升实力。

姬动从平台上爬起身，朝四周看了看，并没有烈焰的踪影，他忍不住张口喊道："烈焰，你在吗？"

"你该回去了，你的伙伴已经去学院找你了。上路之后，你不必经常过来，记得要勤加练习新获得的两个基准技，同时也要注意用神锁阴阳之法隐藏自身的真实实力。"

烈焰的声音从四面八方响起，但姬动感觉到她的声音似乎有些不一样了，没有一点情绪波动，极为平淡。

没等姬动再说话，红色的光芒已经亮起，红莲包裹着他消失在地心之中。

"砰砰砰……"姬动刚回到房间，就听到了急促的敲门声，"老大，你在不在？"

他们已经来了，姬动看着身上脏脏的衣服，无奈地道："来了。"

姬动打开门，只见卡尔和毕苏都换上了便装，卡尔的衣着还是那么朴素，毕苏穿得华贵一些，不过也很简单，一身蓝色合体劲装，上面并没有太多装饰。

"老大，怎么这么半天才开门？哇！你怎么弄得脏兮兮的，身上还有味道，你不会很多天没洗澡了吧？"毕苏看着姬动，咋咋呼呼地说道。

姬动将两人让进房间，又看了看外面的天色，发现正是清晨，才道："我这几天一直在修炼，你们等我一下，我整理一下，咱们就出发。"

姬动先是快速洗了个澡，然后跑到食堂吃了点饭，最后将酒柜上的酒和一些换洗衣物都收进了储物手镯之中，就算整理完毕了。

"老大，你不会准备穿着校服去新学校吧？"这次连卡尔都忍不住发出了疑问。

姬动看了看自己身上的丙火系校服，问道："有什么不妥吗？你们也知道，我是被阳院长捡回来的，除了校服，我没有别的衣服。你们说，我还能穿什么？"

毕苏嘿嘿一笑，道："我老爸说了，做人要低调。最好不要让人看出我们是阴阳魔师。我知道你只有校服穿，所以早就给你准备好了。一共四套普通布衣，只要一个金币，给钱。"

说着，毕苏抬起手，露出食指上的蓝色宝石戒指，蓝光闪烁之中，四套布衣就出现在了姬动面前。

姬动心中暗暗感动，他知道毕苏管他要钱，是因为了解他的性格，知道他不喜欢随便接受别人的东西。

姬动接过衣服，拿出一个金币给他。

"谢了。"

卡尔靠在一旁的墙壁上，喃喃地道："果然还是你的心思比较细腻，看来娘娘腔也有好处。"

"卡尔，你再说我是娘娘腔，我就和你拼了。"毕苏怒道。

卡尔嘿嘿一笑，道："对，再摆个兰花指，你应该说，老娘跟你拼了。"

"你……"

看着两人笑闹，姬动心中一片温馨，有兄弟相伴的感觉真好。他快速换上布衣，道："走吧，十天内，我们要赶到目的地，时间可不算充裕。"

三人走出离火学院的时候，都忍不住回头看去，离火学院毕竟是他们共同生活了四年的地方，又怎么可能没感情呢？

感受到了卡尔和毕苏的不舍，姬动伸出双手，揽住他们的肩膀，安慰道："我们还会再回来的。那时候，我们一定会是最强大的阴阳魔师，离火学院会以我们为荣。"

出了离火城，兄弟三人乘坐驿站的马车，顺着官道往东北方向而行，他们此行的目的地是位于五行大陆中央，面积最大的中土帝国。中土帝国都城是有大陆圆心之称的中原城。

中土帝国绝对是五行大陆最强的帝国，国力强大，与其他四大帝国接壤，幅员辽阔，帝国内大多是平原，就像李解冻以前所在大陆的中土地带。

根据离火学院教授的知识，姬动知道了五行大陆上虽然有五大帝国，但很少发生战争。姬动有些不理解，按照历史发展的规律来看，中土帝国占据了如此肥沃的土地，又被其他四大帝国包围着，它的边境不应该如此平静才对，是什么使得五大帝国相安无事，和平相处的呢？

第 ㉚ 章

目标，风霜山脉

"老大，我们快到咱们南火帝国的边境了，接下来怎么走？我老爸也真是的，说什么骑马不安全，非要我们坐驿站的马车，不然，我从家里弄几匹马，说不定咱们现在都进入中土帝国境内了。"毕苏抱怨道。

足足坐了三天马车，三人才来到南火帝国边境城市——星火城，一路舟车劳顿，他们决定在这里住一晚，之后再继续出发。

南火帝国在五行大陆最南边，分别与西金帝国、中土帝国和东木帝国接壤，姬动、卡尔和毕苏从星火城再出发时要跨越边境，只能靠步行。

此时，姬动正坐在旅店房间的床上，摊开地图研究具体路线。

姬动指着手中的地图，给卡尔和毕苏看。

"你们看，离火城位于南火帝国西方，我们走了最近的路来到边境。星火城本身也是南火帝国西侧的边境城市。现在，我们有两个选择，一条路是向东走，绕过横亘西金、中土和南火三大帝国的风霜山脉，从南火帝国边境中部的丙融城通过，进入中土帝国境内，再一直向北，抵达中原城。这条路比较好走，都是官道。只不过，我们要多走几百里路。风霜山脉是五行大陆第二大山脉，沿东西向绵延近千里，我们要想在七天之内绕过它进入中土帝国，最终抵达中原城，时间必定十分紧张。

"另一条路是我们直接从星火城出发，继续向东北方向行进，直接穿过风霜山脉，进入中土帝国境内。风霜山脉虽然沿东西向绵延了很长，但南北向不足百里，这样的话，我们应该能够节省大量时间。只是这样的话，路要难走得多。万一遇到魔兽，恐怕会有危险。你们觉得我们走哪条路比较好？"

卡尔毫不犹豫地道："就直接翻过风霜山脉吧，这样我们至少可以节约两天时间。而且，夏天老师给我们讲大陆地理知识的时候说过，风霜山脉属于魔兽稀少的地域，很少有魔兽出没，就算有，也只是一些低级魔兽，我们都能对付。凝聚出阴阳冕之前，夏天老师就传授了我一些基准技，虽然不算很强大，但应该足够了。"

毕苏哼了一声，不服地道："就你会吗？秋天老师也教我了。"

虽然夏天也有教姬动的打算，但不论是他还是秋天，都不知道该从何教起，毕竟，他们没见过阴阳双属性的魔师。

阳炳天直接否决了夏天和秋天传授姬动魔技的提议，并告诉他们，天干学院才是最适合姬动学习的地方。

魔技不能随便修炼，如果修炼了不适合自己的魔技，反而对自己有害。

听他们这么一说，姬动顿时放下心来。

"我也会几个基准技，那就这么定了，明天一早我们采购一些必要的物资后就出发，穿越风霜山脉。时间不早了，你们回房休息吧。"

姬动也有他的打算，就像卡尔说的那样，风霜山脉出现魔兽的概率很小，他们又都是阴阳魔师，有一技傍身，真遇到危险也能应付，最主要的是这样做可以缩短路上的时间，让他们及时赶到天干学院。况且，之前在地心湖修炼了九天，他到现在都没完全恢复，精神有些恍惚，总是心神不宁，卡尔和毕苏选择这样的路线之后，他也就没再想什么。

三个人在旅店开了两间房，姬动以不习惯与别人一起住为由，单独住一间，卡尔和毕苏一间。他这样做当然是为了能够给烈焰调酒。

虽然这三天一直在路上，但他一直没有停止为烈焰调酒。

卡尔和毕苏回房间去了，姬动立刻从储物手镯中取出调酒用具，用心调制了一杯鸡尾酒，呼唤起了烈焰的名字。

地心湖还是那么热，自从烈焰在地心湖中弄出一个平台之后，每次姬动来到地心湖，都会直接出现在平台中央。

红光闪烁，姬动脚踏实地，他快速地朝周围看去，却始终找不到烈焰的踪影。

"烈焰，你在吗？"他高声呼喊着，却没有得到任何回应。

三天了。自从那天清醒过来之后，他就再也没有见过烈焰。

这几天，每天送酒来之后，他就会被直接传送回地面。烈焰一直没有出现，甚至没有开口说话，但是姬动能够感觉到她的存在，如果她不在的话，姬动又怎么能利用红莲到达地心湖呢？

可是，为什么烈焰不见我？姬动带着希望而来，现在心中却充满了失望，手中的酒杯自行飞起，朝着地心湖深处而去。

红莲包裹住他的身体，将他传送回了旅店房间之中。

直到姬动的身影完全消失，烈焰才出现，她坐在巨大的岩石上，端着酒杯，落寞地品尝着杯中的美酒，她的神色竟然和姬动的神色有些相似，原本明亮的双眸中略带恍惚，似乎在思考着什么。

烈焰轻轻地甩了甩头，自言自语道："不要再多想了，他毕竟只是个人类。不论是亲情还是友情，和他在一起的时间长了，这份难以割舍的感情必将让我难以承受。万一他在人类世界中死去，那我岂不是要再次感受那种极度的痛苦吗？长痛不如短痛，还是不见他为好，这对他、对我，都是一件好事。姬动，对不起，你一定会慢慢忘了我的，祝愿你能够修炼得越来越强大。"

回到旅店房间之后，尽管姬动已经有些疲惫了，可他久久不能成眠，只要一闭上眼睛，烈焰的脸就会出现在他脑海之中。

他宁可烈焰严厉地斥责他，也不愿意她对他避而不见。听不到她的声音，他有些不习惯，不知道自己做错了什么，烈焰为什么突然转变了态度。连续四年不间断地努力修炼，现在他都有些提不起兴趣了。

第二天清晨，姬动他们三人在星火城内采购了大量食物，放入姬动和毕苏的储物手镯、储物戒指之中。有了这两件宝贝，他们的旅途轻松多了。

三人出了星火城，立刻辨别好方位，跑步前进，朝着东北方而去。

其实，根本不需要仔细辨认，星火城距离风霜山脉只有百里，隔得很远，他们就看到了如同巨龙一般沉睡在那里的大山。

由于当初在离火学院打下了坚实的基础，三人的体力都不错，一口气奔行了百里，一直到风霜山脉脚下，才暂时休息，吃了点东西后开始登山。

虽然这里是风霜山脉，但他们现在所处的位置根本感受不到一点风，更看不到一点霜雪。毕竟，南火帝国处于五行大陆最南端，气候较温暖。至于风霜山脉因何而得名，姬动他们就不知道了。

不论是哪一种属性的魔力，在修炼之后，都有清除体内杂质、增强身体素质的作用，三人都是成功凝聚出了阴阳冕的学士级阴阳魔师，短途赶路对他们来说根本不算什么。翻过几座山之后，他们很快就进入了风霜山脉腹地。

太阳渐渐悬挂到了天空正中，姬动用衣袖擦了擦额头上的汗水，道："我们休息一会儿，吃点东西吧。"

赶了一上午路，他们翻过了三座不足千米的山，照现在的速度看，两天内，他们一定能够穿过风霜山脉，到达中土帝国。

等到了中土帝国境内，他们可以雇马车，还有五天时间，能够轻松地抵达中原城。

三人找了一个地势相对平坦的地方围坐在一起，姬动从储物手镯中取出一些腊肉和面饼，再拿出水囊，分别扔给毕苏和卡尔。

火系魔师露宿野外确实有先天优势，他们的火焰不仅可以照明、生火取暖，还可以用来烹调食物。

姬动先拿起一块腊肉，右手燃起红色的丙火，将腊肉放在丙火上烘烤，一会儿的工夫，腊肉的香味儿就散发了出来，他又烤热一块面饼，顿时香气扑鼻。

卡尔也照着姬动的样子，加工食物。毕苏在那里左看看，右看看，没了办法。论腐蚀力和持续攻击力，他的丁火绝对要比丙火强，但要是真用丁火来烤肉，那肉也没法吃了，丁火肯定会把肉烧成灰。

看着毕苏那可怜兮兮的样子，姬动微微一笑，将自己烤好的食物递了过去："给，你先吃，我再烤一份就是。"

毕苏大喜，毫不客气地接了过来，大快朵颐。

卡尔嘿嘿一笑，谄媚的笑容出现在他脸上，看上去有些诡异，但他现在脸上的笑容确实只能用"谄媚"二字来形容。

"老大，是不是可以弄点酒来提提神？"

姬动没好气地道："不许喝酒，喝了就不是提神，而是催眠了。我们还要赶路，不能耽误时间。"

就在姬动开始烘烤腊肉的时候，突然，一股淡淡的腥气飘了过来，姬动的六感极为敏锐，立刻察觉到了，他猛地站起身。

"小心，可能有情况。"

卡尔和毕苏迅速起身，来到姬动身边。毕苏嘴里还咬着一块面饼，他瞪大了眼睛，吐字不清地道："难道是魔兽？不会这么倒霉吧？"

姬动的目光瞬间变得锐利起来，他盯着一个方向，缓缓抬起了自己的右手，猛地握拳，一团充满了狂野气息的红色火焰瞬间腾起。

"嗖"的一下，一道青色身影从不远处的灌木丛中蹿了出来，三人定睛一看，顿时都笑了。

没错，那确实是魔兽，身长只有一米多，身上的青色皮毛十分光亮，赫然是一头小狼，身上带着明显的魔力波动，它正龇牙咧嘴地朝姬动他们三人发出呜呜声。

难怪姬动他们三个会笑，虽然他们并不十分了解魔兽，但他们也知道眼前这魔兽就是一头初阶木系魔兽——青木狼。

五行大陆上的魔兽由低到高分为十阶，如果按照实力来对比的话，就跟阴阳魔师的分级差不多，一级就是初阶魔兽，二、三级为中阶魔兽，四到六级是高阶魔兽，七到九级就是超阶魔兽，也被称为帝王级魔兽。十阶魔兽是传说中的存在，也被称为神兽，就像九冠魔师一样稀少。

一般来说，狼类魔兽都生活在荒原之中，只有这种青木狼才会生活在山林里，青木狼本身是中阶魔兽，只不过眼前这头青木狼明显还小，还是初阶魔兽，就像还没有凝聚出阴阳冕的魔师。

姬动三人都是火属性魔师，又是三对一，在五行之中，火首克金，次克木，也难怪三人会放松地笑出来。

"让我来。"毕苏直接跳了出去，笑嘻嘻地走到那头小青木狼面前，把烤得香喷喷的腊肉递过去，"你想吃啊？闻着味道过来的吧。"

小青木狼显然没听懂毕苏在讲什么，只是看着腊肉，鼻子动了动，凑了过来，张开嘴就要咬。

毕苏以迅雷不及掩耳之势一把将腊肉塞到自己嘴里，一边用力咀嚼，一边很没形象地哈哈大笑起来。

"想吃也不给你吃，让你吓唬我们。哈哈，这小狼，真有意思，毛还没长全就跑出来抢吃的。快走吧，哥哥好心，就不杀你了。"

说着，毕苏双手一挥，两股蓝色的丁火瞬间升腾得足有一米高，吓得那头小青木狼很是委屈地呜呜一叫，扭头就钻回了灌木丛。

毕苏转过身来，大声笑道："搞定。这么个小家伙也出门打劫，真是没自知之明。"

刚说到这里，毕苏突然愣了，因为他发现，姬动和卡尔的表情都变了。

"快过来！"姬动暴喝一声，第一个反应过来，猛然往前冲。

毕苏下意识地回头一看，只见灌木丛中，不知道什么时候，钻出了一头身长三米，高一米八的巨狼。

"呜呜……"

先前那头小青木狼在巨狼身边，朝毕苏愤怒地叫着。

第 31 章

青木狼王

什么叫乐极生悲？现在毕苏就是乐极生悲的真实写照。欺负了小的，引来了老的，用脚思考他也能知道背后那头巨狼绝对成年了，吓得他赶忙朝着姬动和卡尔这边狂奔。

毕苏只看了一眼，就着急逃命，没弄清楚那头巨狼的身份。

姬动和卡尔看得很清楚，那头巨狼可不是成年青木狼那么简单，它的额头上有着川字形的三道金纹，分明是一头青木狼王。

幼年青木狼是一级魔兽，普通成年青木狼是二级魔兽，跟学士级阴阳魔师差不多，而青木狼王作为最强的青木狼，是三级魔兽，等同于两冠魔师。而且，这还只是指它所拥有的魔力，并未计算它的肉体攻击能力。面对这头身长达到三米的青木狼王，姬动很谨慎，感觉和那天面对刘俊时差不多。

唯一值得庆幸的就是，他们的火属性对木属性有克制作用，而且，九天的魔鬼式训练之后，姬动实力提升了不少，此时还有同伴相助，并非孤身一人。

"嗷——"

青木狼王低吼一声，骤然冲出，扑向毕苏，巨大的身体带起一阵风，在半空中就追上了毕苏，右前爪带着森然寒光拍向毕苏的后背。

姬动的反应很快，当他看到青木狼王的时候，就已经冲了出去，一边奔跑，一边发出红蓝双色火焰，奇异的黑白双色阴阳冕凝聚于他头顶。

虽然姬动隐藏了自己的极致双火，但魔力一点都没有隐藏，十三级的魔力完全发挥了出来。

眼看姬动即将与毕苏撞在一起，卡尔很着急，突然间，毕苏觉得眼前一花，姬动的身体就像变虚幻了一般，背后甚至带起了一道淡淡的残影。

姬动身体悄然一矮，已经到了毕苏背后。从卡尔的角度来看，姬动就像是直接穿过了毕苏的身体一样。

姬动闪身越过毕苏的时候，青木狼王已经扑到了毕苏上空，挥下了狼爪。

双色火焰瞬间变成了红色的，同时没入姬动体内，他的右拳变得火红，烈阳噬骤然爆发。

姬动抬起右拳，砸向青木狼王的右前腿。

姬动先前的动作实在太快了，不仅毕苏和卡尔没看清，青木狼王一样没看清楚。

苦练九日的烈阳噬爆发出了它真正的威力，只听"轰"的一声，姬动的右拳正中目标。

刺目的红色丙火骤然燃烧，瞬间吞没了青木狼王的右前腿，受此影响，青木狼王竟然在半空中停滞了片刻。

一进入战斗状态，姬动就好像变了个人，苦练的技能在这一刻完全施展了出来。他右脚往前踏，挥出带着蓝色丁火的左手，拍在了青木狼王的右前腿上。

蓝色丁火和红色丙火碰撞的瞬间，一声剧烈的轰鸣爆发出来，红蓝两色火焰形成一个小火焰龙卷风，硬生生地将青木狼王的身体顶得向后仰起。

此时，毕苏已经跑到了卡尔身边，两人正好看到这惊人的一幕，异口同声地道："单人组合技！"

但是，姬动的动作还没有结束，青木狼王的上身被他轰击得仰起，立马就露出了破绽。姬动整个人像炮弹一样跟了上去，他没有选择攻击青木狼王裸露出来的腹部，反而重重地撞击在了青木狼王被烈阳噬和暗月爪烧得焦黑的右前腿上。

刺目的红色火焰再次爆发，轰鸣声传来，青木狼王悲鸣一声，它被撞击得倒飞而出，红蓝两色火焰从右前腿一直烧到它的右肩，那些地方已是一片焦黑。

"连续组合技？"

本来准备上前帮忙的卡尔和毕苏被这一幕惊呆了，虽然在离火学院学习了四年，但是他们实际上没有什么战斗经验，就连几个基准技，也是才学会的。现在，看着姬动行云流水一般的动作，还有每一招的恐怖攻击力，两人真的以为自己眼花了。

姬动喘息着倒退而回，青木狼王则在地上打了个滚，后退了五六米，又发出了一声悲鸣。它的右前腿完全抬起，不敢落地，显然是受到了重创。

姬动毕竟心理年龄很成熟，虽然他的实战经验不丰富，但他很清楚以点破面的道理。眼前这头青木狼王真正的战斗力应该跟刘俊差不多，只不过属性被姬动的火属性压制住了。它唯一不如刘俊的，可能就是智商。

虽然姬动一照面就击退了青木狼王，但刚才他不仅已经使出全力，更是连续使用了四个基准技，才达到这样的效果。

除了烈阳噬和暗月爪之外，他先前越过毕苏的动作也是魔技，那是传承于暗炎魔王的基准技——暗月舞，是一种小范围的腾挪之法，最后撞上青木狼王的那一下是烈阳噬的延续基准技——烈阳崩。

姬动先用暗月舞迷惑青木狼王，再用另外三大攻击魔技，按照丙火、丁火、丙火的顺序，发挥出了两次组合技的效果。

就算青木狼王身体的防御力远超人类的防御力，也受不住这样的集中打击。至少短时间之内，它的那条右前腿绝对是起不了什么作用了。

少了一条腿的青木狼王就好对付多了。

当然，如果姬动使用了自己的极致双火，效果会更好。但是，姬动不能随便动用极致双火，因为极致双火太消耗魔力了。

拥有极致属性的火焰需要庞大的魔力做后盾。简单来说，如果使用普通丙火施展烈阳噬，姬动可以施展十五次，魔力都不会枯竭。而使用丙午元阳圣火施展烈阳噬的话，不出五次，他就需要通过休息来恢复魔力。在完全使用极致双火的情况下，他的四个基准技就只能用一遍，因为一遍他的魔力就消耗得差不多了。

因此，在身边有人帮忙的情况下，选择不使用极致双火也是明智的。当然，姬动也知道，暗月舞这个技能本身并不具有攻击性，自己能够正面击退青木狼王，也是因为自己行动突然，青木狼王并未反应过来，他才打了青木狼王一个措手不及。

毕苏和卡尔一左一右来到姬动身边，两人的目光中充满了惊骇之色，直到此时，他们才知道姬动竟然拥有如此强的战斗力。

不过现在显然不是询问姬动的时候，卡尔和毕苏都将自身的魔力提升到了顶点，以姬动为尖端，排成一个三角阵面对青木狼王。

一层柔和的青光从青木狼王身上释放出来，慢慢朝地面靠近，与此同时，青木狼王的右前腿上也满是青光。它恶狠狠地看着姬动他们三人，却没有再次发起攻击，焦黑的右前腿还在不停地抽搐。

卡尔沉声道：“它在疗伤，像它这样的魔兽有疗伤的魔技。老大，我们怎么办？”

姬动突然喝道：“小心，火焰外放。”

话音刚落，一根根粗大的藤条破土而出，朝着三人卷来，显然是那青木狼王悄悄施展了魔技，打算用魔技压制三人。

姬动出声提醒卡尔和毕苏的时候，就已经半跪于地，用燃烧着丙火的拳头轰击在地上，卷向他的藤条顿时四散纷飞、支离破碎。

卡尔的反应也不慢，夺目的红色火焰从他体内爆发出来，他张开双臂，整个人在原地旋转一圈，虽然没能像姬动那样集中魔力击碎藤条，但也将大量的藤条震飞，使其无法缠住他的身体。

在这种时候，丙火和丁火的不同就显现出了。丙火具有爆发性，而丁火则具有持续性。

毕苏虽然也在第一时间做出了反应，但他的身体依旧被藤条卷起了，蓝色的丁火在藤条上蔓延，慢慢腐蚀、燃烧藤条，却无法立马烧断藤条。

卡尔震开攻向自己的藤条，一把抓住毕苏身上的藤条，释放出丙火，丁火与丙火一接触，顿时爆开，强行震断了缠住毕苏的藤条。

这就是属性上的先天优势了，如果他们三人面对的不是青木狼王，而是对火属性魔力有所克制的水属性或者土属性魔兽，那么他们就不可能这么轻松地挡住对手的攻击了。

姬动一闪身，再次朝那头青木狼王冲了过去。

现在，青木狼王以一对三，它受了伤，又需要消耗大量的魔力疗伤，想要通过魔技伤到姬动、卡尔和毕苏还是比较困难的。

所以，姬动并不担心卡尔和毕苏会受到什么伤害。此时，青木狼王伤了一条腿，行动必然不便，绝对不能让它治好右前腿的伤，不然就难以对付了。

看到姬动再次扑来，青木狼王有点慌张，龇牙咧嘴地低吼一声，身上那些青色的毛竟然根根竖立，像钢针一样射出了数十根，直刺姬动。

右前腿失去行动能力，令青木狼王的肉体攻击力大幅度下降，行动不便，此时用魔技攻击，对青木狼王来说显然是最好的选择。

那一根根青色的毛射出之后，在空中化为一根根青木刺，飞速射向姬动，这是青木狼最擅长的范围攻击魔技。

姬动现在已经学会了四个基准技，但他这四个基准技有一个问题，那就是只能近战，不能远攻，倒不是两大君王的魔技存在什么弊端，只不过是因为姬动现在的魔力太少，不足以发挥出这几个基准技的全部威力。要想远攻，需要更多的魔力，至少也要达到两冠，显然不是姬动现在所能做到的。所以，青木狼王的这种范围攻击魔技，能够克制住姬动。

但是，姬动在地心湖魔鬼式训练了九天，功夫绝对没有白费，烈焰也不会做无谓的事。与攻击力强的烈阳崩相比，烈焰更希望姬动拥有来自于暗炎魔王的第二基准技——暗月舞。

蓝色的丁火瞬间席卷全身，在施展暗月舞的同时，姬动只觉得自己的感知能力在丁火的刺激下变得更加敏锐了，现在，他能够掌握每一根青木刺飞来的方向。

尽管这是因为青木狼王是中阶魔兽，攻击力有限，可凭姬动的实力，能够做到这一点已经很不易了。

蓝色的丁火在距离姬动身体表面三寸左右的位置燃烧，眼见青木刺即将刺中他的身体，突然，他整个人在极小的范围内移动起来，由于速度极快，他甚至带起了一道残影。

大部分青木刺落在了空处，少数的几根差一点就要射中他，却都被他身体周围的丁火烧没了，这一切都在眨眼间完成，从青木狼王的角度来看，姬动就像是硬生生地穿过了它施放的青木刺，一闪身就到了它面前。

如果刚才姬动释放出的是丁巳冥阴灵火的话，那些青木刺肯定早就被烧成灰烬了，不过就算没有用丁巳冥阴灵火，只用普通的丁火，姬动也足以自保。

此时，由于姬动顶在前面，青木狼王也没精力再去攻击后面的卡尔和毕苏。

那两人也没闲着，对视一眼，同时转身，侧身对立，右手抬起，各自在空中画出半个圆，再同时向前推出。

一红一蓝，两团不同属性的火焰在空中合并，形成一团红蓝两色的火球，火球快速飞出，直直地朝青木狼王砸去。

发出这一击后，卡尔和毕苏的脸色都变苍白了。

第 ③② 章

丙丁火球

火球的射速肯定比姬动向前冲的速度快，在姬动距离青木狼王还有两米的时候，火球已经来到了青木狼王面前。

无奈之下，青木狼王大吼一声，张口喷出一团青光，让其化为一面青木盾，挡在自己身前。

"轰——"

剧烈的轰鸣声传来，青木盾应声碎裂，火球的能量也已用尽，青、蓝、红三色光芒瞬间爆发，剧烈的魔力波动使得姬动也略微迟滞了一下。

要知道，虽然卡尔和毕苏都是单一属性修炼者，但是他们两个修炼的火的属性不一样，本来他们个人的魔力都不如姬动，可是两个人联手之后，他们的魔力就比姬动的魔力强了，否则他们也不会通过这种方式发出组合技。

青木狼王先前已经消耗了不少魔力，后来要治疗自身，还要防止姬动近身攻击，一时间落了下风，青木盾上面蕴含的魔力不是特别多，一下就被火球攻破了防御。

姬动又怎么会放过这样的机会呢？

他再次施展出烈阳噬，右拳瞬间吸收了身上的所有火焰，头上的阴阳冕也在瞬间完全变成了白色的。

这就是烈焰教他的，在施展一种属性的魔技时，就要将自身的魔力通过阴阳旋涡，全部转换为单一属性的魔力，这样才能发挥出最强的攻击力。

其实，要是姬动把所有的魔力都转换成单一属性的魔力之后，再发出丙午元阳圣火的话，他就很难完全控制住丙午元阳圣火，但若是发出丙火的话，就没有任何问题。

学习了神锁阴阳之法，姬动本身就能很好地控制魔力，再加上修炼了两大君王的魔技，控制起魔力来更是得心应手。

青木狼王做出了一个令姬动有些意外的动作，这次它没有抬起狼爪应对，而是猛然低头，用带有三道金纹的头撞向姬动。

姬动可以理解青木狼王不用狼爪来阻挡他的行为，因为它一只狼爪受创，如果用另一只狼爪来应对的话，将无法支撑身体，可是青木狼王为何要用头来接？姬动感觉有些奇怪。

当他的烈阳噬落在青木狼王头上的时候，他就明白了青木狼王这样做的理由。

"轰——"

姬动只觉得自己的右拳仿佛打在了一块坚硬的花岗岩上，手指都快裂开了，强大的反作用力震得他倒飞了出去。

一般人都说狼是"铜头、铁骨、豆腐腰"。对啊，狼全身上下最坚硬的就是头，这也是青木狼王用头来接姬动发出的烈阳噬的原因。

不过，青木狼王还是低估了烈阳噬的威力，被姬动一拳正面击中，它也不好受。

烈阳噬是将全部丙火属性的魔力从身体的每一处集中到右拳之上，进行压缩后再释放的。

以姬动现在的实力，还不能利用烈阳噬进行远距离攻击，幸好，近距离攻击所产生的爆炸力和热量也极其惊人，再加上青木狼王的魔力暂时枯竭，姬动这一招最终还是伤到了青木狼王。

青木狼王额头上留下了一个焦黑的拳印，它猛地张开嘴，口鼻喷出大量热气。

"呜——"

青木狼王低吼一声，三条腿猛地一跳，跳到那头小青木狼身边，一口叼住它，转身向灌木丛中钻去。

卡尔和毕苏冲上来，想要追击，却被姬动拦了下来。

"不要追了，正所谓穷寇莫追，这里可是人家的地盘。而且，这青木狼王说不定有什么特殊技能，真要把它惹急了，我们也讨不了好。"

毕苏有些沮丧地道："看来我们的实力还差得远啊！这么一头三级青木狼，就把我们弄得灰头土脸。要不是老大你反应及时，恐怕我们要吃大亏。"

卡尔瞪了毕苏一眼，没好气地道："谁让你没事去逗弄人家那头小狼，欺负了小的，老的还能不出来主持公道吗？"

毕苏一脸无辜地道："这怎么能怪我？这青木狼王真狡猾，打不过还会跑。要是杀了它，我们说不定还能弄上一颗木系的魔兽晶核呢。"

姬动有些惊讶地道："晶核就是晶冕吗？"

毕苏道："当然不是。因为我们还没什么战斗能力，所以学院没教授我们这方面的知识。我也是听我爸说的，猎杀魔兽，就有机会获得它们的晶核，所得晶核的属性和魔兽的属性一样。

"我不知道你说的晶冕是什么，只知道晶核可是好东西。什么属性的晶核，就能补充什么属性的魔力。准确地说，如果我能拥有一颗二级魔兽的晶核，那么，我就会拥有二级魔兽的魔力，那样，我的持续战斗能力就会增强许多，不过晶核的属性要是丁火才行。你们需要的是丙火属性的晶核。"

姬动恍然大悟："那就相当于是补充魔力的东西了。要是有这么一颗晶核，岂不是就不用担心魔力耗尽的问题了吗？"

毕苏摇头道："那也不是。晶核内的魔力是有限的，像三级和三级以下魔兽的晶核，就是一次性用品。里面的魔力一旦被吸取干净，也就废掉了，都没办法补充。四到六级的魔兽的晶核才能注入魔力，而且，随着时间的推移，这种晶核还能自行恢复一些魔力，至于恢复的速度，就要看晶核自身的属性和等级了。

"不过，这种高级晶核都贵得离谱，我们还是不要想了。就算是夏天老师，碰到四级魔兽，对付起来都有些勉强。三级魔兽和四级魔兽之间的差距就像是三冠魔师和四冠魔师之间的差距，绝对是天壤之别。说起来，我们这次能打跑一个三级魔兽，已经很不容易了。"

卡尔一把搂住姬动的肩膀，道："老大，你坦白交代，你那几个魔技是跟谁学的？本来我和毕苏还想给你个惊喜，没想到你先给了我们一个大大的惊喜。那可是单人组合技啊！还有连续组合技，要不是你那一套组合技重创了青木狼王的右前腿，说不定今天我们就完蛋了。"

毕苏道："就是。这两个月我一直和卡尔在一起修炼魔技，才学会如何发出那个丙丁火球，组合技太难配合了。我们本来打算到天干学院那里一鸣惊人的，没想到老大你更强，自己就能完成组合技。"

毕苏没说错，组合技虽然比普通魔技强大不少，但一般来说，至少两名魔师才能施展，而平常人根本不会那么默契，所以要想成功使出组合技是很难的，必须要两个人配合得极好才行。毕竟，每个人释放魔力的方法都不一样，不经过千百次练习，是很难完美配合的。

姬动呵呵一笑，道："我说我自学成才你们信不信？你们要是喜欢，我教给你们就是了。"

卡尔摇了摇头，道："不用了，老大，你那魔技明显只适合你自己，需要配合双属性的火，我们学了反而不伦不类，还是练习我们自己的魔技比较好。夏天老师说过，只有适合自己的魔技才是最好的。

"不过，老大可以试试我们刚才用的那个组合技。你两种属性的火都有，说不定直接就能上手呢，多一个远程攻击技能也不错啊！夏天老师说，我们这个丙丁火球要是练好了，就可以算是命中技级别的魔技。虽然是低级命中技，但对我们这些学士级魔师来说，已经足够了。"

想起先前破开青木盾的丙丁火球，姬动不禁有些心动，要是自己能学会一个远程攻击魔技，那么实力肯定会提升。跟卡尔和毕苏也不用客气，他立刻讨教起来。

虽然丙丁火球这个魔技是由两个基准技组成的，但姬动到开始练习，才发现这两个基准技都非常简单，比烈阳噬和暗月爪容易得多。

同样是凝聚魔力再发出攻击，烈阳噬和暗月爪需要从一开始就凝聚所有的魔力，丙丁火球却是从发出者的阴冕或阳冕中直接抽取魔力，将魔力通过手臂集中到手掌上，凝聚成团再发出。两个火球聚集在一起之后，再抽取一股魔力用来推出火球，这个组合技就完成了。

姬动站在树下，抬起双手在身体两侧画半圆，他左手持丁火，右手持丙火，再同时推出，丁火和丙火在空中相遇，合并成一个丙丁火球，疾飞而出，只不过比先前卡尔和毕苏释放的火球小了一些。

这个丙丁火球轰然撞击在不远处的一棵小树上，顿时引起漫天火雨，小树折断，火光四射。

卡尔和毕苏看着第一次施展这个魔技的姬动，目瞪口呆，之后面面相觑，一阵无语。

姬动扭头看向两人，问道："我刚才用得对吗？有没有什么错的地方？"

毕苏拍了拍姬动的肩膀，感叹地道："老大，我受刺激了。"

说完，毕苏还做出了一个长叹的动作，一脸的不甘。

卡尔苦笑着道："老大，这个魔技我和毕苏足足练了一个月，才能勉强发出，又练了一个月，才能保证每次施展的时候不会因为失败而炸到自己。你不知道我们被烧了多少次。你才练了一次，就成功了，我也受刺激了。"

姬动呵呵笑道："这可能就是双属性的一点优势吧。我一个人使用双属性的魔力，自然不需要担心配合的问题，所以比你们学得快一些。不过，论威力，我发出的丙丁火球还是比你们的丙丁火球小一些。"

姬动之前那么辛苦地修炼烈阳噬和暗月爪那种高难度的基准技，打下了很好的基础，此时再学这种组合技自然是轻而易举。

这个远程攻击魔技虽然不错，但魔力消耗非常大，就练了一次，姬动就消耗了三分之一的魔力。如果换了极致双火的话，恐怕他的魔力早已消耗完了。

学习了这个魔技之后，姬动更加坚定了要努力修炼好两大君王的技能的决心，他真真切切地体会到了修炼两大君王的技能的好处。

青木狼王的出现令三个人警惕起来，他们没敢再多停留，继续上路，朝着风霜山脉更深处前进。就算这里没有特别强的魔兽，危险也还是时刻存在的。今天要是再多来一头成年青木狼，他们想全身而退可就不容易了。

不过，他们之前的判断显然是正确的，在这片风霜山脉中，魔兽确实很少，尤其是他们又翻过几座山后，别说是魔兽，就连普通野兽也很少见到了。

天色渐渐暗了下来，夕阳悄然落下。

姬动一边看着地图，一边指着前方道："你们看，那座山就是风霜山脉的最高峰。明天我们只要翻过那里，后面的路就好走了，明天天黑之前，我们应该就能走出这片山脉了。"

姬动指着的那座山至少三千米高，借着夕阳的余晖，三人隐约看到山头一片雪白。

在五行大陆南方难得能看到此种景象，看着那夕阳、雪峰，呼吸着山林中沁人心脾的清新空气，姬动低落的心情不禁恢复了几分，心中暗想，烈焰，希望今天晚上我能见到你。

毕苏一屁股坐在地上，靠着一棵大树，嘟囔道："老大，我现在是一动也不想动了，累死了。"

卡尔的情况比毕苏的情况好很多，他向姬动问道："老大，我们还要不要生火？"

姬动想了想，道："要。我们不仅要生火，而且要弄一个大的篝火。这山中就算有魔兽，无外乎也就是木属性和土属性两种魔兽，再就是野兽，野兽天生怕火，有了巨大的篝火，野兽才不敢轻易靠近。待会儿吃过饭后，你们先休息，我守夜，后半夜你们再轮流替换。在山里面我们还是要小心一些。毕竟，遇到魔兽可不是闹着玩的。"

第 ③ 章

冰峰遇险

当晚，姬动还是未能如愿以偿。当他吃完晚饭，趁着卡尔和毕苏休息之前，他以排毒为由悄悄回了地心湖一趟，却依旧没有见到烈焰，只得调制了一杯鸡尾酒快速返回，傍晚时的好心情荡然无存。

卡尔和毕苏都钻进搭好的帐篷中睡了，姬动因为要守夜，无法睡，正好他也没心情入睡，看着面前的篝火，他眼前不断闪过烈焰的影子，他不理解，为什么那九天修炼过后烈焰就对他避而不见了。

不知道是不是篝火起了作用，这一夜过得很平静，毕苏和卡尔先后起来守夜，直到天光大亮，他们也没遇到一只野兽，更不用说魔兽了。

三人简单地吃了点东西，又修炼了半个时辰，将自身状态调整到最佳，才再次出发。

对普通人来说，露宿野外很容易感到疲倦，只不过他们三人都是魔师，又正是精力充沛的年纪，就连昨天晚上还在叫苦叫累的毕苏，一早起来也是神采奕奕。

三人越过一道山沟之后，很快就进入了风霜山脉第一高峰的范围，山上虽然没有路，但幸亏生长了不少植物，那些植物能帮助他们顺利攀爬。

很快，他们就爬过了半山腰。

不过，到了这里之后，他们前进的速度就明显减慢了，越向上，山势越陡。安全起见，姬动从储物手镯中拿出了一根绳子，将他和卡尔、毕苏拴在了一起，这次可就真成了"一根绳上的蚂蚱"。

姬动这样做是很有道理的，虽然他们都是魔师，身体素质比一般人好一些，但是人有失足，马有失蹄，万一谁失足，另外两人也能够拉住失足者，有了这根绳子，安全性就大大增加了。

终于，太阳正当中的时候，三人渐渐进入了有雪的范围，温度明显下降了许多，偶尔吹过一阵山风，给人一种刺骨的感觉。

卡尔和毕苏一直生活在南火帝国，对这种寒冷多少有些不适应。姬动毕竟经历过很多事情，这点寒冷倒也难不住他，他让卡尔和毕苏都穿上外套，再凭借自身的火属性魔力取暖，两人感觉好了许多。

姬动发现，这里的火元素明显比山下少许多。

眼看距离山顶不到两百米了，三人找了一块相对平坦的地方暂时休息。

毕苏长出口气，感叹道："终于快到山顶了，没想到这座山这么难爬。"

姬动道："是我判断有误，看来，今天太阳落山之前我们很难走出风霜山脉了。"

卡尔道："不会吧，后面下山应该会快很多。我们抓紧时间，问题不大。"

姬动摇了摇头，道："如此陡峭的山，下山比上山更难。你们可不能大意，必须加倍小心，待会儿再检查一下身上的绳子。"

现在，卡尔和毕苏是越来越信服姬动了，这次上路，他们基本上都听姬动的，姬动比他们有经验，事实证明姬动做的决策都是对的，卡尔和毕苏自然唯姬动马首是瞻。

在这种地方，周围没有任何遮蔽物，他们自然不怕魔兽偷袭，三人索性闭上双眼，开始进入修炼状态，恢复魔力和体力。

在姬动的坚持下，三人修炼了半个时辰，才再次上路，一鼓作气，爬上了风霜山脉最高峰的山顶。

山顶地势平坦，足有上千平方米，放眼望去，周围都是连绵起伏的山脉，众人大有"会当凌绝顶，一览众山小"的感慨。

"哈哈，我们爬到山顶了，啊——"

毕苏和卡尔毕竟还是少年心性，看到眼前这一幕奇景，毕苏第一个忍不住放声大喊，声音远远地传出去，在群山中回荡。

卡尔忍不住学着毕苏的样子大喊出声。毕苏的声音有些尖锐，卡尔的声音就要浑厚多了。两人的声音在山中回荡。

姬动找了一块凸起的岩石坐下，心想，既然今天晚上走不出风霜山脉，现在才是中午，那么也不用急着下山，索性就让他们放松一下，而且他们在最高的一座山的山顶，根本不怕遇到雪崩，也就由得他们去喊。

他的心理年龄有三十多岁，他也不是那种喜欢笑闹的少年，所以只是坐在那里，喝着水，望着远山。

卡尔和毕苏好像在比谁的声音更大，毕苏的声音尖锐，拥有更强的穿透力，卡尔的声音洪亮，更加悠远，仿佛整片风霜山脉都回荡着他们的声音。

两人一直喊到声嘶力竭才停下来，就那么躺在山顶的积雪上仰望天空。

"真痛快啊！"卡尔和毕苏同时发出感叹，大喊之后，他们都有一种酣畅淋漓的感觉，甚至觉得控制魔力都变得更加顺畅了。

卡尔道："我觉得我快要突破十二级了。拥有阴阳冕之后，修炼的速度果然加快了。据说，凝聚三冠的时候，我们才会遇到第二个瓶颈，之后的修炼速度会因为每一级之间的魔力差距过大而逐渐减缓。"

毕苏翻身爬起，嘿嘿笑道："我也觉得自己要突破了，我是绝对不会落后于你的。等到我们都拥有了三冠的实力，五行大陆岂不是任我们行走？老大，回头我们兄弟三人结伴遨游天下，好不好？"

姬动微微一笑，道："以后的事谁说得好呢？还是先努力修炼达到三冠再说吧。"

"咔嚓、咔嚓……"

正在这时，一阵怪异的响声打断了三人，三人都愣了一下，卡尔一翻身，从地上爬了起来。

"老大，毕苏，你们听没听到什么声音？"

毕苏惊讶地道："我还以为自己听错了，这是什么声音？"

"咔嚓、咔嚓……"

三人面面相觑，那声音似乎更大了。

卡尔和毕苏有些惊慌地道："怎么回事？"

姬动道："不可能是雪崩。雪崩不会有这种声音，而且我们已经在山顶了。"

"咔嚓、咔嚓……"

那诡异的声音就像是催命符一般，不断响起，令姬动他们三人的心弦紧绷起来。

毕苏着急地道："那我们现在怎么办？赶快下山吧。"

"不行！"姬动断然道，"这声音似乎是冰裂的声响，现在下山，万一遇到雪崩，我们跑都没地方跑。不要动，静观其变，快把绳子系好。"

刚才爬上山顶时，三人解开了绳子，此时慌忙再次将其系在腰间。

就在这时，突然轰隆一声巨响传来，姬动三人骇然看到，山顶的一角居然断裂了，几十平方米的山体轰然落下，毫无预兆地脱离了山顶。

"天啊！幸亏没有急着下山。"

震耳的轰鸣声充分展现了大自然的威严，面对如此恢宏的景象，三人不禁都产生了一种自身非常渺小的感觉。

咔嚓声消失，他们悬着的心才渐渐放了下来，彼此对视，都感觉到了对方的恐慌。

没等他们再次开口说话，另一声更加恐怖的轰鸣传来，三人只觉得脚下一空，身体已经失重，正在快速向下坠落。

先前为了避免出意外，他们三人都集中到了山顶正中的位置，谁承想，此时，整个山顶都像被什么东西劈开了一样，裂开了一道巨大的缝隙，兄弟三人就从裂缝处落了下去。

"不要慌，释放魔力！"

姬动狂吼一声，猛地拉了一下身上的绳子，帮助毕苏和卡尔保持平衡，接着低头向下看去，他发现他们坠落的地方似乎不是很深，只有几十米，隐约能够看到下面有光芒反射，有光就代表有落脚点。

这种时候，姬动也顾不得隐藏实力了，极致双火瞬间爆发，金与黑两色火焰升腾。他伸出双手，同时在身体两侧画半圆，刺目的金色火焰和幽暗的黑色火焰慢慢在胸前聚合。

他利用极致双火发出了丙丁火球。

和姬动比起来，卡尔和毕苏就要差多了，突遭大变，两人心中满是恐慌，在姬动的提醒下，也只能勉强运转魔力，释放出各自的阴阳冕，若是要像姬动一样使出魔技，是怎么也不可能做到了，尤其是他们的丙丁火球还需要相互配合，此时他们正在坠落，又怎么可能配合得好呢？

"轰——"

姬动的判断是正确的，丙丁火球飞出不久，一声轰鸣就从下方传来，火元素腾空而起，带起一股强劲的气流，猛地托了姬动他们三人一下，大大减缓了他们下落的势头。

几十米的距离，转瞬即至。

姬动身体在空中半转，将体内残余的魔力全部转化为丙午元阳圣火，使出一拳烈阳噬，朝下方轰去。

在姬动一连串的动作之下，下坠的速度渐渐变慢，卡尔和毕苏终于勉强做出了反应，将自身魔力爆发出来，朝下方地面拍去。

"轰轰轰——"

轰鸣声不断响起，这种时候，魔技的作用就体现出来了。

虽然右臂疼痛欲裂，但姬动还是凭借丙丁火球和烈阳噬抵消了大部分下坠的重力，至少不会让自己摔死，在落地的瞬间，身体朝旁边一滚，衣服被划破了，皮肤也蹭破了，可终究没有受重伤。

卡尔和毕苏的情况比姬动的情况糟糕多了，两人释放魔力的反作用力不足以支撑两人缓缓下落，最终摔落地面，直接晕了过去。

姬动大口大口地喘着粗气，胸口剧烈起伏，全身酸疼，他勉强支撑着身体爬了起来，快速来到毕苏和卡尔身边。

他没有直接挪动两人的身体，而是伸出手指探了探两人的鼻息，又听了听两人的心跳，确定两人并无大碍，才放下心来。卡尔和毕苏无疑是幸运的，并不是头部先着地的，只是暂时晕过去而已。

姬动把自己的外衣脱下来，盖在晕过去的两人身上。此时，他自己的魔力已经消耗殆尽，并不能生火取暖。

在这冰峰之上，他们的火属性魔力被限制了。

做完这些，姬动才开始打量四周，抬头向上看去，天光明亮，他们现在所处的地方距离山顶至少有五十米，就像是个洞一样，洞壁两边都是冰，而且洞壁与地面完全垂直，也就是说，难以攀爬。

阵阵寒意袭来，这种地方，很容易给人以绝望的感觉。幸好，姬动自身的魔力虽然消耗殆尽了，但他毕竟拥有极致双火，寒气想要侵入他的身体也不是一件容易的事。

"咔嚓、咔嚓……"

就在姬动思索该如何脱困的时候，突然，那如同魔鬼一般的声音再次响起，顿时令他的心沉入了冰点。

此时，他们三人都处在裂缝之中，如果这里再次发生坍塌，他们根本没有任何生还的可能。

突然间，姬动看到，这冰峰裂缝的尽头，无尽的黑暗中亮起了两团蓝光。

蓝光如同灯笼一般，越来越亮。

一个邪恶而冰冷的声音骤然响起，回荡在整个裂缝之中。

"卑微的人类，是你们吵醒了我千年的沉睡？你们将为此付出代价。"

那是什么？

"轰——"

姬动的心骤然揪紧，就在这时，一声轰鸣从裂缝尽头传来，取代了咔嚓声。

第 34 章
冰雪巨龙

"那是？"

姬动瞪大了眼睛，他只觉得一股恐怖的压力从对面传来，压迫得他不断后退，一直退到两个伙伴身边。

那股压力有极寒的气息，他的发梢、眉毛，还有残破的衣服上，瞬间蒙上了一层冰霜。哪怕是拥有极致双火的他，都不禁打了个寒战。

现在，姬动唯一能做的，就是强撑着身体挡在两个伙伴身前，不再后退。毕竟，他感受过烈焰所带来的压力，身体的抵抗力还是不错的。

这股压力和烈焰带给他的压力不同。烈焰带来的压力充满了皇者威严，炽热而又温暖，这股压力却带着彻骨的寒冷，宛如来自九幽地狱一般。

姬动看到那两团蓝光动了起来，一阵混合着无数冰屑的龙卷风已经从裂缝最深处吹了出来。

轰鸣声还在继续，姬动感觉整座山都在震动。

龙卷风就要来了，姬动下意识地握紧双拳，将双臂架在胸前，张开双腿，以弓步进行防御。

他不知道自己能不能扛过去，也不知道身体会不会被龙卷风卷得粉碎，但是，只要他还有一口气，就不会让背后的兄弟被龙卷风侵扰。

就在这时，姬动突然感觉自己的双手开始发热，他下意识地松开拳头，仿佛因为外界的刺激，他右手掌心中的烈阳，左手掌心中的黑月，散发出了一层光彩。

前方的龙卷风虽然大，但无法侵袭到他的身体。

他的鬓角、眉毛、衣服上的冰霜悄然化去，隐约之中，姬动身后浮现出了两道光影，虽然那光影异常模糊，但确实是真实存在的。

两道光影一为淡金色的，一为淡灰色的，两个头戴皇冠的魁伟身躯分立于姬动背后两侧，将那铺天盖地的寒意全部抵挡在外。

"咦？"

轻咦声从裂缝深处响起，下一刻，龙卷风停止前进。

"这是……"

姬动惊讶地看向自己手上那两个散发着夺目光彩的烙印，他并没有感觉到庞大的魔力，却感受到了两股凛然不可侵犯、无比高傲的精神气息。

感受到那两股精神气息，姬动也下意识地挺起了胸膛。

没错，在与火属性相反的极寒气息的刺激下，隐藏在姬动双手掌心之中两大君王的魔灵烙印觉醒了。

冰是水的另一种存在形态，而水克火，冰自然也能克火。

姬动双手上的魔灵烙印里面，不仅有两大君王的技能的记忆，还有他们身为君王的意念。

在这一瞬间，姬动觉得自己胸口内的本源阴阳冕周围，再次燃起了极致双火。

两大君王的意念似乎与他自身的意念相结合了。尽管面对着未知的危险，可此时此刻，姬动心中有一种极为特殊的感觉。

在与两大君王的意念结合的过程中，姬动仿佛看到了两大君王统驭地底世界的辉煌，也感受到了他们那高傲、威严的帝皇气息。

那一刻，姬动内心之中的恐惧荡然无存，整个人的气质也发生了翻天覆地的变化。

暴躁、愤怒、骄傲，种种情绪从姬动心底爆发出来。

阴阳冕再次在他头顶凝聚，地心湖苦修九日，多年以来苦修的魔力，在那强大的意念作用下，再次得到提升。

尽管空气中的火元素是那样稀少，可这一刻，火元素依旧涌到了他身边。

阴阳冕上的冕星从一颗半变成了两颗，姬动的实力也随之提升到了十四级。

此时此刻，他的意念充满了强者的威严，那宛如来自九幽地狱般的极寒气息再也无法令他感觉到半分压力。

"轰——轰——轰——"

大地在震动，裂缝深处，一个无比庞大的身影从黑暗中缓缓走出，那两团蓝光也在轰鸣声中摇曳。

小小的姬动，挺直了腰杆站在那里，他心中只有一个念头，那就是就算死在这里，自己也不能丢了两大君王的脸。

先前，他完全有机会呼唤烈焰的名字，将自己传送到地心去，但他没有那么做。他不能抛下自己的兄弟。

他根本就没有要逃走的想法。什么是兄弟？同生共死，才是兄弟。

刺耳的轰鸣声每一次响起，大地都要震动一下。终于，借着天光，姬动看清了那逐渐接近的庞大身影。

即便他的意念已经与两大君王的意念结合在一起，当他真正看清那庞大的身影时，他还是忍不住倒吸一口凉气。

那东西身上有暗紫色的鳞片，身体足有五层楼么高，而那两团蓝光，正是它的眼睛。由于裂缝内空间不大，那一对巨大的翅膀只能收在背后。

它微微低着头，之前的轰鸣声正是它迈步发出的声响。它那粗壮的后肢宛如桥墩一样坚实，一滴滴涎水正从它那宛如刀剑一样的利齿处流下。

这是什么东西？难道是……

姬动突然想起了一种强大而邪恶的生物——龙。

"轰——轰——轰——"

龙形怪物依旧在前行，一直走到距离姬动五十米的地方才停下脚步。

它惊疑不定地看着姬动背后的虚影。

"卑微的人类，是你吵醒了我。你是谁？"

龙形怪物竟然口吐人言，还缓缓低下头，微微挥舞着两只前爪，凝视着姬动。

姬动沉声道："如果我们打扰了你睡觉，我深感抱歉，请你注意，我是人类，却不是卑微的人类。你又是谁？"

"嗷——"

龙形怪物突然仰天发出一声咆哮，极为傲慢地仰起了自己的头颅。

"我就是这里的主人——伟大的冰雪巨龙风霜冕下。这片山脉是以我的名字命名的。难道你认为，跟我相比，你不算卑微吗？虽然我不知道你从什么地方沾了一些两大君王的气息，但是，杀死你，对我来说就好比踩死一只蚂蚁。"

姬动冷冷地道："那又如何？你最多只能夺走我的生命，却不可能让我屈服。"

巨龙风霜低下头，目光怪异地看着姬动，姬动毫不畏惧，直直地看着它的眼睛。

"告诉我，你身上的两大君王的气息从何而来。你要是告诉了我，或许，我会放你一条生路。"

风霜向姬动张开嘴，露出森森白牙。

姬动傲然以对。

"既然你知道我身上有两大君王的气息，那你还认为我会向你屈服吗？"

"嗷——"

风霜似乎被激怒了，咆哮一声，刺目的紫色光芒骤然从它身上爆发出来。

因为外界的刺激，姬动双手中的两大君王的魔灵觉醒了，他们的意志开始发挥作用，但现在的姬动实在太弱小了。

紫色光芒刚刚出现的时候，姬动只觉得全身一冷，掌心释放的光芒瞬间暗淡，两大君王的气息被完全压制，而极寒之气已经随着紫色光芒奔涌而来。

就要离开这个世界了吗？

姬动突然有些迷茫，他没有试图逃走，因为他知道，那都是徒劳的。此时此刻，他更愿意回想人生中最美好的回忆。

来到五行大陆好几年，即将再次回归死神的怀抱，但他一点也不后悔，因为在这个五行大陆，他认识了烈焰、毕苏、卡尔等人。

想到烈焰，姬动脸上露出了一丝微笑，现在，他看不到面前的巨龙，眼中装的只是烈焰。

姬动在内心深处默默倾诉，烈焰，你知道吗？你对我真的非常重要，你帮了我那么多，算是改变了我在五行大陆的命运，不然，我肯定还是个被众人嘲笑的废人。虽然你对我很严厉，但我知道你都是为我好。哪怕我再也不能见到你，只要为你调过酒，对我来说，同样是一种幸福。我还欠你九十五年的酒，如果有来生的话，如果我还能重活一次，一定会去找你，继续为你调酒。

一滴晶莹的泪，顺着姬动眼角滑落，由于温度过低，泪珠刚刚出现，就化为一颗冰珠。

紫色光芒越来越耀眼，充斥了裂缝的每一个角落。

就在这时，姬动突然感觉心口有点疼，全身变得无比温暖。

一层层如同薄纱般的红光以他的身体为中心扩散开，就像是舒展的一片片花瓣。

耀眼的紫色光芒骤然停止扩散，那无比巨大的冰雪巨龙风霜再次出现在姬动视线中。

风霜张大了嘴，蓝色龙眸中满是惊骇。

时间在这一刻好像停止了，就连从姬动眼角滑落的那颗冰珠也停在了半空之中。

　　红光不断扩散，最终化为一朵妖艳的红莲出现在姬动脚下，托着姬动。就在这个时候，一只白嫩的手，悄然从姬动身上伸出，轻轻地捏住了那颗晶莹的冰珠。

　　下一刻，火红色的身影出现，站在了姬动身前。

　　他看到的只是她的背影。姬动的视线变得模糊了，他已经分不清眼前发生的一切是真实的还是虚幻的。

　　此时此刻，他心中无比满足，哪怕下一秒就魂飞魄散，他也心甘情愿。朋友也在，想念的人也在，他是真的很满足了。

　　他又怎会认不出她的背影呢？

　　"嗷——"

　　风霜发出一声低吼，但是，这次的吼叫声比先前的吼叫声弱了很多，倒像是在哀鸣。

　　它这一声低吼，将神志不清的姬动惊醒了，姬动打了个冷战，立刻反应过来，一个箭步就跨到了烈焰身边，接着一闪身，用他那并不高大的身躯挡在了烈焰面前。

　　"烈焰，你快走，不用管我，你为什么要来？快走！它可能是十级水属性神级魔兽。"

　　此时的姬动，再也没有先前的高傲冷漠，有的只是焦急。

　　水克火，在属性方面，姬动和烈焰就被压制了，再加上风霜是十级神兽，姬动更觉形势严峻。

　　他知道烈焰实力很强，但也明白属性相克的道理。他不愿意看到烈焰为自己受苦，尽管他在风霜面前是那样渺小，可他依旧义无反顾地挡在了她的面前。

　　烈焰自然没有走，风霜也没有进一步的动作。

烈焰缓缓抬起手，静静地看着掌心中那颗冰珠，让其缓缓在自己掌心化成水，再渗入自己的皮肤之中。

她的眼眸中似乎多了一层蒙蒙的红光。

"烈焰，你快走啊！"姬动焦急地道，一边张开双臂挡在烈焰身前，一边回头看她。

他看到了烈焰平静的神色，也看到了她眼中那抹淡淡的红光，下一刻，烈焰已经握住了他的右手，轻轻地将他拉到自己身边。

"跪下。"

烈焰平静地说道。

就在姬动感觉莫名其妙的时候，轰隆巨响已从对面传来，前一刻还无比张狂的冰雪巨龙，竟然扑通一声，跪倒在地。

第 35 章

脱了衣服

姬动震惊了，他从未想到竟然会出现眼前的一幕，内心中的紧张、焦急，此刻已经变成了另一种异样的情绪。

他知道烈焰强大，却怎么也想不到，烈焰竟然强大到只说一句话，就能让十级神兽跪倒的程度，而且那还是跟她属性相克的巨龙。

烈焰开始对着风霜说一种姬动听不懂的语言。

姬动不需要再为她的安危担心，终于松了口气。

几天来，他心绪沉郁，在这一刻，心头的乌云全都一扫而空，在他最危险的时候，她来了，仅这一点，就让他很开心了。

他不知道烈焰是如何过来的，也不会去思考这些，他只知道她现在站在自己面前，这就足够了。

听到烈焰的话，巨龙风霜完全匍匐在地，它的身体甚至还在颤抖，哪还有一点巨龙的威严。

烈焰身上散发着一层淡淡的光，使她看上去不是那么难以接近，但巨龙风霜还是不敢抬头看她，口中发着呜呜的声音。

烈焰的声音突然变得严厉起来，巨龙风霜小心翼翼地爬起身，眼眸之中只剩哀求之色。

烈焰眼中精光一闪，她换回了人类的语言。

"我只说一遍。"

突然能听懂烈焰的话语，姬动下意识地朝那一脸可怜相的风霜看去，风霜噤若寒蝉，不敢再出声，后退一步，"轰"的一声，它一脚在坚硬的冰面上踏出了一个深达两米的坑。

烈焰拉着姬动向前走去，他们向前走一步，风霜就向后退一步。它看着烈焰，眼中全是谄媚、讨好之色。

烈焰一直拉着姬动来到那个冰坑前面，才松开拉住姬动的手，指了指面前的冰坑，向姬动道："脱了衣服，躺下去。"

"啊？"

姬动愣了一下。

烈焰扭头看向他，从她的目光中，姬动分明看到了一丝鼓励。

姬动不再迟疑，他相信烈焰。

他的外衣先前已经给了卡尔和毕苏，此时只剩下里面的衣服，他快速脱掉衣服，只剩下一条内裤，就要向冰坑里跳。

"都脱掉。"

一抹淡淡的红霞浮现在烈焰的俏脸上，这一刻的她，明艳得不可方物。

她扭过头，不再去看姬动。

姬动看看自己，再看看烈焰，不禁有些尴尬，但他还是一咬牙脱掉了内裤，跳入了冰坑之中。

冰雪巨龙风霜一直看着眼前这一幕，当它看到烈焰脸上升起红霞时，嘴张得足以吞掉一辆马车。

烈焰似乎感觉到了风霜的目光，冷冷地扫了它一眼。

"你在看什么？还不赶快！"

"呜……"

风霜可怜兮兮地点了点头，磨磨蹭蹭地走了过去，上身微微后仰，生怕碰到烈焰，好像烈焰是天底下最可怕的存在一样。

冰坑中十分寒冷，幸好姬动体内有极致双火，这才勉强抵御住寒冷。

冰雪巨龙风霜的大头出现在冰坑上方，它抬起一只前爪，犹豫再三，终究还是将这只前爪送到了自己口中。

在姬动的注视下，风霜猛地咬了一口前爪。

它咬自己干什么？姬动很疑惑。

下一刻，黏稠的深紫色血液从风霜的龙爪中喷洒而出，如同泉水一般流进冰坑，瞬间覆盖住了姬动的身体。

一股极寒之气入体，风霜的血比冰还要冷，条件反射之下，姬动想跳起来，耳边却传来了烈焰的声音。

"躺着，不要动。"

姬动咬紧牙关，强忍着没有跳起来，而这个时候，那深紫色血液已经将他的身体完全淹没，他连呼吸都难了。

这个时候，姬动就算想动也动不了了，因为那深紫色的血液很快就凝固了，将他完全封了起来。

风霜的身体很庞大，血液也很多，没过一会儿，那两米深的冰坑就注满了血液，并且迅速凝结成冰。

风霜朝前爪吹了口气，下一刻，伤口不再流血，并且逐渐愈合了。

姬动想的是对的，风霜确实是顶级魔兽。

烈焰再次说出姬动听不懂的语言，冰雪巨龙风霜极其无奈地挺起胸膛，用先前那只受伤的前爪小心翼翼地揭开了脖子下面的一块鳞片，前爪轻轻地刺进肉里，一滴亮紫色血液随之滴落，融入那已经完全凝结成冰的深紫色血液之中。

顿时，一层紫光从冰坑中射出，整个冰谷裂缝中的元素都在运动，而先前失去了那么多血液都毫不变色的冰雪巨龙，献出一滴亮紫色血液之后，龙眸变得暗淡了许多。

它匍匐在地，可怜兮兮地看着烈焰。

烈焰这才满意地点了点头，走到冰坑前，在冰雪巨龙风霜的注视下，咬破自己的手指，一滴金红色的血液从她指尖弹出，落入冰坑之中。

虽然姬动被冰封在冰坑内无法呼吸，还被寒冷所侵袭，但因为体内有极致双火，所以暂时还没有完全失去知觉。

冰雪巨龙风霜那一滴亮紫色血液滴入冰坑时，姬动只觉得身体骤然一紧，似乎有无数的冰锥，一瞬间就刺穿了他的身体，他很痛，却不能动。

当烈焰的鲜血滴入冰坑之后，冰坑内的紫色光芒就转为红色光芒，先前还凝固成坚冰的鲜血，下一秒就完全融化了。

所有寒意在这一瞬间消失，冰坑内的深紫色龙血竟然沸腾了起来。

但是，那沸腾的深紫色龙血并不烫，反而温温的，慢慢地将姬动体内的寒气都驱散了，令他完全恢复了知觉。

酥麻感从四肢百骸中传来，仿佛有一根根毫毛在挠他的痒痒，姬动说不出是痛苦还是畅快，不由自主地在龙血中扭动起来。

烈焰的声音在姬动内心深处响起："不论如何痛苦，你都要忍耐。虽然风霜是冰龙，血液中有极寒之气，但那些极寒之气已经被我的血液所中和，现在冰坑内剩下的是纯粹的龙血。龙血会浸皮、浸肉、浸经脉、浸骨、浸髓、浸腑脏。你的身体太脆弱了，经过龙血的洗礼，你的身体会变得更加坚韧。现在，运转你的本源阴阳冕，促进自身吸收龙血的精华。实在无法忍受时，再出来呼吸，然后继续吸收龙血的精华。"

长时间无法呼吸，姬动感觉胸口闷得快要炸开了，听到烈焰的声音之后，他顿时冷静下来。

烈焰太强了，他要是想跟她站在一起，就必须忍常人所不能忍，他要变得更强。他不允许自己让她感到失望，于是咬牙坚持了下去。

姬动催动本源阴阳冕，胸口内那由极致双火凝聚而成的阴阳旋涡急速运转起来，血液循环的速度加快，酥麻感越发强烈。

刚开始的时候，酥麻的只是皮肤，随着时间的推移，酥麻感渐渐传入肌肉、骨骼、筋膜，甚至是内腑。

终于，姬动再也坚持不住，猛然从龙血中伸出头来，他看到了烈焰，他胸口剧烈起伏着，大口大口地呼吸，然后再次沉入龙血之中，不论那酥麻感如何强烈，也无法动摇他的决心。

烈焰没有跟姬动说的是，她那一滴鲜血不仅中和了龙血中的极寒之气，同时也是龙血的催化剂，让龙血中蕴含的能量彻底爆发出来，在短时间内迅速融入姬动体内，只有这样，龙血才能最大限度地与姬动的身体融合。

过了一段时间，酥麻感渐渐消失，姬动觉得很热，身体好像都快被煮熟了，体内的血滋润着他的身体，全身的骨骼不断发出爆鸣之声，身体的经脉、皮肤、肌肉都变得极有韧性。

姬动用力地伸展了一下身体，只觉得自己的身体非常柔软，可以做出任何动作。而且，现在全身上下都充满了爆炸性的力量，那与魔力无关，完全是肉体的力量。

不知道是不是烈焰的那滴血起了作用，此时姬动体内的极致双火已经完全恢复到了最佳状态。

深紫色的龙血逐渐变淡，最后竟变成了淡粉色的，很显然，龙血中的精华全部被姬动吸收了。

姬动一下就从龙血中钻了出来，拉伸了一下身体，现在的他似乎长高了一些，身上散发着腾腾热气，古铜色肌肤下隐隐有紫色光芒流转，全身的肌肉线条变得更加明显了。

烈焰别过头去，催促道："上来，快穿上衣服。"

"呃……"

姬动这才想起自己身无寸缕，莫名地有些尴尬。

姬动赶忙穿上衣服，道："烈焰，我的两位同学……"

烈焰摆了摆手，道："他们都是火属性之体，不会有事的。至于龙血，我只管你一个人，他们跟我没关系，冰坑里面的龙血已经没用了。"

姬动当然不会奢望冰雪巨龙风霜再弄点血出来，他也不愿意让烈焰再流血，只是想着自己用过的龙血是否还有用，能不能拿来给卡尔和毕苏泡一泡，却被烈焰一眼看穿，并且否定了他的想法。

"拿来！"

烈焰突然朝风霜伸出了右手，声音中带着的威严令风霜忍不住颤抖了一下。

风霜一脸哀求之色地看着烈焰，这一次，它似乎十分不情愿，一直在摆动自己的大脑袋，虽然极为惧怕烈焰，但眼神还是坚定的。

"还让我说第二遍吗？"

烈焰抬头，冷冷地看了风霜一眼，风霜飞快地后退一步，极不甘心地抬起一只龙爪，在空中画着什么，说着姬动听不懂的语言。

一个奇异的紫色符号出现在半空之中，下一刻，只听刺啦一声，空中出现了一扇门。

这是……它竟然能撕裂空间？

这与他的储物手镯完全不同，制造自己的空间，这要怎样的实力才能做到？

如此强大的风霜竟然那么惧怕烈焰，烈焰又会强到什么地步呢？姬动知道，自己一直以来还是低估了烈焰。

冰雪巨龙风霜将龙爪探入那扇门之中，心不甘情不愿地掏出了一个东西。

那是一个有红黑纹路的蛋，蛋有三米高，上面有红光闪烁，风霜悲伤地将那个蛋放在了烈焰面前。

今天令姬动惊讶的事情实在太多了，这巨大的蛋是什么？难道是……

第 ③⑥ 章
火龙蛋

看到冰雪巨龙风霜乖乖地献出自己要的东西，烈焰的脸色这才好看了一些。

风霜低声向姬动哀求道："伟大的人类魔师，你能不能帮我求求情？只要你能让女皇陛下把它还给我，我愿意和你订立平等契约，做你的坐骑，怎么样？"

"一般来说，你们人类魔师达到六冠以后，才能拥有坐骑，你不一样，你现在就能拥有。我们的平等契约可以是一百年。我会一直忠心守护你。我是成年的冰雪巨龙，有着至强的实力。在你们人类的世界中，能够与我抗衡的人少之又少。有我在，你就会成为人类世界的第五位龙魔师，成为强大的本座。"

姬动知道"本座"这两个字的意思，那是各系最强大的魔师才可以加在自己名字后面的称呼。

在离火学院学习时，夏天告诉过他们，丙火系魔师的最高专属称号叫胜光，丁火系魔师的最高专属称号叫太乙。

成为九冠丙火系魔师之后，就会被称为胜光本座，丁火系则是太乙本座。

姬动明白，风霜并没有夸张，它的实力应该跟人类的一位本座差不多。

令冰雪巨龙吃惊的是，姬动竟然摇了摇头，道："我不需要你的契约。首先，你是水属性魔兽，我是火属性魔师，你并不适合我。其次，富贵不能淫，贫贱不能移，威武不能屈。在我弱小的时候，你称我为卑贱的人类，烈焰出现之后，你又称我为伟大的人类，你虽实力强大，但如此反复，没有气节。我不需要这样的坐骑。"

　　听着姬动的话，冰雪巨龙风霜不禁呆住了，低下头，眼神复杂。

　　烈焰也在看着姬动，听到姬动的话，烈焰的眼神变了变。

　　姬动转向烈焰，道："烈焰，我是看不起它，不过这跟龙蛋无关，它再不好，我们也没有夺走它孩子的权力。对任何生物来说，孩子都是最宝贵的，能不能还给它？"

　　烈焰抬起一只手，放在那个红黑相间的龙蛋上，就是这么一个简单的动作，也令冰雪巨龙风霜的心跳骤然加速。

　　"你以为这是它的孩子吗？这是一个火龙蛋。你认为，冰龙能生下火龙蛋吗？这个龙蛋是它杀了火龙之后抢来的。为了躲避追杀，它才自行冰封于此，已有千年之久。龙性本淫，它抢龙蛋就是为了将龙蛋孵化出来，再把孵化出来的龙当成宠奴。风霜是母龙，火龙蛋里面的龙是公的。"

　　说到这里，姬动明白了一切，烈焰不需要再解释了，姬动转头看向风霜，怒目相视。

　　风霜也知道自己肯定没有机会了，灰溜溜地缩回头，不甘地看了一眼那个火龙蛋，才缓缓地向冰峰裂缝中退去，悄悄没入黑暗之中。

　　烈焰轻轻抚摸着面前巨大的火龙蛋，淡淡地道："你是不是很奇怪，为什么它那么怕我？"

　　姬动没有掩饰自己内心的想法，点了点头。

　　烈焰扭头看向姬动，道："还记得我对你说过，地底世界有十八层吗？这里算是地底世界的一个入口。千年前，风霜得罪了强大的火龙，藏身于地底世界，负责在此镇守。我现在只是不能在人类世界施展任何能力，在这个裂缝中还是可以发威的，更何况，它与地底世界签订了契约，受到契约约束，又怎敢不听我的命令？"

姬动忍不住问道："烈焰，在地底世界你是那么强大，甚至能够穿梭于地底与地面之间，为什么到了地面上，你就不能施展自己的能力了呢？"

烈焰轻笑一声，道："现在还不是让你知道的时候，等你拥有了能够保护我的力量，我自然会告诉你。我要回去了，这几天，我看到你没有好好修炼，如果你不尽早拥有保护我的力量，我又怎能来人类世界找你呢？风霜会送你们回到山顶，不要忘了我说过的话，不要告诉任何人关于我的事。还有，你这几天调的酒有些苦涩，我不是很喜欢。你欠我的九十五年还要慢慢还。"

烈焰抬起手，轻抚在姬动左胸处，就在姬动想要说什么的时候，姬动只觉得自己胸口一痛，巨大的红莲悄然从他脚下出现，其中两片花瓣伸展开，包裹着那个火龙蛋与烈焰一同消失。

烈焰走了，姬动并没有感觉失落。她救了他，并且重新给了他希望。经过龙血浸体，他变得更加强大了，他迟早会拥有超强的力量，不会再任人宰割，他将能够保护烈焰，保护自己的兄弟。

能量从裂缝深处席卷而来，一瞬间就卷上了姬动、卡尔和毕苏的身体，下一刻，三人就重新回到了峰顶之上。

险死还生，站在山顶之上，姬动感觉豁然开朗，忍不住像卡尔和毕苏一样，长啸出声。这一次，他没有遇到麻烦。

姬动默默下定决心，烈焰，你放心吧，我一定会努力修炼，以后你再来人类世界，我会用自己的生命守护你。

地心湖。

红光聚集，烈焰悄悄地回到了这炽热的世界之中。那个火龙蛋也静静地躺在她身边。

此时的她，完全没有了先前的轻松，抬起自己的右手，张开手掌，注视着掌心，那是先前握住姬动眼泪的地方。

"小姬动，你知道吗？你真的让我心中泛起了涟漪。为什么，为什么我无法置你于不顾？既然不能逃避，就让我注视着你变得越来越强大吧。"

说着，烈焰右手一挥，那个巨大的火龙蛋已经飘浮到了半空之中，在烈焰意念的催动下，一些黑色和金色的魔力从地心湖内腾起，紧紧地包裹住了火龙蛋，形成了一个黑金两色的会发光的壳。

烈焰低声念了几句，那黑金两色会发光的壳竟然彻底固化了，带着那个火龙蛋缓缓沉入了地心湖中。

"小姬动，我暂时替你养着它，等到你拥有足够的力量之后，我再将它给你。"

山顶上，卡尔和毕苏先后醒来，两人都是阴阳魔帅，为火属性的人，并没有受到寒冷的侵袭，平常也比较注意锻炼身体，因此也没有受重伤，只是先前掉下去的时候受了一些震荡，并无大碍。

姬动没有告诉他们冰雪巨龙风霜的存在，因为他没办法解释自己是怎么从冰雪巨龙手中救下他们的，也不能告诉他们烈焰的事情。他告诉卡尔和毕苏，落到裂缝中之后，他利用魔力，一点点地在冰壁上化开一个个缺口，形成冰梯，带着他们爬了上来。

"老大，谢谢你救了我们。"

"既然是兄弟，就不要说这些。你们赶快修炼一下，恢复一下状态，我们尽快离开这里。"姬动向两人说道。

卡尔和毕苏点了点头，立刻进入修炼状态，他们需要恢复魔力和体力。姬动也抓紧时间修炼，实力不济，根本无法自保，更别谈保护他人，他又怎么会浪费时间呢？

直到太阳西斜，三人才先后从修炼中醒来，趁着天色尚未完全黑下来，快速下了山顶，又在风霜山脉中过了一晚，第二天中午，他们终于走出了这片山脉，站在了中土帝国的领土上。

在距离风霜山脉五十里的风土城稍做补给之后，他们就坐上了直接前往中原城的马车。

为了在路上也能一直修炼，他们特意花费十个金币，包下了一辆马车，宽大的马车里面只有他们三个人。

事实证明，他们的这个选择十分正确。穿越风霜山脉，不仅让姬动重新燃起了苦修的信念，也让卡尔和毕苏认识到了自身实力的不足。

中土帝国以平原地形为主，地大物博。姬动等三人在马车上过了四天，终于到达了此行的目的地。

这四天内，卡尔和毕苏终于突破了，先后达到了十二级，成了十二级学士。

"终于到了，在马车上颠簸也是件苦差事。"

毕苏用力地伸展了一下自己的身体。

毕苏在发牢骚，姬动和卡尔则在观察这座号称大陆圆心的第一大城。

入城之前，他们就被震撼到了。

中原城极大，在城外望着城墙时，竟然有种一眼望不到边际的感觉。要是绕着这座城市跑一圈，恐怕两天也跑不完。

土黄色的城墙给人一种厚重的感觉，城墙高六十多米，不知道花费了多少人力物力才建成。

宽阔的城墙上，每隔五十米，就有一个巨大的图案。

图案是雕刻而成的，一共有两种样子，一种是一只银色的大鸟，作振翅高飞状，另一种则是一条三目大鱼，在姬动看来，那像是一条三目鲸鱼。

这两种图案不会平白无故地出现在中原城的城墙上，它们分别是阳土系和阴土系的图腾，也就是戊土系和己土系的图腾。

银色的大鸟名为天空，三目鲸鱼名为天乙。对于这两种图腾，姬动知道的不多，但想来也和朱雀、螣蛇作为阳火、阴火的图腾一样。

进入中原城内，姬动的第一感觉就是大气，所有建筑都十分高大，以四方形为主，南火帝国的建筑多为红色，中原城内的建筑则多为黄色。

宽阔的街道足以容纳八辆大型马车并排前行，街道两旁的店铺都有自己的门楼。

由于距离入学考核还有一天时间，三人也不着急，就在街道上闲逛，准备先找一家旅店住下，休息休息再说。

三人正走着，姬动突然停下了脚步，目光落在了主干道旁一座特别大的建筑上。

他之所以注意到这座建筑，是因为这座建筑不是方形的，还有一个圆形的门楼，看上去甚是奇特，门楼上有一个直径超过三米的徽标，上面画着一个调酒壶，调酒壶外有五个圆环，分别是青、红、黄、白、黑五种颜色。

"这是？"姬动心中一动。

卡尔和毕苏顺着姬动的目光看去，毕苏笑道："这是调酒师公会，应该是中原城分会。不愧是五行大陆第一大城市，规模果然不一样。我去过咱们南火帝国都城炽火城，那里也有调酒师公会，只不过建筑没这么大。

"老大，你看，那个调酒壶就是调酒师公会的标志，外面的五个圆环代表着五行属性，也代表着五大帝国，意思是，不论在哪个国家，都要有调酒师。据说，调酒师公会的总会在北水帝国，那里有最优秀的调酒师。"

姬动想的跟毕苏说的一样，听完毕苏的话，姬动多看了调酒师公会几眼，就继续向前走去了。

卡尔道："老大，你不进去看看吗？你调的酒那么好，考个调酒师的资格证应该不难。多一个副业，以后做什么都方便点。我听说调酒师的待遇很好，如果你能拿到大师的称号，还可以从公会领取福利。"

"算了，我没兴趣。"

姬动摇了摇头，淡淡地扫了一眼调酒师公会的徽标，便继续向前走去。

他是一代酒神，让他去考什么调酒师资格证，简直就是个笑话，他根本不屑于去这种地方。

　　现在，他的追求已经从酒变成了修炼，同时他也十分有自信，在调酒方面，五行大陆根本没人能够超越他。

第 37 章

封门挑战

"年纪不大，口气不小。调酒师是高贵的，可不是谁都能考取的，就凭他也想进入我们调酒师公会？"

正在这时，就在姬动三人身边不远处，一个略带不屑的声音响起。

姬动三人朝声音传来的方向看去，只见一名衣着考究的青年正从他们身边走过。

青年一边走，一边用轻蔑的眼神打量姬动，并且不断地摇头。

毕苏怒道："考个调酒师有什么了不起的，我老大是最好的调酒师。"

青年本来已经要从三人身边走过去了，听到"最好的调酒师"这几个字，顿时停下了脚步。

"真是大言不惭。哪怕是酒神杜思康大人，也没有说过自己是最好的调酒师，你们算什么东西？毛还没长齐，就不知天高地厚了，滚远一点，不要在这里碍眼。"

本来姬动对青年之前的讽刺并不怎么在意，以前他就特立独行惯了，根本不在乎别人怎么看自己，但这青年不仅骂了他，还骂了他的两个兄弟，这样的侮辱，他不能忍。

姬动伸出两只手，分别拉住愤怒的卡尔和毕苏，淡淡地道："好，我会让你知道我是什么东西。毕苏、卡尔，我们走。"

说完，他强行拉走了卡尔和毕苏。

那青年不屑地呸了一声，傲慢地朝调酒师公会走去。

"老大，那混蛋这么侮辱我们，你为什么拉住我们？我真的不能忍啊！"毕苏大为不满地说道。

姬动拍拍毕苏的肩膀，心平气和地道："他会为他刚才的话付出代价的。毕苏、卡尔，你们帮我个忙。卡尔，你去买一张桌子来，要长方形的，高一米五左右，宽超过两米。毕苏，你去帮我买一块白布，一根能够挑起白布的竹竿，还有笔。"

毕苏和卡尔对视一眼，两人异口同声地道："老大，你……"

姬动冷然一笑，道："没听说过砸场子吗？斗嘴有什么用？就算你打他一顿，他会服气吗？我们要用事实说话。"

毕苏和卡尔的眼睛亮了起来，大家都是年轻人，正所谓初生牛犊不怕虎，他们本就不是怕事的人，听到姬动的话之后，立马兴奋起来，毫不犹豫地转身离开，去购买姬动需要的东西。

姬动站在街边，静静地凝望着调酒师公会那高大的建筑，有节奏地呼吸着。

调酒是一门艺术，不同的心情下，调制出来的鸡尾酒的味道也截然不同。现在姬动需要平静下来，在平静的状态下，他才能接受挑战。

一会儿的工夫，卡尔和毕苏就回来了，中原城十分繁华，要买到姬动需要的东西非常容易。

姬动从卡尔手中接过桌子，此时，他的目光已经变得极为平静，就像无风时的湖面，没有一丝涟漪。

姬动走到调酒师公会的门楼前，将桌子放下，再接过毕苏手中的白布，将其平铺在桌子上，拿起笔，笔走龙蛇，写上了几个大字。

调酒师公会门前有两名守卫，眼看三人在调酒师公会正门前停留，便立刻走了上来，但两名守卫不过是普通人，卡尔和毕苏怎么会让他们打扰姬动呢，于是很轻易就挡住了他们。

姬动用竹竿将白布挑起，向那两名守卫道："告诉调酒师公会的人，我在这里等他们一个时辰，如果无人敢来应战的话，我就拆了门楼上的徽标。"

竹竿一甩，只听刷的一声，白布已经迎风展开，上面有九个大字，写的是：调酒师公会可敢一战？

两名守卫面面相觑，他们显然是第一次遇到这样的情况，一个人留在门口，另一个人飞快地朝着公会里跑去。

卡尔哈哈一笑，道："老大，你这几个字写得太有气势了。不过，中原城的调酒师公会应该是仅次于总会的地方，老大，你……"

姬动向他摆了摆手，道："无妨。你们等着看就是了。"

卡尔和毕苏看着姬动淡定的样子，都有种热血沸腾的感觉。在人家门口摆桌子挑战，就像是一巴掌直接抽在了人家的脸上。

姬动才十几岁，这份勇气让卡尔和毕苏万分佩服。

更何况，姬动明显不仅是有勇气那么简单，在阳光的照耀下，他那一头黑发带着淡淡的紫色，现在的他有一种舍我其谁的霸气。

姬动从储物手镯中一个接一个取出了共九个水晶打磨而成的调酒壶，在面前的长方形桌子上一字排开，之后便负手而立，凝望调酒师公会，静静地等待着。

没过多久，调酒师公会里面走出了三个人，除了那名守卫之外，另外两人一老一少，年轻的就是先前侮辱姬动他们三人的青年，年长者看上去五十多岁，穿着一身整洁的淡黄色长袍，左胸前有四颗星的标记。

姬动听阳炳天提起过，在五行大陆上，调酒师有明确的等级，分为一星到九星，拥有一星的话，就可以成为调酒师了，四星就是大师了。至于最高的九星，在整个五行大陆只有一个人拥有，那就是调酒师公会的会长——酒神杜思康。

"你们这几个不知道天高地厚的小子，竟敢到我们调酒师公会门前闹事，找死不成！"那青年一看到是姬动一行三人，立刻怒气冲冲地跑了上来。

"够了，夜殇，不得无礼！"

年长者跟了上来，阻止青年继续说下去，他先看了一眼桌子上的九个调酒壶，再看向姬动，和颜悦色地道："小兄弟，不知本公会有何得罪之处，你们这是？"

姬动淡淡地道："刚才这个人问我是什么东西，我是来告诉他答案的。当时他以调酒师公会成员自居，既然如此，我就顺便告诉你们调酒师公会，我是什么东西。"

年长者恼怒地瞥了名叫夜殇的青年一眼。

"夜殇，即便你已经考过了两星，也不可以在外面败坏公会的声誉。"

夜殇想要发作，但看到年长者严厉的目光，只能悻悻地低下了头，没有开口。

年长者再次转向姬动，道："小兄弟，我是调酒师公会的威宏，之前多有得罪，我代替夜殇向你道歉。这个挑战就算了吧。"

姬动扫了他一眼，道："威宏先生，你好，很抱歉，我不能接受你的道歉，并不是你侮辱了我和我的朋友。既然我已经将桌案摆在这里了，就没有轻易收回的可能。我会在这里等一个时辰，只要你们调酒师公会的人能在调酒方面击败我，那么，我立刻向你们三拜九叩，尊一声大师，扭头就走。反之，如果在一个时辰之内，没有人能击败我，那么就让他当着调酒师公会所有人的面，跪在我面前，向我磕三个响头，尊称我一声酒神。或者，他如果不愿意的话，你们就要摘下这牌楼上的徽标。"

说完最后一句话，姬动目光冷然，整个人都散发着狂野之气。此时此刻的他，仿佛又成了一代酒神李解冻，说出去的话根本没有半分转圜的余地。

听了姬动这番话，不仅夜殇忍耐不住，就连眼前这名叫威宏的调酒师也忍不住变了脸色。

姬动分明就没将调酒师公会看在眼里，就像他刚才对卡尔和毕苏说的那样，他就是来砸场子的。

威宏沉声道："小兄弟，做人留一线，日后好相见。你如此咄咄逼人，你的师长就是这样教你的吗？"

姬动冷然一笑，道："在这个世界上，还没有人能做我调酒的老师。不要浪费我的时间了，你身上有陈年伏特加的味道，还有柠檬的味道，如果我没感觉错的话，你应该擅长调制以伏特加为基酒的鸡尾酒。你的双手宽大，掌心厚实，应该擅长旋转类的调酒方式。可惜，你已经上了年纪，心性过于沉稳，不适合伏特加的火辣，就算你再努力，手法再娴熟，也调不出伏特加的真髓。你不是我的对手，去叫等级更高的人出来。"

说着，姬动右手一挑，一个调酒壶已经落入他手掌之中，只见他手腕一甩，那调酒壶便飞舞起来。

他肩膀微动，调酒壶如同一个银色的太阳一般在空中闪耀，没有任何预热，下一刻，三个银色的太阳分别出现在姬动头顶上方和身体两侧，这一招正是他当初为了让阳炳天注意到自己所施展的三阳映月，和当初比起来，现在的他不知道要从容多少倍，很轻易地就完成了这样的动作。

经过龙血浸泡之后，姬动的身体素质大大增强了，现在他可以完成以前所有的高难度调酒动作，这也是他如此有信心，敢傲然站在调酒师公会门前的原因。现在的他，完全恢复了酒神李解冻的全部能力和信心。

夜殇的叫嚣声戛然而止，他呆呆地看着那被重新放回桌上的调酒壶，一语不发。威宏的脸色也瞬间变得凝重起来。

此时，威宏已经明白，眼前这个年轻人，绝对不仅仅是赌气那么简单。他虽然也能做到三阳映月，但自问不可能做得像姬动这么从容。姬动先前将他最擅长的能力说得一清二楚，说明姬动不是平常人。

要知道，调酒壶中没有酒，无法利用调酒壶内液体的惯性，一般来说难以旋转，姬动随手拿起空的调酒壶就做出了这样的动作，一下就显露出了自己的实力，威宏也是调酒师，怎么会不明白这其中的道行呢？

此时，周围已经围上了不少行人，那白布上的字，以及姬动摆开的阵势，足以吸引路人的注意力，引起大家的围观。尤其是他这一手三阳映月露出来之后，更有不少人鼓掌喝彩。

夜殇显得很尴尬，他也明白，自己似乎招惹了不该惹的人，但他显然没有认错的自觉，狠狠地瞪了姬动一眼，便道："你等着。"

说完，他转身就向调酒师公会跑去。

威宏的脸色渐渐缓和下来，他看着姬动，忍不住问道："小兄弟，你真的没有教你调酒的老师吗？"

姬动淡淡地道："同样的话我不想再说第二遍，希望你们调酒师公会的人不要让我失望。"

威宏叹息一声，道："年轻人有锐气是好事，但不要过于骄傲，那对你未来的发展并没有什么好处。我只是一名四星调酒师，在公会中并不算什么。三阳映月的手法虽然不容易，但公会中有不少优秀的调酒师都能做到。小兄弟，我奉劝你一句，还是见好就收吧。我让夜殇口头向你道歉如何？以你的实力，我想，就算考五星调酒师也毫无问题。这里毕竟是调酒师公会，你又是一名调酒师，将来还是要把调酒当成自己的职业，你又何苦与公会作对呢？"

姬动摇了摇头，道："我说出的话就不会收回，而且，调酒也不是我的职业，它是我追求的一门艺术。我也奉劝您一句，如果您始终将它当成谋生的手段，那么，您就永远也调制不出最好的鸡尾酒。"

"说得好。"

正在这时，调酒师公会中走出了七八个人，夜殇跟在最后面，此时他的神情比先前恭谨了许多。

走在最前面的是一名四十多岁的中年人，身材颀长，面如冠玉。

中年人刚出现，姬动就注意到了他的那双手，那是一双白皙且细长的手，骨节不突出，看上去有点像女孩子的手，但比女孩子的手大许多。

　　单是看到这双手，姬动就不禁暗暗点头。调酒师公会，终究还是有能人的。再看此人胸前，戴着七星徽章，闪亮的金色星星围成了一个北斗七星的形状。在他身后的调酒师，胸前戴的都是五颗星或者六颗星。

第 38 章

羿射九日

看到这个人，威宏赶忙迎了上去，在他耳边低声说了几句。姬动的六感极为敏锐，威宏的话他都听在了耳中，对方只是叙述了刚才发生的事情，既不夸大什么，也没有掩饰什么。

为首的中年人听了威宏的话之后，点了点头，威宏立刻退到了后面。中年人大步走来，很快来到了姬动面前。

此时，围观的人越来越多，大半条街都被堵塞了。

那中年人微微一笑，道："你好，小兄弟，我是调酒师公会中原城分会的副会长陈潇，还未请教？"

"姬动。"姬动的回答很简短，只是说出了自己的名字。

陈潇微笑着道："刚才的事，我已经听威宏调酒师说了，首先，我代表调酒师公会为夜殇先前说过的话正式向你道歉。"

说着，陈潇朝着姬动微微躬身行礼。

陈潇的行为顿时赢得了围观群众的一致赞叹。

"陈潇大师，我……"夜殇在一旁想要辩解什么，却被陈潇一个冷漠的眼神堵了回去。

"大师？"

姬动撇了撇嘴，他见过号称大师的人多了，可是，真正的大师又有几个呢？陈潇的那双手确实引起了他的注意，但在他眼中，这还不足以让陈潇成为大师。

陈潇依旧面带微笑，道："大师只是朋友们抬举而已，在下愧不敢当。不过，姬动小友如此堵住我调酒师公会的正门，似乎也有些不妥，不如我们进去谈谈如何？你能施展三阳映月，我衷心希望你能够成为公会的一员。"

姬动摇了摇头，道："不用了，我对加入调酒师公会没有任何兴趣，请看我写的字。如果你们不敢接受我的挑战，我也可以转身就走。如果接受，我们现在就可以开始挑战，赌约威宏先生已经告诉你了。"

此话一出，顿时引来陈潇身后一众高级调酒师的怒斥，现在他们可谓是骑虎难下。如果调酒师公会不应战，当着这么多人的面，岂不是自认不如姬动了吗？调酒师公会的颜面何存？可就算是胜了，姬动不过是一个十几岁的少年，也会有胜之不武的嫌疑。

陈潇也不禁皱起眉头，"姬动小友，你非要苦苦相逼吗？"

"苦苦相逼？"姬动笑了，他盯着陈潇，"难道有人先羞辱了我，之后迫于形势跟我道歉，我就要接受吗？我不接受也是可以的吧。我就逼你们了，怎么样？有实力，你也可以。我只是想用实力证明自己而已，也没对你们做什么坏事吧。"

这是一代酒神的骄傲，姬动的这一面，哪怕是卡尔和毕苏都是第一次见到，那不留后路的自信与骄傲同样影响着他们。

陈潇脸色一冷，道："既然如此，就请说吧，要怎么比？"

姬动淡然一笑，道："这里没有多的设备，我只用一种调酒方法，如果你们也能做到，或者是做到类似的程度，就算你们赢，如果你们做不到，就是你们输。"

陈潇不再多言，向后退一步，做出请的手势，道："请。"

尽管姬动只有十几岁，但他能够使出三阳映月的手法，已经足以引起他们重视。实际上，姬动提出的比试方法对调酒师公会来说是极为有利的。

　　在调酒的领域之中，每个人都有自己擅长调制的鸡尾酒种类，这是毋庸置疑的。此时，调酒师公会这边有七八个人，只要其中一人能够使出和姬动一样的调酒手法，他们就赢了。

　　陈潇已经在心中想好，这一场比试不但要赢，而且要赢得漂亮才行，绝对不能辱没了中原城分会的名声。

　　姬动从容地从储物手镯中取出九个海波杯，分别放在九个调酒壶后面。

　　当陈潇看到姬动手上的储物手镯时，不禁流露出一丝惊讶的神色，心中暗想，这少年不仅是一名调酒师，还是一名阴阳魔师。难道他是哪个大家族的子弟？火系，难道是南火帝国的贵族？

　　姬动自然不知道眼前这些人在想什么，摆好九个海波杯后，手腕一翻，一瓶酒就已经出现在手中，十五年的伏特加，很普通的基酒，透明无色。

　　当他打开九个水晶调酒壶的壶盖时，包括陈潇在内，所有调酒师公会的人的脸色都变得凝重起来。

　　他们都是内行，自然看得出姬动要用九个调酒壶同时调酒，这样做难度系数太大了。

　　调制鸡尾酒的时候，必须要保证手法稳定，才能令调酒壶内的各种材料完美地混合在一起，最后完成调制。

　　同时使用多个调酒壶，就要求调酒师在调酒的时候，保证每一个调酒壶都得到相应的控制。

　　在调酒师公会的考核中，调酒师分为九个等级。最基本的考核就是让调酒师调制同一种鸡尾酒，几星的调酒师，就要同时使用几个调酒壶。

　　当然，这只是一项基础考核，从这一点就能看出姬动使用九个调酒壶是一件多么困难的事。那可是九星调酒师才需要接受的考核啊！

　　陈潇心中暗想，同时用九个调酒壶，自己勉强能做到，只不过不能保证每次都成功。这个少年要是真的做到了，恐怕今天中原城分会就要丢人了，可惜分会长不在，不然的话，以分会长八星的实力，应该能威慑住这个少年吧。

一层细密的冷汗出现在陈潇的额头上，他在心中暗暗祈祷着，姬动千万不要完成这次调酒。

正所谓行家一出手，就知有没有，当姬动拿起伏特加酒瓶向九个调酒壶内倒酒的时候，在场的调酒师就知道事情没那么简单了，他们都聚精会神地盯着姬动，生怕漏掉了什么关键性动作。

姬动的手并没有陈潇的手那么好看，但极为稳定，他的眼睛就像是最精确的尺子，接连倒了九次酒，不仅没有洒出一滴，就连九个水晶调酒壶内的酒液也一样多，一滴不多，一滴不少。

这水晶调酒壶是无色透明的，当着这么多人的面，姬动根本不可能有取巧的机会。而且，姬动的动作很慢，似乎是故意让所有人看清楚。

伏特加占据全部材料的十分之四，姬动又先后往调酒壶内倒入了三种材料，分别是十分之一的覆盆子糖浆、十分之四的君度橙味酒以及十分之一的青柠汁。

毫无疑问，姬动所用的这四种配料都是调制鸡尾酒时最常用的配料，在场的调酒师都知道这样的比例是用来调什么酒的。

夜殇轻蔑地撇了撇嘴："不就是一杯太阳陨落吗？"

此时，围观的群众越来越多，调酒师公会里面也走出了许多低等级的调酒师，围在后面，高等级调酒师一起出现，他们又怎么可能不知道？

有人登门挑战调酒师公会，这在中原城分会还是第一次。

直到此时，姬动依旧一副从容不迫的样子，逐一为调酒壶盖上盖子。

夜殇不屑于这杯普通的鸡尾酒，不代表别人也不屑于这杯酒，以陈潇为首的高级调酒师们的脸色变得越发凝重了。

他们都知道，越是好的调酒师，越能用普通配料显示出自己高超的手法。

同样的材料，不同的调酒师调制出来的味道绝对不同。姬动选择调制太阳陨落，必然有其独到之处。

盖好所有壶盖之后，姬动停止了动作，静静地注视着眼前的九个调酒壶。

此时，在他的眼里就只有这九个调酒壶，其他的一切仿佛都消失了。他在调整呼吸的节奏，精神状态前所未有地集中。

或许是受到了姬动的感染，周围的群众也安静了下来，都瞪大了双眼看着敢于挑战调酒师公会的少年究竟有什么本事。

姬动深吸一口气，在所有人的注视下，开始了动作。

他右手一闪，抓住了第一个调酒壶，手腕一抖，调酒壶飞起，紧接着是第二个、第三个……一直到第九个。

尽管有九个调酒壶，可姬动那快如闪电的动作并没有给人突兀的感觉，当最后一个调酒壶被甩入空中的时候，第一个调酒壶正好落了下来。

姬动向后退半步，左手一圈，那率先落下的调酒壶重新飞了起来，并且在空中急速旋转起来，他双臂充分伸展开来，将一个个调酒壶接住，再甩出去。

只见他双脚稳稳地站在地面上，下身纹丝不动，上身如同荷叶一般晃动起来，以腰为轴，双臂甩开，腰、背、肩、手臂、手掌、手指，每一个部位都动了起来。

九个调酒壶开始奇迹般地围绕他的身体动起来。

开始的时候，众人还能看清，姬动的手一会儿左，一会儿右，一会儿上，一会儿下，但很快，这一切就变成了虚影，众人再也看不清他的手在何处，手臂在何处，只见闪耀着橘红色光芒的调酒壶不断在空中飞舞。

"哎呀……"

惊叹声此起彼伏地响起，对于群众来说，此时姬动所展现的一切就是奇迹。

那可是九个调酒壶啊！哪怕他有些微失误，也会立刻失败，但那九个调酒壶始终围绕着他的身体，前后左右、上上下下宛如游龙般翻飞，同时还在急速旋转。

姬动就像是一个旋涡，不断吸着这些调酒壶，如臂使指般操纵着它们。

动起来之后，他并没有看这些调酒壶，每一个调酒壶却都在他掌控之中。

那橘红色的光芒越来越亮，在太阳光的照射下，水晶调酒壶反射出了夺目的光彩。

"呵！"

突然，姬动轻喝一声，刹那间，他的动作又加快了一倍，哪怕是陈满这样的资深调酒大师也无法再看清他的动作，只觉得姬动的上半身带起了无数道残影。

在群众高亢的惊呼声中，那九个调酒壶在空中形成了一个弧形，同时在空中急速旋转，就像九个太阳同时照耀在姬动头顶。

万物都受引力吸引，九个调酒壶当然不可能在空中停顿，这一切都是姬动那神乎其神的手法造成的。

掌声如雷鸣般响起，就连发现这边聚集了人群，迅速赶来的城防军都忍不住兴奋地欢呼起来。

没有人愿意破坏眼前这一幕，调酒师公会的人更是早已目瞪口呆。

"砰砰砰——"

在几声清脆的碰撞声中，像太阳一样闪耀的调酒壶悄然落下，平稳地落在了桌子上，而且它们正好落在先前的位置上，分毫不差。

姬动上身略微晃动了几下，才渐渐稳定下来，此时他的双眼之中充满了狂热，不再那么沉静。

成功了，是的，他成功了。在五行大陆，他第一次使出了最为复杂的调酒手法，曾几何时，他凭借这种手法在国际调酒师大会上技惊四座，一举成为一代酒神，现在，他终于再一次做到了。

此时此刻，姬动体内的血液完全是沸腾的，他头上甚至冒起丝丝热气，汗水顺着脸庞流下，这一切都是值得的。

其实姬动完全可以用一种简单些的调酒手法来挑战调酒师公会，但是他并没有那么做，他要的就是极限，无人能够比拟的极限。

当他在白布上写字的时候，他就做了决定，用这一手羿射九日的手法检验自己是否恢复到了巅峰状态。

哪怕在开始时，他一点把握都没有，他依旧做出了这样的选择，这就是一代酒神的骄傲，只属于姬动的骄傲！事实证明，他成功了。

第 39 章

技惊四座

欢呼声并没有因为姬动调酒的结束而停息，反而变得更加热烈，所有的民众，甚至城防军都在用力拍手。

太精彩了，对他们来说，先前的一幕只能用"神迹"二字来形容。尽管这只是在街道旁边，没有华丽的场景，可姬动已经征服了他们的心。

姬动微微地喘息着，眼中的兴奋渐渐退去，他低下头，看着自己那因为过度发力而有些颤抖的双手，感到无比骄傲，哪怕是在他的意志与两大君王的意志结合之时，他也没有像现在一样骄傲。

眼前发生的一切，是他之前三十多年生命所追求的全部，这是他自己努力得来的成就。

陈潇没有开口，他的脸色已经如同死灰一般。

别说是制造出九个太阳悬空的场景，哪怕是同时使用九个调酒壶，对他来说都是极为困难的事。

现在的他根本说不出话来，也不知道该说什么，而在他背后的一众调酒师也陷入了沉默之中。他们一直盯着那九个调酒壶，连眼睛都没眨一下。

尽管他们知道，今天中原城分会输了，而且输得很惨，可作为一名调酒师，见证了如此神奇的一幕之后，他们还是有种冲动，迫不及待地想要品尝一下用这样神奇的手法调制出来的美酒。

夜殇看着姬动的眼神已经完全变了，在他眼中，再没有半分轻蔑，反而充满了狂热。

姬动渐渐平静了下来，本源阴阳冕魔力流转，让他的双臂不再颤抖。坦白说，如果没有经过龙血浸体，姬动绝对不会贸然尝试这种顶级的调酒手法，因为他现在年纪还小，身体很难和以前相比。

要知道，为了使出这种顶级的调酒手法，这几年姬动从未放弃过锻炼身体，尤其擅长瑜伽。身体舒展性不佳、肌肉没有足够的爆发力，是根本不可能完成这种顶级调酒手法的。

姬动一个个地打开调酒壶的壶盖，直到此时，调酒壶内的酒液还在旋转，可见先前姬动的调酒手法有多激烈。

他小心地将九个调酒壶内的酒液分别倒入九个海波杯中，当他完成这一切的时候，周围又是一片惊呼。这一次，就连中原城分会的高级调酒师们也在惊呼。

九杯用同样的配料调制的鸡尾酒，此时所呈现的颜色却不同。从第一杯的淡黄色，到最后一杯的橘黄色，九杯太阳陨落的颜色为渐变色，每一杯的颜色都比前面一杯的颜色更深一点。

九杯酒排成一行，九种渐变色就像一条彩色光带一般动人心魄，只用眼睛看，便已经可以称之为视觉享受了，围观群众更加难以猜测它们的味道。

眼前这一幕，对于这些调酒师来说，根本就是超出常识的，此时此刻，他们才充分认识到，先前姬动那神奇的调酒手法并不只是好看那么简单。

他们看着姬动往九个调酒壶里倒入了比例相同的配料，看着姬动同时甩动九个调酒壶，又看着姬动倒出了九杯颜色不同的酒，他们还能说什么？

姬动抬起头，淡淡地看向陈潇，做出一个手势，道："请品尝。"

陈潇抬头看向姬动，紧紧抿住嘴唇，但他并未上前，事实已经摆在眼前，他就算再不愿意，也没有不认输的可能。

"不用品尝了，我们输了。"

陈潇说出的这几个字，宛如有千钧之重，但他不得不说，而且在他的内心深处，对这个少年更是又爱又恨。他恨这个少年令中原城分会颜面无存，却又爱少年那神乎其神的调酒手法。

此时此刻，陈潇已经完全明白，先前姬动所说的一切没有半分夸大，他的骄傲源自于自己的实力，他有资格骄傲。

陈潇还记得姬动说的那句"有实力，你也可以"。是啊！如果自己有这样的实力，就不会只当个副会长了。或许真的只有杜思康大人，才能与这少年一较长短吧。

姬动淡然一笑，道："既然你承认你们输了，今天的事情到此为止。这九杯鸡尾酒，我送给你们。卡尔、毕苏，我们走吧。"

说完这句话，姬动用储物手镯收起了九个水晶调酒壶，把九杯鸡尾酒留在了那里，转身朝人群外走去。

再次完美地使出了羿射九日手法，他很高兴，已经没心情再去追究夜殇的嘲讽。他既不需要让夜殇向他跪拜，也不需要去摘调酒师公会的徽标。这九杯太阳陨落摆在这里，已经足以证明一切。

"等一下，尊敬的调酒师阁下，能否请您告诉我，刚才您用的是什么手法？"陈潇有些急切地追上来问道。

他对姬动竟然用上了敬语，达者为先，这是姬动用实力赢得的尊重。

姬动头也不回地道："这种手法叫羿射九日。如果你们调酒师公会的那位酒神——杜思康大人自问能做到像我一样的话，就让他来天干学院找我。"

留下这句话之后，姬动在卡尔和毕苏的护卫下挤出人群，在喝彩声中朝远处走去。

陈潇站在那里，自言自语道："羿射九日，羿射九日是什么意思？去天干学院？"

夜殇默默走上前，扑通一声，跪倒在陈潇面前。

"陈潇大师，今日之事因我而起，分会因我而受辱，我愿意接受任何惩罚。"

陈潇眼神复杂地看了夜殇一眼，还是将他搀扶了起来。

"是的，你让公会丢尽了颜面，但是也让我们看到了这难以想象的手法。至于如何惩罚你，还是等会长回来再说吧。"

夜殇朝姬动三人离去的方向看去，眼中精光一闪，自言自语道："天干学院？姬动，我们一定会再见面的。"

陈潇下令："将这张桌子抬回公会，不得洒落一滴酒液。"

人群中，已经有人在喊要购买这九杯酒，但陈潇根本没心思理会，他隐隐感觉到，姬动留下的九杯鸡尾酒，对公会的未来极为重要。他特别想知道，经过那样的手法调制出来的鸡尾酒，究竟有着怎样的味道。

"老大，你太强大了，我还从来没有这么扬眉吐气过。"毕苏兴奋地抓着姬动的手臂，一脸崇拜地看着姬动。如果非要形容他现在的样子，那么，姬动想到一个词最适合他，那就是追星族。

不只是毕苏，卡尔一样激动，他抓着姬动的另一条手臂，嘿嘿傻笑着。

"老大，什么时候你也给我们调一次刚才那种酒，别说是喝了，就算只看看，我都觉得很赏心悦目啊！"

姬动苦笑着看着卡尔和毕苏，道："你们不要晃了，我都要散架了。等闲下来，我再找机会给你们调就是了，我现在只想先找个地方住下来，再吃点东西，休息一下。坐了这么多天马车，你们不累吗？"

毕苏哈哈一笑，道："我们是太兴奋了，忘了累，就住那家酒店吧。"

说着，他抬手朝斜前方指去。

姬动和卡尔顺着毕苏所指的方向看去，都不禁愣了一下，再看毕苏时，面色都很疑惑。

那是一家足有五层，四四方方的酒店，装饰得金碧辉煌，大白天的都有种贵气逼人的感觉，虽然建筑风格算不上有特色，但所用的材料绝对是最好的。外立面全部用上了颜色相同的花岗岩，正门处的八根大柱子是用汉白玉之类的石材雕琢而成的，这些都彰显了这家酒店的不凡。

尽管这里是大陆第一大城市，可是这种建筑也不多见。毫无疑问，它的房价一定和它的外观成正比。

不过，不论是姬动还是卡尔，都没有多少钱。

"毕苏，你没搞错吧？我们住这里？"卡尔没好气地问道。

毕苏嘿嘿一笑，道："当然没搞错，这里条件多好啊！而且很便宜，我以前来过，放心吧。"

"很便宜？"姬动问道。

毕苏拉着他们向前走去。

"你们跟着来就是了。"

无奈之下，卡尔和姬动被毕苏强拉着走进了这家酒店之中。

一进门，他们就看到了金灿灿的装饰，大堂内的东西以金色为主，雍容华贵的气息扑面而来，极具震撼力。

他们三个年纪都不大，一走进酒店，就吸引了酒店服务员的注意力，一名服务员走上前，还没来得及说话，毕苏就在自己的储物戒指上一抹，取出了一张黑色带金纹的卡片递了过去。

"两间房。"

服务员看到这张卡片，脸色顿时变了，毕恭毕敬地将卡接了过去，再将三人请到了前台接待处。

姬动心念一动，问道："毕苏，一直没问过你，你家是做什么的？"

毕苏呵呵一笑，道："做点小生意。"

"小生意？"姬动眉毛挑了挑，抬手指向前台后面的价目表，"这里最便宜的房间是一晚上三十个金币，你家生意有多小，能让你带我们来这种地方住？这么贵，我们可住不起。卡尔，我看，我们还是走吧。"

卡尔点了点头，道："就是，我们肯定住不起。"

说着，卡尔就要和姬动转身离开。

毕苏大急，赶忙拉住他们，无可奈何地道："好，好，我坦白还不行吗？我家生意是不小，火鼎商会是我爷爷创立的。这家酒店也是我们家的产业，住这里我们不用花一分钱。"

听到"火鼎商会"四个字，卡尔脸色大变，姬动好一点，毕竟他到现在也不是很了解五行大陆上的事情。

"天哪，火鼎商会是你家的？那可是五行大陆十大商会之一，生意从咱们南火帝国一直做到最北方的北水帝国。你是商会少东家？行了，老大，我们就住这里吧。"

姬动好奇地道："毕苏家里很有钱吗？有钱到什么地步？"

卡尔伸出四根手指，道："用四个字形容就行了，富可敌国。这家伙简直就是深藏不露啊！我现在就想揍他，瞒了我们那么久。"

毕苏一脸委屈地道："其实我是冤枉的。要是早告诉你，你还会和我做朋友吗？家里的生意和我也没啥关系。除了拿到这张免费卡，能在家族产业中免费吃喝住之外，我出门的时候，父亲才给我三百个金币。父亲还说，要是我不在天干学院弄出点名堂来，就不用回去了。我们家族有规定，后代子孙成年之后，一切都要靠自己，只能自己去打拼，只有取得了一定的成绩，才有继承部分家族产业的资格。所以，就连免费卡我也只能再用一段时间了，现在不用，过期作废。老大、卡尔，你们可千万别和我客气。"

姬动道："这么说，你以后是打算做商人了？"

毕苏挠了挠头，道："现在我也说不好，不过，我是独子，以后还是要继承家业的。"

姬动点了点头，道："嗯，就算以后要做生意，现在多学习一些魔师的技能也不错，至少今后能自保。"

虽然住的是自己家的酒店，但毕苏还是没有单独住一间房间，他和卡尔住一间，姬动住一间。

这一路过来，三人都累了，简单吃了点东西后，就各自回房休息了。明天就要进行入学考核了，他们要让自己处在最佳状态，才好参加考核。

第 ㊵ 章

天干学院

"烈焰。"

红莲花瓣绽开，卷起姬动的身体，下一刻，姬动就消失了。

熟悉的地底世界，感受着空中充沛的火元素，姬动忍不住深吸一口气，放松了一些。

随着实力的逐渐增强，姬动与地底世界中的火元素也越发亲近，他再不是当初那个随时有可能被烤熟的少年了。

出乎姬动意料的是，今天烈焰竟然站在平台上等他，而且看他的眼神还很复杂。

"烈焰，你怎么了？"

这不像是烈焰的风格啊！先不说前些天她突然不见他，就算是正常时，她也是在他来了之后才出现，不会事先等待他。

烈焰嘟起嘴唇，神色间带着几分不满。

"小姬动，你藏私啊！今天你那个羿射九日是怎么回事？"

姬动恍然大悟，失笑道："原来是因为这个。我以前身体不是很好，体力也跟不上，使不出这样的手法，多亏你让我用龙血浸泡身体，那之后，我的身体好了很多，体力也大大增强了，才能使出那种手法。我现在就调给你喝吧。"

烈焰眨了眨眼睛，这才笑着道："这还差不多，不过，你今天调的九杯酒都只能算一天的。"

"好，好，只要你喜欢，我随时都可以为你调酒。不过，调制羿射九日比较麻烦，我需要一张桌子。"

烈焰笑道："这个好办，切块石头就是了。"

切割地心岩石，恐怕也只有烈焰说得出"好办"二字。

地心湖的温度本就很高，就算姬动已经很适应地心世界的环境了，再次用羿射九日调制出九杯酒之后，他还是出了一身大汗，带着疲倦开始修炼。

烈焰站在姬动身边，静静地品味每一杯太阳陨落不同的味道，她的目光始终落在这脸色略微有些苍白的少年脸上。

她这一站，就是几个时辰，直到姬动从修炼中清醒过来。

岩石桌上的杯子早已空了，烈焰依旧站在那里，默默地注视着他。

他轻唤道："烈焰，你一直站在这里等我？"

"啊！"烈焰清醒过来，"不是等你，我在考虑一些事。"

烈焰别过头去，没有让姬动看到自己慌乱的神色，她也不知道为什么，自从在冰雪巨龙风霜手中救下姬动后，他在她心中的地位就有了一些变化。如果说以前烈焰只将姬动当成一个有趣的小朋友，那么，现在他在她心中，就是不可割舍的亲人。

当烈焰转过头来时，她的神色已经恢复了正常，没有让姬动看出破绽。

"小姬动，你的能力还远远不足。浸泡过龙血之后，你的身体会比普通人的身体强韧许多，而且拥有龙的一部分自愈能力。

"虽然不能和真正的龙相比，但你的体魄还是强健了不少。同时，龙血增强了你身体的抗性，因此，你现在除了对火属性的东西有极强的抗性之外，对木、土、金、水属性的东西也有一定的抵抗力。

"不过，你的整体实力还是很弱，修炼一刻也不能放松。我是地底世界的女皇，有时候难免要离开地心湖，去处理一些地底世界的事情，可就算我不在，你也不能松懈，知道吗？"

　　姬动明白，烈焰是看到了自己前些天颓废的样子，才会说这样的话，因此他脸一红，点了点头。

　　一说起修炼的事，烈焰就会变得很严厉，女皇的威严就展现了出来，在这种时候，她更像是姬动的老师而不是朋友。

　　烈焰道："回去吧，人类世界快天亮了。你现在已经学会了四个基准技，要勤加练习，要想获得下一个基准技，必须将这四个基准技再各自使用一千次，同时你的魔力要达到两冠。

　　"这一千次可不像你之前练习的一千次那么简单，你必须要以丙午元阳圣火和丁巳冥阴灵火使出基准技才能作数。

　　"下次你来的时候，可以直接练习基准技，也算是一种修炼。你的魔力提升到十四级，正是之前那九天苦修所致。"

　　姬动问道："烈焰，两大君王一共有多少个基准技？我要什么时候才能学习他们的命中技？"

　　烈焰淡然一笑，道："你还不明白吗？两大君王的技能，既是基准技，也是命中技。因为你现在魔力不够，不能使基准技拥有命中技的威力，随着你实力的提升，每一个基准技都可以是命中技。

　　"当你将两大君王的技能混合在一起施展时，其威力更会远超普通的命中技。不过，你也不妨在那个天干学院中学一些普通的技能，毕竟，两大君王的技能会消耗很多魔力。

　　"平日里，用一些普通技能来掩饰你真正的实力也不错。就像你刚学的那个丙丁火球，就比较实用。"

　　姬动点了点头，道："我明白了。烈焰，那我先回去了，再见。"

　　片片红莲卷起，就在姬动即将离去时，烈焰突然道："小姬动，记得以后每次给我调酒，都不能比这次的酒差，今天的酒很好喝。"

"呃……"

眼前一片火红，耳边回荡着烈焰的声音，姬动已经被传送了出去。他现在真有些后悔，没事和调酒师公会的人较什么劲，让烈焰胃口大开。

不能比今天的酒差？他今天使出了羿射九日这种顶级手法，就算是他，也只会几种顶级手法而已，想要调制更好的鸡尾酒，就要从材料上下功夫了。但是，越好的配料酒，价格越高，而且，一些极品酒更是可遇不可求，有钱也买不到，更何况，他现在没有任何收入。

当然，这些话姬动绝对不会和烈焰说，不论烈焰有什么要求，只要他能做到，就一定会尽量满足她。至于其中的困难，他会想办法克服。

回到酒店之后，天刚蒙蒙亮，感受着本源阴阳冕内的双系魔力，姬动不禁微微一笑，自从凝聚了阴阳冕之后，他的修为可以说是突飞猛进，两大君王的烙印帮他提升了一级，剩余的十三级，都是他不懈努力的结果。

两个多月就提升到了十四级，尽管过程很艰辛，可是结果让人很欣慰。达到两冠才能拥有下一个基准技，两冠就是姬动目前的目标。

趁着天还没完全亮，姬动休息了一会儿，直到毕苏和卡尔来敲他的门，三人简单吃了点东西就出了酒店。

毕苏已经向酒店的服务员问清楚了，天干学院就在中原城北部，占地面积很广。中原城很大，要是走路的话，他们要走一个时辰左右才能到学院，三人早早出门，放弃了步行，改为乘坐酒店的马车，直奔城北而去。

三人坐在马车上，从窗户向外看去，不禁感叹这座城市的宏伟，经过市中心的时候，他们隐约看到了守卫森严的中土帝国皇宫。

虽然是清晨，但街道上已经有了大量人流，做生意的人忙着开门，赶着上班的人在路边吃早点，好一派热闹景象。

事实证明，他们早些出发是十分明智的，哪怕是乘坐马车，他们也用了大半个时辰，才抵达北城。

"三位少爷，到了。"

马车停了下来，车夫撩起车帘，恭敬地做出一个请的手势。

姬动三人从马车上跳下来，毕苏向车夫道："你回去吧，我们今天要是通过考核，应该会直接入住学院。"

毕苏在和车夫说话，姬动的目光已经投向了前方。

在他们前面百米之外，有一片围墙，这围墙起码有八丈高，比之前路过的皇宫的围墙稍微矮一点，是淡黄色的，上面还雕刻着十种样式古朴又无比绚丽的图腾。

每十个图腾为一组，向两侧延伸，单是雕刻这些图腾，就要花费不少功夫。单看这围墙的长度，少说也有近千米，这绝对是一项浩大的工程，规模如此宏大，恐怕仅次于中土帝国的皇宫。

姬动一眼就看到了排在第三位的火红色凤凰图腾，以及排在第四位的蓝色大蛇图腾，也就是螣蛇图腾。其他八个图腾也雕刻得十分精巧，远远看去，单是这围墙，就给人一股极大的压力。

不需要别人介绍，姬动他们三人也知道，这围墙应该就是天干学院的围墙。不愧是五大帝国共同出资设立的学院，哪怕是在另一个世界，姬动也不记得自己见过哪一所学院有如此规模。

卡尔道："老大，正门在那边，我们过去吗？"

姬动点了点头，三人顺着围墙向正门走去，一个以花岗岩为主体、大理石为外立面，镶嵌着玉石的门楼出现在他们面前。

巨大的门楼两侧，各有一行大字。

左侧是"甲、丙、戊、庚、壬，阳之白昼求学有方"，右边是"乙、丁、己、辛、癸，阴之夜晚修炼有道"。门楼上方正中，四个金灿灿的大字横在那里——天干学院。

门楼前，十名身穿各色校服、年约二十的青年男女一字排开，每个人面前都有一张桌子，上面有纸，背后还悬挂着一条横幅，横幅上写着"新生考核报名处"。

不用问，这十名男女各自代表一系，报名只要到相应的那一系就可以了。

不知道是时间太早了，还是天干学院每年招收的学员数量太少了，此时那十张桌子前的人并不多。

姬动三人快步走了过去，既然已经来了，当然要先报名，再顺便了解一下入学考核的规则，做好准备，以便在考核时占些先机。

当他们走到桌子前时，三人都不禁愣住了，那里一共有十个青年男女，他们竟然认识其中两个。

坐在丙火系桌子后面的，正是祝归的兄长，也就是当初为姬动求情的祝天。

另一个人就是昨天被姬动用实力狠狠打了脸的两星调酒师夜殇，夜殇和祝天隔一个位置，端坐在戊土系也就是阳土系的桌子后面，身穿一件明黄色校服，没有了昨日的嚣张。

一看到夜殇，三人就皱起了眉头。

夜殇也看到了姬动他们，眼神明显发生了一些变化。

毕苏低声在姬动耳边道："是那个叫夜殇的，他怎么也跑到天干学院来了？这家伙不会公报私仇吧？"

姬动摇了摇头，道："静观其变吧。他是戊土系的，和我们不同系。先报名再说。"

说完，姬动让卡尔和毕苏将院长推荐信拿了出来。

姬动和卡尔来到祝天所在的桌案前，毕苏则到了邻桌，一名身材修长，有着粉红色长发的女学员面前。

"祝天学长，还记得我们吗？"姬动主动上前，向祝天打了个招呼。

祝天愣了一下，他没能一眼认出姬动，反倒是认出了卡尔，毕竟，卡尔这身材在同龄人中太显眼了。

"你是叫卡尔吧，你是……"

　　他已经离开离火学院三年了，和姬动又只有一面之缘，一时认不出姬动也是正常的事情。

第 ④ 章

戊土夜殇

姬动微微一笑，道："我叫姬动，学长忘记了吗？你还为我求过情，让我继续在离火学院做旁听生。"

"原来是你。"祝天恍然大悟，看着姬动手中的推荐信，不禁有些吃惊，"难道，难道你已经……"

姬动点了点头，道："有幸凝聚出了阴阳冕，才得到阳院长的推荐，和卡尔、毕苏一同前来，今后还请学长多多指点。"

祝天愣了一会儿，才回过神来。此时，他有些混乱，他还记得，祝归对他说过，这个姬动天生阴阳平衡，没有一点修炼天赋。阴阳平衡的人也能凝聚出阴阳冕吗？那么说，姬动应该是修炼阴阳双火的人。

祝天没有再多说什么，眼含深意地看着姬动，点了点头，道："希望你们都能通过入学考核，给我们丙火系注入一点新鲜血液。把这个表格填了，推荐信给我。拿着表格，你们就可以进去了。"

表格很简单，只需要在上面填写姓名、性别、所属魔系，以及魔力等级就可以了。姬动并没有隐藏自己的魔力，如实填写了。

虽然他知道，烈焰让自己尽可能隐藏实力是为自己好，但他作为一代酒神，有属于他的骄傲，就像昨天在调酒师公会门前挑战一样，对于隐藏实在有些不屑，更何况他还有极致双火，极致双火这个秘密他自然不会泄露出去。他只在表格上填上了十四级。

祝天看到姬动填写的等级后，内心有些吃惊，脸色依旧毫无变化，他站起身，微笑着道："走吧，正好现在没什么入学的学员，我送你们进去。"

姬动和祝天对视一眼，正好看到祝天轻轻地向自己点了下头，他顿时明白，祝天是要私下提示他们一下考核相关的事情。大家毕竟都来自离火学院，自然要相互帮助，姬动心中微微一暖，也向祝天点了下头。

正在这时，一个声音从旁边传来："姬动兄，真巧啊，我们又见面了。"

姬动和卡尔停下脚步，另一边完成登记的毕苏也皱起了眉头。

开口叫住姬动的不是别人，正是身穿戊土系校服的夜殇。

祝天有些惊讶地道："夜殇学长，你认识我这几位学弟？"

夜殇那边并没有报名的学员，所以暂时离开也没什么大碍。夜殇站起身，走上前来，脸上始终带着微笑，一点也看不出昨天曾在姬动面前吃了大亏。

"昨天我才见过你这几位学弟，祝天啊，你这几位学弟很不错，预祝他们都能考入天干学院，以后大家就都是同学了。"

看着夜殇那平静的神色，卡尔和毕苏都有种被毒蛇咬了一口的感觉，这样的夜殇明显比昨天更加可怕。只有姬动面色依旧，似乎一点也不在意。

祝天十分客气地道："夜殇学长，那我先送他们进去参加考核了。"

夜殇没有多说什么，只是微笑着点了点头，目光最后落在姬动脸上，又向姬动点了点头。

祝天这才带着姬动三人向天干学院内走去，刚踏入学院，他的脸色就变了，低声问道："你们怎么会认识姬夜殇？"

姬动有些惊讶地道："他和我同姓？"

祝天点了点头，道："他是学院中有名的危险人物。比起普通高级学院来，天干学院的要求高得多，能够考入这里的学员全都是五行大陆各国的精英。天干学院的学员分为三个层次，其中，最低层次的就是刚刚进入学院，还没有达到两冠的学士级学员，这些学员所在的班级就是学士班。

"中等层次的就是两冠以上，三冠以下的学员，也是学院的正式学员。一般来说，在这个层次修炼到三十级，凝聚出第三冠之后，就可以从学院毕业了。

"在天干学院之中，还有一个特殊的群体，那就是第三个层次的学员。那些学员所在的地方叫阴阳学堂。只有在十六岁之前，实力达到两冠的学员才能加入其中。阴阳学堂的每一个学员都是精英中的精英，都是惊才绝艳的天才。至于那些学员何时毕业，就不是我所能知道的了。"

姬动心中一动，问道："这么说，那个姬夜殇就是阴阳学堂的成员了？"

祝天神情凝重地点了点头，道："在天干学院中，各大系之间竞争极为激烈，不分阴阳属性，像我们丙火系和丁火系肯定是一个阵营的，毕竟我们都是火属性的人。

"学院中最强的派系，无疑是现在阴阳魔师中最强的一系——土系。姬夜殇就是戊土系的佼佼者。本来像这种新生报名的事，根本不需要姬夜殇出面，不知道他今天怎么会突然前来。"

卡尔和毕苏对视一眼，不用问，这姬夜殇就是冲着姬动来的。

卡尔忍不住问道："祝天学长，这个姬夜殇现在是多少级的魔师？"

祝天沉声道："我唯一可以肯定的是他突破了三冠。他是十五岁进入阴阳学堂的，到现在为止，已经在学院待了六年，今年二十一岁。就算在阴阳学堂中，他也是佼佼者之一。他还是天干学院的十大高手之一。我不过是一名普通学员，没资格进入阴阳学堂，自然不知道他的魔力等级。"

听了祝天的话，卡尔和毕苏都不禁倒吸了一口凉气，心中暗道，这下可麻烦了，自己算是得罪了超强的地头蛇。

三冠？那可是离火学院老师才拥有的实力，姬动杀掉的那个刘俊，都没有突破到三冠。

"没想到他调酒不行，魔力倒是不弱。"姬动恍若无事一般自言自语，接着，他瞥了卡尔和毕苏一眼，"那是我和他之间的事，他要来找麻烦，我奉陪就是。现在我们先通过新生考核再说。"

　　闻言，祝天眉头一皱，问道："姬动，你得罪过姬夜殇？"

　　姬动微微一笑，道："学长不必担心，也算不上得罪，就是有点小误会而已，事情已经解决了。"

　　看着姬动那从容不迫的样子，卡尔和毕苏不禁暗暗苦笑，没错，事情是解决了，登门打脸，调酒师公会的整个中原城分会都让姬动羞辱了。

　　卡尔和毕苏知道，他们和姬夜殇算是结仇了。他们不明白为什么姬动一点都不在意。

　　听了姬动的话，祝天略微松了一口气，道："解决了就好。你们从这儿往里面走，到主操场正中去，那里有专门负责进行考核的人。考核只有一项内容，那就是实战。每两名新生联合起来挑战一名达到两冠的正式学员，新生可以任意组合，但必须是两个人，也只能是两个人。新生若是能在正式学员的攻击下支持半炷香，就算通过考核，反之就算不通过，只能离开学院。"

　　听了祝天的话，毕苏忍不住问道："祝天学长，这叫什么考核方法啊，考核不是应该评测魔力等级什么的吗？我们这些刚刚凝聚出阴阳冕的学员，哪有什么实战能力？"

　　祝天道："这是学院的规定，我也没办法。学院的每一名学员都是这么过来的。在实战中，你们所做的一切都会被记录下来，其实，这才是最全面的考核，考核的是综合素质。好了，你们去吧，我还要帮其他新生登记。"

　　祝天转身走了，毕苏和卡尔的目光都落在了姬动身上。

　　姬动道："两人一组进行考核，你们正好阴阳互补，凭借丙丁火球，通过考核应该不难。我们先过去吧。"

　　毕苏道："老大，我们两个配合，那你呢？"

　　姬动微微一笑，道："怎么？你们还不相信我的实力吗？"

想起姬动面对青木狼王时的样子，卡尔和毕苏心中随之释然，三人一同朝着天干学院内走去。

天干学院确实大，他们穿过了一条林荫道，走了两百米，越过一面雕刻着许多人像的影壁墙，才看到祝天说的主操场。

主操场边缘是青砖铺就的宽约十米的路，放眼望去，视野十分开阔，这个操场至少有十个离火学院那么大，用不同颜色，划分成不同的区域。

在操场正中，有一个写着"新生考核"的巨大横幅，姬动他们隐约看到横幅上面有魔力光芒在闪烁。

三人大步走了过去。平整的操场上，有几个人正在交手，周围有不少围观者，其中大部分人看上去都是十六七岁。

姬动略微留意了一下，惊讶地发现，这里竟然连一个老师都没有。从来到天干学院到现在，他还没有看到一位老师。在这里主持新生入学考核的，似乎是学院的正式学员。

"你们是新生吧，把表格给我。"一名十八九岁的青年迎了上来，收了三人的表格，"两个人一组接受实战考核。你们要尽快选择配合自己的伙伴。站在这边的都是本次进行考核的新生，另一边的则是学院的学士级学员，不要选错人，选好了就过来找我。"

"多谢学长。"

交手的场地一共有五个，各自的颜色不同，按照木、火、土、金、水来划分。考核在五个场地内同时进行，遇上什么属性的对手都有可能。

每年来天干学院参加考核的新生都只有一百五十人，这样五场一组进行考核，考核起来也不会花费太多时间。

姬动仔细观察了一下，每一个场地的考核都由三名十八九岁的正式学员负责，其中一人负责考核，另外两人负责观看实战，同时负责记录。那些负责考核的天干学院正式学员大多达到了二十三四级。

一个个魔技在场地中被释放，令人有种目眩神摇的感觉。

那些前来考核的新生不愧是大陆各国的精英，每一个人都会几种基准技，不同颜色的阴阳冕让人看得眼花缭乱，姬动看到了十五级的新生在接受考核。

很快，这一场考核结束了，五场考核同时进行，十名学员中，有八人顺利通过，只有两人未能坚持半炷香。

"下一组接受考核的新生准备，还没有找到同伴的新生抓紧时间了。"一名年约二十岁的正式学员高声说道。

先前负责考核的正式学员退了下去，换上一名先前负责记录的正式学员进行考核。

卡尔道："老大，好像没几个人没组队了，我们这一组就要上了。"

姬动道："考核的时候你们不要慌，稳住心态，不要急于进攻，尽量节省魔力，等到无法抵挡对手的攻击时，就用组合技，支持半炷香不会有问题的。"

卡尔和毕苏同时点了点头，上前接受考核去了。

姬动转过身，发现算上他，正巧前来参加考核的新生还剩下八个人，其中六人显然已经配好对，和卡尔、毕苏他们一起上前报名了，还剩下一人，她正蹲在那里，噘着嘴，一脸委屈的样子。

那是一个小姑娘，看上去只有十岁，仿佛随时都要哭出来。

这么小？难道她也是来参加考核的新生？姬动心中一惊。要知道，要参加天干学院的考核，有一个首要条件，那就是必须凝聚出阴阳冕，对一般人来说，十岁刚刚开始修炼，怎么可能凝聚出阴阳冕？难道这个小姑娘已经凝聚出了阴阳冕不成？

想到这里，姬动走上前，蹲下来，向那小姑娘问道："小妹妹，你怎么了？你也是来参加考核的新生吗？"

小姑娘抬起头看向姬动，眼圈一红，道："是啊！我也是来参加新生考核的。可是，可是他们都不愿意和我一组，说我太小，肯定没有战斗力。可是，人家真的已经成功凝聚出阴阳冕了。"

"天才"二字从姬动脑海中闪过。

这才是真正的天才啊！

"小妹妹，我也是来参加新生考核的，你愿意和我一组吗？"

第 42 章

新生考核

"真的吗？"小姑娘听到姬动的提议，一双漂亮的大眼睛顿时亮了起来，她猛地站起身，一把拉住姬动的右手，兴奋极了，"太好了，大哥哥，你真是好人，我愿意和你一组。"

小姑娘长得很漂亮，站着还不到姬动胸口，一双灵动的大眼睛十分纯真，看着这样可爱的小姑娘，姬动也开心了不少。

姬动微笑着道："我叫姬动，你叫什么名字？"

小姑娘嘻嘻笑道："我叫冷月，我可以叫你姬动哥哥吗？"

姬动道："当然可以。我们走吧。"

看到姬动带着小姑娘过来，毕苏和卡尔一脸惊讶，其余的新生则有点幸灾乐祸。

能够来到这里参加新生考核，这小姑娘肯定是个天才，那些新生都知道她是天才的事实，他们也清楚，如果她真的能考入天干学院，未来应该会成为阴阳学堂的一分子。

但是，她现在毕竟太小了。对阴阳魔师来说，身体条件同样重要。体魄不强健，就算魔力足够，也施展不出强大的魔技。

与冷月这样弱小的同伴配合，很难通过考核，这也是先前那些新生不愿意和她搭档的重要原因。

姬动没看到的是，在他来之前，这个叫冷月的小姑娘曾经挨个恳求参加考核的新生，希望能有人和她一组，多次被拒绝后才蹲在那里，她的委屈正是由此而来。

虽然姬动并不算英俊，但此时在冷月眼中，姬动就是最帅气的人，也是最好的人，以至于两人过来接受考核的时候，冷月很傲气地仰起了下巴，看都不看那些参加考核的新生一眼。

"……卡尔，丙火系，毕苏，丁火系，一组，你们将面对与你们属性相克的壬水系正式学员。"

"姬动，丙火系，冷月，癸水系，呃……"负责登记的正式学员抬头看向冷静的姬动和兴奋不已的冷月，神色变得有些怪异。

听了他的话，姬动自己也不禁暗暗苦笑，在五行之中，水克火，这是毋庸置疑的。

水属性魔师和火属性魔师怎么配合？如果说姬动的阴阳双火结合起来能发挥出一加一大于二的效果，那么，他要是和癸水系的冷月一起，也就是和阴水系技能配合的话，效果可能会大打折扣。他平静地接受了这一事实，看来，这考核真的只能依靠自己的力量了。

"你们不再考虑一下吗？也可以再等一些新生过来，然后重新搭配。水和火搭配，我还是第一次见，恐怕……"负责登记的正式学员还是很厚道的，试图劝阻姬动。

姬动低头向冷月看去，看到冷月那双大眼睛中充满了失望之色，眼圈又红了起来，两只小手在身前交握，手指动来动去，显然她情绪很激动。

姬动抬起头，道："不用等了，我就和冷月配合吧。我想，我的魔力可能要强一点，能不能给我们安排一位水系的学长？"

那负责登记的正式学员微微一笑，道："你倒是好心，不过，我必须提醒你，考核的机会只有一次。"

那人话音未落，冷月突然愤怒地抬起头，挥舞着自己的小拳头，道："我不会拖姬动哥哥后腿的。你真坏，为什么要阻止姬动哥哥和我一组？"

"这个……"那正式学员挠了挠头，有些无奈地道，"既然这样，你们就一组吧，给你们分配一位壬水系的正式学员。"

十名新生，两两一组，分别站在五个场地上。

冷月站在姬动身边，抬头看着他，道："姬动哥哥，你相信我，我绝对不会拖你后腿的。"

姬动微微一笑，摸了摸她的头，道："姬动哥哥当然相信你。这样吧，考核开始后，你在后面伺机而动，我在前面挡住考官的攻击。"

冷月眨了眨眼睛，道："好吧。"

一名十八九岁的青年来到他们面前，青年身穿黑色劲装，胸前有一个圆形的图案，上面竟画着一名身姿曼妙，身体周围有无数水波在荡漾的女子，他们看不清女子的容貌，只有一种迷离的感觉。

冷月见姬动的目光落在青年胸前的图案上，便低声道："姬动哥哥，那是壬水系的图腾——天后，我们癸水系的图腾是玄武。"

那壬水系的正式学员向姬动和冷月点了点头，道："我叫骆青峰，你们准备好了吗？"

姬动上前一步，挡在冷月面前，向骆青峰道："请指教。"

后面负责记录的学员燃起一炷香，壬水系正式学员骆青峰的眼神瞬间变得锐利起来，一层黑色水波纹从他身上荡漾开来，庞大的魔力瞬间在他头顶上方凝聚，化为一顶白色阳冕。

壬水系的阳冕与丙火系的阳冕在外观上并没有太大的区别，只是冕峰上的图案不同，是水滴状的，冕环上的星是黑色的。

骆青峰的阳冕的冕峰上有两滴水滴烙印，正是两冠阳冕，同时两颗半黑色的冕星横于冕环之上，他是一名二十五级壬水师。

在骆青峰释放出阳冕的时候，姬动也没闲着，红光闪烁，一顶白色的阳冕出现在他头顶上方，阳冕上面有一冠两星，说明他是十四级丙火学士。在神锁阴阳之法的帮助之下，他只让自己展示出了一种魔力。

　　姬动背后传来柔和的魔力波动，一顶黑色的阴冕悄然出现在冷月头顶，她所释放的是专属于癸水系的紫色魔力，她的阴冕上有一冠半星，说明她是十一级癸水学士。

　　在十系中，壬水代表阳水，癸水则代表阴水，又名雨露之水。如果说壬水如江河之水一般，一泻千里，那么癸水就是山间的小溪，润物无声。

　　骆青峰带给了姬动极大的压力，冷月站在姬动背后，默不作声，就像不存在一般，悄然释放着癸水魔力。

　　姬动知道，这场考核，恐怕只能依靠自己的力量，冷月要是出手，或许还会影响到他。水克火，火至强时未必不能克水，更何况他还有众多底牌。

　　释放丙火魔力的同时，姬动一个箭步冲了上去，考核开始后，别的新生巴不得能够拖延一些时间，姬动却根本没有这种想法，他就没考虑过拖延时间，他只有一个目标，那就是击败眼前的对手。

　　眼看姬动朝自己冲来，骆青峰淡然一笑，右手轻抚而出，头顶上的阳冕大放光芒，三根黑色的水箭凝聚而成，直直地朝姬动的胸前射来。

　　如果有人仔细观察的话，就能发现三根水箭都没有箭尖，这毕竟只是考核，不是生死搏斗，骆青峰显然手下留情了。

　　三根黑色的水箭呈三角形飞向姬动。姬动没有闪避，左腿快速向前踏出一步，接着使出烈阳噬，一拳轰出。

　　这一拳轰出的瞬间，姬动身上的丙火魔力骤然消失，全部聚集到了拳头上。

　　"哧——"

　　拳头和水箭碰撞，水蒸气升腾，姬动只觉得右拳一阵冰冷，自身的丙火魔力明显有被削弱的迹象，但他拳头上的魔力还是爆发了。

丙火魔力瞬间的爆炸力非常强，毫无疑问，姬动借助烈阳噬，将丙火魔力的特性发挥得淋漓尽致。

"咦？"

骆青峰看到姬动是十四级丙火学士时，根本没把姬动当一回事，阳水克阳火，这是毋庸置疑的，他的修为又远在姬动之上，姬动怎么可能有机会呢？

但是，姬动一拳就挡住了他那三根壬水箭。这还真是令人感到意外。

姬动的身体停顿了片刻，下一刻，姬动便纵身而上，两人之间的距离瞬间只剩几米。

"好。"

骆青峰赞叹一声，心想，能被推荐到天干学院参加入学考核的人，果然没有一个简单的，那看似简单的一拳威力极大，绝对是高级基准技。

面对姬动的正面攻击，骆青峰不再使用外放魔技，向前踏出一步，双掌同时推出。

顿时，骆青峰身上的魔力波动变得非常剧烈，一股股黑色的浪涛直奔姬动而去。

这么做虽然会分散壬水魔力，但壬水的属性也被完全发挥了出来。骆青峰这样做，无疑是要在属性上全面压制姬动，不给他任何翻盘的机会。

骆青峰因为姬动的烈阳噬而惊讶，姬动同样暗暗吃惊，他发现骆青峰的魔力不如当初的刘俊，但骆青峰在选择魔技和施展魔技方面，无不巧妙万分，总能很好地针对他，骆青峰的实战能力绝对在刘俊之上。

想利用魔力和属性来对我进行绝对压制吗？姬动眼中精光一闪，就连他那一头黑发，在阳光的照耀下也隐约发出深紫色的光芒。

骆青峰绝对想不到的情况出现了，面对他的壬水魔力，姬动没有停止往前冲，反而再次加速，身体向左侧稍转，右肩在前，狠狠地撞了上去。最为奇特的是，姬动原本散发于体外的丙火魔力竟然瞬间收敛，回到了姬动体内。

"姬动哥哥，小心！"

冷月在后面惊呼一声，紫色的癸水魔力化为一点紫色晶芒飘然而出，那一点晶芒只有指甲盖大小，飞行的速度也不快，但发出晶芒之后，冷月的小脸变得一片苍白，她扑通一声，坐到了地上。

"轰——"

令全场震惊的一幕出现了，姬动竟然硬生生地撞入了骆青峰的壬水魔力之中，更加诡异的是，虽然姬动的身体剧烈颤抖了一下，但他依旧从那黑色浪涛中冲了出去。

"怎么可能？"

两名负责记录的正式学员都从椅子上站了起来，但是令他们更为吃惊的事情还在后面。

就在姬动冲过黑色浪涛的同时，冷月抛出的那一点紫色晶芒在地面上弹了一卜，画出一道优美的抛物线，越过姬动和骆青峰发出的攻击，直接朝骆青峰头顶落去。

骆青峰没想到姬动竟然能够从自己的范围性魔技中冲出来，要知道，那可是一个命中技，并且还是中级命中技，而不是基准技。

就在骆青峰微微发愣的同时，那一点紫色晶芒已经落了下来。

骆青峰毕竟有丰富的实战经验，虽然发现得晚了一点，但他还是迅速反应过来。他下意识地抬起手，一拳轰出。

那点晶芒散发着紫色光芒，他自然认得出那里面包含着癸水系魔力，在他看来，一个十岁的小姑娘，刚刚凝聚出阴阳冕而已，能够有多大攻击力呢？随手化解再正常不过。

但是，当他的拳头与紫色晶芒接触的一瞬间，他就发现了不对劲，立刻暗道一声不好。

刚接触到紫色晶芒，他就感觉到了刺骨的寒冷，他只觉得有一根尖锐的冰针，穿透了他拳头上的壬水魔力，紧接着，那冰针在他体内爆发，并且扩散开来，寒意瞬间侵袭全身。

骆青峰大吃一惊，再也顾不上注意姬动了，体内的壬水魔力全面爆发，试图强行驱除冰冷的癸水魔力。

这样一来，他整个人都僵在了那里，身上的魔力波动越发剧烈，脸色变得苍白。

穿过那黑色浪涛之后，姬动没有半分停顿，一下到了骆青峰面前，就在这个时候，他头顶上的阳冕瞬间发生了变化，原本纯白色的阳冕骤然转化为黑白双色的阴阳冕，双手上燃烧的丙火也随之变成了丙丁双火。

姬动左手成爪，飞速探出。

此时，骆青峰正全力抵御侵入体内的癸水魔力，无奈之下，只能用身体硬挡。

（本册完）

《酒神 典藏版2》即将上市，敬请期待！